KB071217

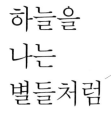

하늘을
나는
별들처럼

*

이광

소설집

*

청어

하늘을 나는 별들처럼

이광 소설집

*

작가의 말

제 소설은 불안과 불면 같은 결핍에서 비롯되었습니다.

어떻게 하면 한 번뿐인 이 삶을 행복하게 살 수 있을까요? 행복은 외부에서 주지 않더군요. 사회생활을 시작하면서 줄곧 외부의 목표만 바라보고 살아왔는데 말이죠. 완벽을 추구하다 보니 저 자신이 한없이 부족해 보였고 그럴수록 저 자신을 채찍질하며 더 열심히 살았습니다. 그랬으니 무너지는 경험을 겪었던 것도 당연합니다. 그때는 무척 힘들었습니다. 세상이 어두워지더군요. 어둠 속에서 내가 할 수 있는 일은 나 자신을 들여다보는 일뿐이었습니다. 내가 누구인지, 어떻게 살아왔는지 살펴보는 일이었지요. 그러면서 내 안의 결핍을 마주하고 다독거리기 시작했습니다.

"아, 그때 참 힘들었었지? 그랬을 거야. 난 그때 너를 신경 쓰지 못했어. 내가 돌보지 않아 그동안 많이 외로웠지? 미안해. 있는 그대로 지지하고 사랑했어야 했는데 난 오히려 너를 억압하기만 했었지."

시간을 내서 나 자신과 소통하기 시작했고 그제야 비로소 나 자신을 사랑하는 여정을 시작하게 된 것이지요. 고통스럽기만 하던 결핍을 견디고 받아들이는 일은 어두운 긴 터널을 걷는 것과 같았습니다. 그런데 내 안의 결핍을 들여다보다가 언젠가부터 글을 쓰고 있는 나 자신을 발견하게 되었습니다. 내 안의 감정을 표현하고 마음을 치유하는 데는 글을 쓰는 일만큼 효과적인 방법이 없었습니다. 치유의 글쓰기였던 것이지요.

이 소설에 나오는 등장인물은 하나같이 결핍 앓이를 하는 인물들입니다. 겉보기로는 티가 나지 않지만 삶을 이어가기 위해 부단히 애를 쓰고 있는 우리들의 이웃들이지요. 그들이 선뜻 이해되지 않는 분들도 있겠지만 그들도 잘살아보고 싶어 하는 욕구를 지닌 평범한 이웃들로 받아주셨으면 좋겠습니다. 그들은 단지 길을 가다가 돌부리에 걸려 넘어졌고 일어나 추스르려 애쓰지만, 처음이라 서툴고 더

딜 뿐입니다.

사람은 누구나 결핍이 있습니다. 하지만 결핍 앓이를 한다고 해서 꼭 나쁜 일만은 아니라는 걸 깨달았습니다. 자기 내면을 들여다보면서 있는 그대로 자기 자신을 받아들이고 이 삶을 사랑하게 될 테니까요. 또한 그러한 결핍은 자기 자신을 성장하게 하는 선물임을 알게 될 테니까요. 그래서 우리가 서로 더불어 살아가야 하는 이유가 거기에 있다고 생각합니다. 서로 따뜻한 마음으로 격려하고 사랑하면서 살아가는 이 삶이 얼마나 아름답고 큰 축복이던지요. 이 소설집이 우리의 소중한 이웃들에게 따뜻한 마음을 전하는 작은 열매가 되길 바랍니다.

오늘도 각자 고유한 향기를 발하는 꽃을 피우고 세상에 이로운 열매를 맺기 위해 발걸음을 내딛는 여러분을 존중하고 응원합니다.

차례

유산(遺産)

나는 아버지의 장례를 치르러 가는 길이다. 장례가 치러질 나주에 가기 위해 서울역에서 KTX에 몸을 실었다. 불과 몇 시간 전 오늘따라 일찍 잠에서 깨어나 침대에서 뒤척이고 있을 때 뜬금없이 핸드폰 진동이 요란하게 울리기 시작했다. 핸드폰 화면에는 '작은아버지'라고 쓰여있었다. 나는 작은아버지에게 가뭄에 콩 나듯이 안부 전화를 드리고 있지만 오늘처럼 작은아버지가 나에게 먼저 전화했던 적은 단 한 번도 없었다. 작은아버지와의 통화 내용은 주로 아버지에 관한 것이었다. 아버지와 작은아버지는 서로 가까운 곳에 살고 있다. 평소에 전화를 잘 받지 않으시는 아버지의 안부를 물어볼 수 있는 유일한 방법은 작은아버지에게 전화하는 것뿐이었다. 작은아버지에게 전화를 걸면 아버지의 근황에 관해서 들을 수 있었다. 그래서 오늘처럼 이른 아침에 작은아버지가 전화할 이유 또한 아버지에 대한 소식이라는 것을 자연스럽게 예상할 수 있었다.

"준호야, 아버지 돌아가셨다."

작은아버지는 담담한 목소리로 나에게 아버지의 부음을 알렸다.

아버지는 보통 새벽 4시면 잠자리에서 일어나 세수하고 거실에 앉아 신문을 정독한 후 마을 산책에 나섰다. 작은 아버지는 오늘 타지에 볼일이 있어 출발하기 전에 아버지에게 들렀던 것이다. 하지만 아버지께서 새벽 일찍 일어나 신문을 보고 있을 거라는 작은아버지의 예상과는 달리 집 안에서 아무런 불빛도 새어 나오지 않고 있었다. 작은아버지는 아버지가 어디 편찮으신가 보다고 생각하고 '형님!'을 반복해서 부르며 집 안으로 들어가 불을 켜고 안방 문을 열었다. 그곳에 아버지는 미동도 없이 누워계셨다. 불길한 예감에 휩싸인 작은아버지는 구급차를 불러 아버지를 병원으로 옮겼지만, 아버지는 이미 숨을 거둔 상태였다.

"형님은 아무런 고통도 없이 편안히 돌아가셨다."

나는 작은아버지의 전화를 끊고 침대 끝에 간신히 엉덩이를 조금 걸친 채 멀거니 앉아있었다.

'아버지가 돌아가셨다.'

나는 '아버지가 돌아가셨다'는 말이 조금도 믿어지지 않아 마치 나와 일면식도 없는 타인의 부음을 뉴스에서 들은 것처럼 덤덤할 뿐이었다. 그렇게 한참 동안 앉아있다가 비로소 눈물이 났다. 아버지가 돌아가셨다는 소식을 듣고도 곧장 애도하지 않았다는 데서 오는 죄책감 때문에 흐르는 눈물이었다. 불쌍한 아버지, 사랑밖에 몰랐던 아버지가 돌아가셨다.

아버지는 나주에서 혼자 사셨다. 나주는 아버지의 고향이자 내가 태어나 고등학교를 졸업할 때까지 살았던 곳이다. 부모님은 내가 대학교에 입학하자마자 따로 살기 시작했다. 그렇다고 해서 두 분의 사이가 좋지 않아서 이혼한 것은 아니다. 일종의 별거였다. 어느 부부보다도 사이가 좋고 서로 사랑하는 분들이 따로 산다고 하면 사람들은 선뜻 이해하지 못할 것이다. 당연하다. 아들인 내가 생각해도 이해하기 어려운 별거였으니까. 부모님은 세월이 흘러 자연스럽게 서로에게 잊히길 바랐으나 내가 아는 한 아버지는 그렇지 못했다. 나는 아버지의 어머니에 대한 그리움은 점점 커져만 갔다는 걸 지난 20년 가까이 목격해 왔다. 아버지는 나주에서, 어머니는 광주에서 살고 계셨다. 비록 나주와 광주의 거리가 버스로 1시간 정도밖에 떨어지지 않아서 그렇게 멀다고 할 수는 없었지만, 실제 거리와는 다르게 두 분이 느끼는 거리감은 아마도 별과 별 사이만큼이나 멀지 않았을까 생각한다. 지난 20년 가까이, 그러니까 정확히 18년 동안 아버지와 나는 계속해서 어머니를 찾아갔다. 하지만 그때마다 어머니의 그림자도 볼 수 없었다.

집에서 아버지는 둘째 아들이었는데 집안의 중심이 큰아들에게 쏠려 있어서 아버지나 작은아버지는 집에서 어떠한 지원을 바랄 위치가 아니었다. 그야말로 각자 알아서 삶을 헤쳐 나가야 할 처지였다.

아버지는 중매로 어머니를 처음 만나 좋은 감정이 싹터서 결국 결혼까지 하게 되었다. 아버지는 아들인 내가 봐도 외모나 행동이 멋진 분이다. 특히 주위에 있는 어려운 사람들에게 나눔을 실천하셨고 또 그렇게 사는 것이 같은 시대를 살아가는 사람의 도리라고 생각하셨다. 결혼한 후 본가에서 나올 때 돈 한 푼 없이 맨몸으로 나온 아버지는 가정을 위해 농산물 유통사업에 뛰어들어 열정을 불태웠다. 어머니도 아버지를 전적으로 신뢰하고 아낌없이 아버지를 뒷바라지하셨다. 맨땅에서 시작한 거나 다름없었던 두 분 노력의 결과로 아버지는 작은 사업체를 운영할 수 있게 되었고 형편이 나아져서 셋방살이에서도 벗어나 아담한 집도 구입할 수 있게 되었다. 부모님은 서로의 덕분이라고 치켜세우며 서로에게 고마워하셨다.

내가 초등학교에 다니던 1990년대 말 두 분 모습을 생각하면 마음이 행복해질 정도로 두 분의 관계는 매우 좋았다. 두 분만 있을 때는 웃음이 끊이질 않았다. 내 방에서도 들리는 부모님의 웃음소리를 듣고 있으면 마음이 행복해지다가도 어떨 때는 아들인 나만 빼놓고 두 분은 뭐가 좋아서 저렇게 끊이지 않고 웃음꽃이 피는지 궁금할 정도였다. 어린 마음에 아무래도 안방에는 꿀단지가 있는 것 같다고 생각한 적도 있었다. 그래서 언젠가 학교에서 돌아와 집에 아무도 없는 것을 확인하고는 갑자기 안방 어딘가에 숨겨져 있을 꿀단지를 찾아봐야겠다는 다소 엉뚱한 생각이 떠올라 안방 구석구석을 뒤진 적이 있었다. 하지만 아무리 찾아도 꿀단지는 발견하지 못하고 장롱에 걸려 있는 아버지 바지 주머니에서 천 원짜리 지폐 한 장을 슬쩍 꺼냈다. 만약 주머니 속에 천 원짜리 지폐가 한 장뿐이었다면 나는 빈손으로 안방에서 나왔을 것이다. 하지만 바지 주머니 속에는 천 원짜리 대여섯 장이 들어 있었다. 그 돈으로 집 앞 구멍가게에서 꿀처럼 달콤한 알사탕 한 봉지를 샀다. 나는 그날 오후 내내 알사탕을 빨아대며 궁극의 단맛을 맛보았다.

늘 화목한 두 분의 모습을 보면서 때로는 소외감이나 질투심 같은 묘한 감정이 든 적도 있었지만 그래도 내가 금실 좋은 부모님에게서 태어난 것은 무척 행운이란 생각이 들었다. 그 당시 부모님 사이가 좋지 않아 하루가 멀다고 부부싸움을 하는 바람에 그럴 때마다 마을 한가운데 위치한 공원을 피난처로 삼고 있는 친구가 있었다. 공원에 혼자 앉아서 밤하늘을 바라보며 시간을 보내는 그 친구를 볼 때면 더욱 부모님에게 고마운 마음이 들었다.

외출할 때면 아버지는 항상 어머니의 손을 꼭 잡고 다니셨다. 마을에서 부부가 손을 잡고 다니는 집은 우리 부모님을 빼고 본 적이 없었다. 두 분이 손을 잡고 외출하는 모습을 본 친구들은 짓궂게 자기들끼리 손을 잡고 부모님 흉내를 내며 나를 놀리기도 했다. 그러면 나는 창피해서 얼굴이 붉어져 쏜살같이 집으로 달렸다. 집에 와서 어머니에게 친구들이 놀렸다고 이야기하면 "부부는 사랑하는 사이이기 때문에 손을 잡는다거나 껴안거나 하는 애정 표현은 당연한 거야."라고 어머니는 말씀하셨다. 그러면서 친구들 말에 신경 쓰지 말라고 하셨다.

나는 애정 표현을 서슴지 않는 부모님을 시도 때도 없이 보며 자라서인지 나 역시 언젠가는 사랑하는 사람과 부모님처럼 살고 싶다는 막연한 생각을 하게 되었다.

그런 생각의 부작용으로 초등학교 6학년 때에는 같은 반 여자아이들을 하나하나 관찰하며 내 장래의 신붓감으로 어떨지, 저 아이라면 시도 때도 없이 손잡고 싶고 눈만 마주쳐도 꿀이 떨어지고 장난치고 싶거나 안고 싶은 마음이 들 것인지에 대해 진지하게 공상하기도 했다. 하지만 불행하게도 같은 반 여학생 중에는 내가 우리 부모님이 하듯이 그러고 싶은 생각이 든 여자애는 한 명도 없었다. 어쩔 수 없이 중학교에 가서 그런 여자친구를 만날 수 있기를 바랐다.

한번은 어머니께 같은 반 여자아이에 대한 내 속마음을 털어놓은 적이 있었다. 그날은 짝지였던 화련이 갑자기 내 손을 잡더니 야릇한 표정으로 나를 쳐다본 날이었다. 나는 부모님이 손잡는 모습을 워낙 자주 봐서 혹시나 화련이 나를 좋아하는 것은 아닌지 궁금했다. 나는 화련에게 손을 잡힌 채로 아무것도 모르는 척 "응? 왜?"라고 했더니 화련은 얼굴을 더 가까이 들이대며 "너 기분이 어때?"라고 묻는 것이었다.

"근데 갑자기 기분은 왜 묻는데?"라고 했더니, 화련은 약간 답답해하는 표정으로 귓속말로 "내가 손잡고 있으니 기분이 어떻냔 말이야?"라고 하는 것이 아닌가. "기분이 어때야 하는데?"라고 되물었더니, 화련은 "치!" 하고 바람 빠지는 소리를 내면서 "너 아직 어리구나."라고 말하며 내 손을 돌려주었다. 분명히 같은 나이인데 나보고 어리다고 한 걸 보고 나는 그런 화련이가 어디 아픈 사람이라고 생각했다. 그러면서 화련이 내 손을 잡았을 때의 느낌을 떠올려 봤다. 하지만 나는 특별히 좋다거나 야릇하다거나 하는 감정을 느끼지 못했다.

나는 어머니에게 그날 화련이 내게 한 말과 행동에 대해 물었다. 그리고 내가 아무런 느낌도 없었다는 것도 말씀드렸다. 그러자 어머니는 "화련이가 다 컸구나."라고 하시는 게 아닌가. "그럼 저는요?"라고 물었더니 어머니는 활짝 미소를 지으시며 이성에 대해 특별한 감정이 생기는 사춘기에 대해 알려주셨다. 화련은 그 시기가 더 빨리 온 것 같고 나는 아직 사춘기가 오지 않은 것 같다고 하셨다. 그렇지만 사춘기라는 것이 대개는 중학교 1, 2학년 때 오기 때문에 나도 머지않아 이성에 대한 호기심이 생기고 야릇한 감정도 느낄 수 있을 거라고 하셨다. 그때 이성의 손을 잡으면 전기가 오듯이 저릿할 거라고도 말씀하셨다.

나는 그 말을 듣고 약간 겁을 먹었던 것 같다. 여자의 손을 잡으면 전기에 감전되는 듯한 기분이 든다면 만약 내가 엄청나게 좋아하는 사람의 손을 잡는다면 감전으로 죽을 수도 있지 않을까 하는 마음에서였다. 그러면서 부모님은 감전되는 것이 무섭지도 않으신가 보다는 생각도 하게 되었다. 어머니께 감전이 걱정된다는 소리를 했더니 정말 좋아하는 사람을 만나면 아주 행복할 정도로만 전기가 통하기 때문에 죽을 염려는 안 해도 된다고 하셨다. 그 말을 듣고 나는 감전돼서 죽을 수도 있다는 걱정은 일단 내려놓을 수 있었다. 하지만 시간이 지난 후에 그때를 돌아보면 설령 감전으로 죽을 수 있다는 걸 알면서도 용기 내어 손을 잡게 되는 것이 사랑이 아닌지 생각하게 되었다.

그 뒤로 나는 학교에서 화련의 말과 행동을 전부는 아니더라도 약간은 이해할 수 있을 것 같았다. 화련은 가끔 수업 시간에도 내 손을 잡고 계속해서 내 얼굴을 빤히 쳐다봤다. 그럴 때면 나는 나에게 사춘기가 왔는지 안 왔는지 구분해 보려고 집중했다. 하지만 초등학교 졸업할 때까지도 색다른 감정을 느끼지는 못했다.

중학생이 된 지 얼마 되지 않아 붐비는 버스 안에서 우연히 화련을 만난 적이 있었다. 그런데 화련은 나에게 아는 척하지 않았다. 그런 화련의 행동이 이상하게 생각되어 나는 사람들 사이를 비집고 화련에게 가까이 다가가 내가 먼저 아는 척했다.

"화련아, 안녕! 오랜만이야."

그랬더니 몇 달 전까지만 해도 전사처럼 내 손을 아무렇지도 않은 듯이 주물럭거리던 화련이 웬일인지 얼굴이 농익은 자두처럼 붉어졌다. 일순간 나는 화련이 어디가 아픈 건 아닌지 걱정스러웠다. 그래서 "너 괜찮니? 얼굴이 너무 빨간데."라고 했더니, 화련은 아무런 말도 하지 않고 고개를 숙여버렸다. 나는 화련이 많이 아파서 기운이 없다고 생각하고 걱정스러운 마음으로 화련의 바로 옆을 지키고

서 있었다. 이윽고 화련은 버스에서 내리자마자 거의 뛰다시피 집으로 향했다. 나도 처음에는 화련을 뒤따라 뛰어갔지만 화련이 워낙 빨리 뛰는 바람에 결국 따라가는 것을 포기하고 천천히 걸어서 집에 왔다.

그날 있었던 이야기를 어머니에게 말씀드렸더니 화련은 아픈 것이 아니고 나에게 느끼는 감정이 달라졌을 거라고 하셨다. 내가 무슨 말인지 이해하지 못하는 표정을 짓자 어머니께서는 차근차근 설명해주셨다. 아마도 초등학교 때 나에 대한 느낌과 중학교에 와서 나에 대한 느낌이 달라져서 그랬을 거라고 하셨다. 달리 말해 화련은 내가 초등학교 때와 달리 성숙해 보였을 거라는 얘기였다. 대개 성숙한 이성을 보면 부끄러워하는 게 보통이라고 하셨다. 하지만 그 이야기를 듣고 화련이 초등학교 때처럼 씩씩하게 내 손을 잡았더라면 내게 사춘기가 왔는지 알 수 있었을 텐데 그럴 기회가 없었다는 것이 못내 아쉬웠다.

내가 이성에게 이상야릇한 감정을 느낀 것은 중학교 3학년 때였다. 교회에서 중등부 회장을 맡고 있었던 나는 중학교 2학년이었던 부회장 지수와 자연스럽게 어울릴 일이 많았다. 우리가 꽤 친해졌던 여름방학 때 해변으로 교회 수련회를 가게 되었다. 밤에 해변 모래사장에 둘러앉아 모닥불을 지펴놓고 기타 연주에 맞춰 노래도 부르고 게임도 하면서 즐겁게 시간을 보내고 있었다. 그런데 풍선 터뜨리기 게임에서 나와 지수가 짝이 되었다. 풍선에 손을 대지 않고 풍선이 땅에 닿기 전에 두 사람이 합심해서 풍선을 터뜨려야 했다. 고등학생 형과 누나가 시범으로 보여준 바에 따르면 두 사람 사이에 풍선을 두고 힘껏 껴안아서 터뜨릴 수밖에 없었다. 나와 지수도 그렇게 풍선을 사이에 두고 힘껏 껴안아서 풍선을 터뜨리려고 했지만 풍선이 말랑말랑해진 상태여서 여간해서는 터뜨리기 힘들었다. 하지만 어떻게든 풍선을 터뜨리기 위해서 우리는 끌어안고 또 끌어안았다. 결국 우리는 해냈다.

문제는 풍선 터뜨리기가 끝나고 자꾸 지수를 안으면서 느꼈던 묘한 기분이 계속 머릿속에서 맴돌았다는 것이다. 먼저 지수의 가슴에서 딱딱하게 느껴지는 브래지어의 감촉이 이상했고 더 기분이 묘했던 것은 내 양손이 지수의 등에 닿았을 때의 느낌이었다. 지금껏 한 번도 느껴본 적이 없었던 기분이었다. 그 순간 내 모든 세포가 말똥말똥 깨어나 예민하게 느껴졌다. 다름 아니라 어머니께서 말씀하셨던 전기가 저릿하게 통하는 바로 그런 기분이라는 걸 알았다. 나는 그때 비로소 나에게도 드디어 사춘기가 찾아왔다는 것을 알게 되었다.

캠프에서 돌아와서도 계속 지수의 살갗에서 느꼈던 감촉이 사그라들 줄 모르고 밤낮을 가리지 않고 나를 괴롭혔다. 특히 밤에 자려고 누우면 지수에게서 맡았던 비누 향이 선명해지고 그 촉감이 내 피부를 간질이는 바람에 한참을 뒤척이다 잠들어야 했다. 그러다 지수와 껴안으며 풍선을 터뜨리는 꿈을 꾸다가 태어나서 처음으로 몽정을 경험했다.

그러면서 내 머릿속은 온통 지수 생각뿐이었다. 지수와 같이 있으면서도 혼자 기분 좋아서 헤벌쭉 웃다가 돌연 가슴이 답답해져서 슬퍼지기도 했다. 지수와 같이 있다는 것이 기뻤으나 지수와 같이 있는 것만으로는 채울 수 없는 공간이 너무 크다는 것을 깨닫게 되면서 나는 다시 슬퍼졌다. 하지만 훗날 다시 생각해 봤을 때 그때 심정으로는 내가 지수를 껴안는다고 하더라도 내 안의 공간은 채워지지 않았을 거라는 걸 알았다.

다행인지 불행인지는 잘 모르겠지만 지수를 향한 내 짝사랑은 고등학교에 들어가면서 누그러졌다. 만약 내가 그때의 감정에 솔직했다면 나는 지금 죽도 밥도 안 됐을 거라는 생각이 들었다. 지수에게 사랑을 고백하고 둘이 어울리느라 공부는 멀리했을 게 뻔했고, 잘못해서 이른 나이에 애 아빠가 되어버렸다면 밥벌이하느라 대학에도 못 갔을 거란 생각을 하면 눈앞이 아찔했다.

고등학교에 다닐 때도 여전히 부모님의 애정행각은 변함이 없었다. 가끔은 거실에서 두 분이 손을 잡고 있다거나 포옹하고 있는 모습을 보면 농담으로 '내가 요즘 한창 민감할 때니 공개적인 애정 표현은 삼가 달라'고 한 적도 있었다. 말은 그렇게 했지만 속으로는 부모님의 다정한 모습을 보면서 행복했다.

나는 고등학교에 들어서 이성 친구를 만나는 일보다 동성 친구와 어울리는 일이 많았다. 이성 친구를 만나면 정신적으로나 육체적으로 감정을 조절하는 일이 쉽지 않다는 것을 알았기 때문에 이성 친구를 만나는 것을 일부러 멀리했다. 동성 친구들과 어울리면 감정을 소모할 필요가 없다는 점에서 부담도 없고 홀가분했기 때문에 자연스럽게 어울리게 되었는지도 모른다. 그러면서 이성과의 교제는 대학에 가서 경험하자고 은연중에 생각하고 있었던 것 같다.

여자친구가 있는 몇몇 친구들은 방과 후나 주말에 번질나게 붙어 다녔지만 그런 모습을 보면서도 부럽다거나 나도 여자친구가 있으면 좋겠다고 바라거나 한 적은 없었다. 그 나이에 느끼는 육체적인 욕망을 자칫 사랑이라고 오해할 수 있다고 생각하고 있었기 때문이었다. 설령 그 나이에 사랑한다고 하더라도 그 한계가 분명하게 있다는 걸 느꼈기 때문에 사랑의 깊이 또한 얕을 수밖에 없을 터였다. 데이트하더라도 부모님이 주신 용돈으로 비용을 충당해야 하고 공부에도 신경 써야 할 시기이기 때문에 만나는 시간도 제약이 있을 수밖에 없었다.

그렇다고 해서 이성 친구를 사귈 기회가 없었던 것은 아니다. 교회를 다니고 있었기 때문에 이성과의 만남은 자연스러웠다. 언젠가는 여학생이 나에게 사귀자고 한 적도 있었다. 그 여학생은 나와 같은 나이였고 친하게 지내는 사이였다. 나는 친구로 지내는 걸로 만족했다. 하지만 그 여학생은 그렇지 못했다. 아마도 중학교 때 내가 지수를 보며 느꼈던 감정을 그 여학생이 나에게 느끼고 있는 것 같았다. 나도 남자다 보니 한동안 생각이 갈팡질팡했지만 결국 고등학교 때는 이성 친구를 사귀지 않는 걸로 밀고 나가기로 결심했다. 그 여학생의 유혹은 매우 적극적이었다. 그래서 나는 약간 흔들린 적도 있었다. 그러나 아이러니하게도 그 여학생의 적극적인 태도 때문에 나는 다시 정신 차릴 수 있었다. 나는 그때 너무 적극적인 구애는 때로는 상대방에게 현실을 직시하도록 만들 수 있다는 것을 알게 되었다. 만약 그 여학생이 그렇게까지 적극적으로 나오지 않았다면 내가 어떻게 반응했을지 상상할 수 없는 일이다.

나는 그렇게 이성과의 사랑에 대한 욕망을 고이 접어 마음 깊숙이 보관한 채 고등학교 3년을 보냈다.

드디어 대학교에 입학하면서 집을 떠나 서울에서 살게 되었다. 완전히 내 세상이었다. 여태까지 유보해온 사랑을 본격적으로 할 수 있다는 부푼 기대에 차서 풋풋한 대학 생활을 시작했다. 공부보다는 이성과의 소개팅에 몰두하며 신나게 보내고 있던 3월 어느 날 부모님이 나를 만나러 서울에 오셨다. 워낙 사이가 좋은 부모님이었기 때문에 서울에서 치러지는 결혼식에 왔다가 아들 얼굴을 보고 가기 위해 나를 불러냈을 거라고 생각했다. 하지만 부모님은 전혀 예상하지 못했던 충격적인 소식을 전했다. 다름이 아니라 두 분은 이제부터 따로 살게 되었다는 것이었다. 처음에는 도저히 우리말인데도 이해가 되지 않아 마치 내가 모르는 스페인어나 프랑스어를 듣고 있는 것 같은 기분이 들었다. 무슨 말씀이냐고 다시 묻자 부모님은 이혼하는 게 아니라 별거하기로 했다는 것이었다. 나는 이혼이 아니라 별거를 선택해서 다행이라고 말해야 하는지 아니면 나는 도저히 받아들일 수 없으니 안 된다고 말해야 하는지 머릿속이 뒤죽박죽이 되어버렸다. 내가 가장 이해할 수 없었던 점은 두 분처럼 서로 사랑하던 사람들이 하루아침에 별거할 수도 있느냐는 것이었다. 아들이 질투가 날 만큼 금실이 좋았던 분들이 어떻게 따로 살 결정까지 하게 되었는지 나는 물어봐야 했다. 두 분에게서 사랑을 배웠다고 해도 과언은 아닐 텐데, 지금 와서 사랑이 아니라고 말하는 건지, 아니면 사랑이 변했다고 하는 건지 나는 두 분의 해명을 들어야 했다.

이야기를 들어보니 따로 살자고 강력하게 주장하는 쪽은 어머니였다. 반면 아버지는 도저히 받아들일 수 없다고 하셨다.

"아니, 어머니, 두 분이 사랑하시는 거 아니에요? 여태껏 잘 사셨으면서 갑작스럽게 왜 따로 살겠다고 하시는 거예요?"

"준호야, 지금껏 둘이 행복하게 살았으니까 이제는 따로 살고 싶다는 거야. 나도 하고 싶은 게 있고 꿈이 있는 사람이다. 한 번뿐인 삶인데 이제는 나도 꿈을 좇아 살 거야."

"여보, 당신 꿈이 뭔지는 몰라도 내가 당신 꿈을 이루도록 전적으로 지원한다잖아요. 지금처럼 같이 살면서 당신은 꿈대로 살아요."

"여보, 몇 번을 말해야 알겠어요? 혼자 사는 게 꿈이에요. 누구의 간섭도 받지 않고 혼자 살고 싶다고요. 그게 내 유일한 꿈이에요. 지금까지 함께 행복하게 살았으면 됐지 않아요? 제발 부탁이에요, 여보. 나 좀 혼자 살게 도와줘요. 그렇지 않으면 나는 행복하지 않을 거예요."

"어머니, 혹시 어디 편찮으시기라도 하세요? 예를 들어 암에 걸렸다거나 그런 거 말이에요?"

"준호야, 어머니에게 무슨 그런 말을 하는 거냐?"

"나는 보다시피 건강한 사람이야. 그리고 준호 너도 나 찾아올 생각하지 말고 서울에서 잘 살거라."

"어머니, 너무 하신 거 아니에요? 저도 안 보시겠다는 거예요?"

"이제부터 나만 생각하며 살 테니까. 우리 각자 따로 잘 살자. 그래서 말인데 앞으로 연락할 일이 있으면 번거롭게 찾아올 것 없이 이메일로 하자. 알겠지?"

"어머니!"

"여보, 준호에게는 그럴 필요까지는 없잖아요?"

"아니에요. 분명히 해두는 게 좋겠어요. 난 당신도, 준호도 사랑해요. 앞으로 두 사람이 행복하길 그 누구보다도 바라고 있어요. 내가 두 사람이 싫어서 안 보겠다는 게 아니란 말이에요. 나는 지금까지 행복했어요. 하지만 한편으로 내가 이루고 싶은 꿈에 대해서는 공백으로 남겨 있는 것을 생각할 때마다 마음이 헛헛했어요. 더 늦기 전에 혼자 살면서 내가 그리고 그리던 삶을 살고 싶어요. 이제 나만 생각하며 살게 될 거예요. 그래서 두 사람이 날 좀 이해해 줬으면 좋겠어요. 사랑한다면 내 뜻대로 해줘요, 여보, 준호야!"

그렇게 해서 쉰네 살 아버지와 쉰 살 어머니는 따로 살기 시작했다. 아버지는 나주에서 사업하시며 그대로 사셨고, 어머니는 광주 근교 전원마을에 작은 집을 마련하셔서 혼자 사셨다. 어머니께서 이사하신 후 얼마 되지 않아 나는 주말을 이용해 어머니를 방문했다. 집에서 내다보이는 곳에 강물이 흐르고 있어 아름답고 호젓한 마을이었다. 그곳에서 하룻밤 자고 오려고 했는데 어머니의 성화로 오래 있지도 못하고 곧장 아버지가 계시는 나주로 가야 했다.

그날 저녁 아버지와 술 한 잔씩 하는데 나도 모르게 눈물이 흘렀다. 사실 나는 그날 몹시 서러웠다. 어머니를 잃어버린 기분이었다고 할까. 그런 기분 때문에 마치 어머니께서 돌아가시기라도 한 것처럼 서럽게 울었다. 어머니께서 왜 그러시는지 이해할 수 없는 것도 슬펐다. 어릴 때는 어른의 세계에는 이해할 수 없는 부분이 많이 있을 거라고 생각했었다. 하지만 나도 이제 스무 살이 되었다. 물론 여전히 모르는 것 투성이었지만 그래도 어머니의 생각을 도저히 이해할 길이 없어서 슬펐던 것이다. 내가 고아가 된 듯한 기분도 들었다. 그래서 한없이 울었다. 아버지는 나보고 울지 말라고 하셨지만 정작 본인도 눈에 눈물이 가득 고여있었다.

"준호야, 아버지는 세상에 태어나서 가장 고마운 일이 네 어머니를 만난 거란다. 내가 네 어머니를 처음 만났을 때 아, 내가 사랑할 사람이 이 사람이란 감이 왔단다. 첫눈에 뭔가 통한다는 생각이 들었지만, 거기에 그치지 않고 만날수록 사랑이 커지더라. 만약 운명이란 게 있다면 바로 이런 걸 두고 말하는 거라고 생각했단다. 너도 알다시피 결혼해서도 늘 행복했다. 그게 다 네 어머니 덕이었지. 나는 네 어머니를 생각하면 마음이 애틋해지는 버릇이 생겼단다. 그래서 떨어져서 잔 적도 몇 번 없었지. 막 결혼해 방 한 칸에서 신혼살림을 차렸어도 네 어머니 덕분에 늘 행복했다. 그래서 저 여자를 어서 빨리 편하게 살게 해 줘야겠다고 생각하고 더욱 열심히 일했지. 다행히 머지않아 셋방살이도 벗어날 수 있었다.

네가 대학생이 되고 너를 서울로 떠나보내면서 서운한 마음도 들었지만, 그동안 잘 키웠다는 생각에 뿌듯한 마음이 더 컸단다. 그런데 갑자기 네 어머니가 이제 혼자 살고 싶다고 하지 않겠니? 나는 너무 허탈해서 무슨 말을 해야 할지도 모르겠더구나. 내가 과연 네 어머니 없이 혼자서 살아갈 수 있을까 생각해 봐도 자신이 없는 게 사실이란다. 그래서 처음으로 부부싸움을 했다. 그것도 몇 날 며칠을 말이다. 그런데 문득 이런 생각이 들더구나. 어쩌면 내가 혼자 살 일이 불편할 것 같아서 투정만 부리고 있는 것은 아닌지, 정말로 사랑한다면 네 어머니 뜻대로 살아볼

기회를 주어야 하는 건 아닌지, 이런 생각을 수도 없이 했
단다. 그래서 끝까지 이기적이지 못하겠더구나. 그것도 어
머니의 소원이라는데, 죽은 사람 소원도 들어준다는데 산
사람 소원인들 못 들어주겠냐 싶어 그렇게 하기로 한 거
지. 그러면서도 네 어머니를 생각하면 가슴이 한없이 아리
더구나. 내가 참아야겠지. 아니, 잘 참아볼 테니 준호 너도
그렇게 해다오."

　그날 밤 아버지와 나는 온통 어머니 생각으로 울다가 술
마시다가 그렇게 슬픔에 잠겨 새벽을 맞이했다.

　도저히 시간이 안 갈 것 같았지만 나는 나에게 주어진
삶을 어떻게든 살아가고 있었다. 가끔 어머니 생각에 목이
메어도 꾸역꾸역 밥을 먹고 운동도 하고 술도 마시고 뒤척
거리며 잠도 자면서 그렇게 살았다.

　아버지는 겉으로는 멀쩡해 보였다. 하지만 인근에 사시
는 작은아버지와 전화 통화하다 보면 식사도 잘 안 드시고
술을 자주 마신다는 말을 들으면 아버지는 안 괜찮다는 생
각이 들었다.

　작은아버지의 전화를 받고 나면 아버지를 찾아뵈러 주
말에 나주에 내려갔다. 도중에 어머니에게도 들렀다. 하지

유산(遺産)　35

만 어머니를 만날 수는 없었고 단지 이웃집 사람에게 어머니가 여행 가셨다는 말만 전해 듣고 돌아와야 했다. 어머니가 원하신 대로 연락은 오직 이메일로만 할 수 있게 되어버렸다. 아버지는 뵐 때마다 살이 빠지고 있었다. 식사를 제대로 안 하시니 당연한 일이었다.

그날 밤에 아버지와 나는 또 술잔을 기울였다.

"네 어머니 얼굴도 못 보고 목소리도 못 듣고 있다. 이메일로 잘 지낸다는 말만 하고는 다른 연락도 없다. 벌써 5년이 넘었는데 아직도 적응이 안 되는구나. 멀리서라도 얼굴만 볼 수 있다면 이렇게 답답하지는 않을 것 같은데 말이다."

"저도 오는 길에 어머니 집에 들렀는데 여행 가셨다고 하더라고요."

"내가 찾아갈 때마다 항상 집에 없어. 도대체 그 집에서 살고 있기나 하는 건지 모르겠구나. 그런 네 어머니가 매정하고 서운하다. 이렇게 모른 척하고 살 수 있는 사이가 아닌데 말이지. 어떨 때는 다시는 연락 안 할 거라고 큰소리치다가도 돌아서면 네 어머니가 보고 싶어진다."

오늘도 아버지 눈에는 눈물이 한가득 고여있었다. 나 역시 어머니 생각과 아버지 걱정에 눈앞이 흐려졌다.

그러다가 언젠가는 어머니로부터 태국에 살고 있는 친구의 초대로 태국에 와 있다는 이메일을 받았다. 그다음 해엔 일본에 와 있다는 이메일을 받았다. 그다음엔 대만. 다음에는 무감해졌다. 아니 무감한 척했다고 해야 옳다. 나는 적어도 그랬다. 하지만 아버지는 그렇지 않았다는 걸 짐작할 수 있었다. 아버지는 시간이 갈수록 어머니에 대한 그리움이 더 커지는 것 같았다. 아버지를 찾아뵈면 더욱더 살이 빠져있었고 술도 자주 드셨다는 것을 상자에 수북이 쌓인 빈 술병으로 알 수 있었다.

아버지의 그런 모습을 보고 서울로 돌아올 때면 나는 몹시도 속이 상해서 어머니를 원망하게 되었다. 그렇게 하지는 말아야지 하면서도 나도 어머니가 보고 싶었고, 그럴수록 어머니를 이해할 수 없었고 어머니가 미웠던 게 사실이었다. 아니, 어머니가 우릴 버렸다는 생각까지 들어서 한 번은 속마음을 그대로 적어 거의 A4용지 세 장 분량의 이메일을 보낸 적이 있었다. 하지만 한참 후에 받은 어머니의 답신에는 '사랑한다'는 단 한마디뿐이었다.

그렇게 10년이 지나면서 나는 그런대로 직장에서도 안

정을 이루었고 생활 역시 나름 안정적으로 살아가고 있었다. 하지만 내 연애는 순탄치 않았다. 나는 누구보다 열렬히 사랑하고 싶었다. 아마도 어려서부터 부모님의 행복한 모습을 보고 자랐기에 사랑 제일주의가 되었다고 믿었다. 하지만 부모님이 따로 살고부터는 연애에 대해 혼란스러워졌다. 나는 부모님을 보면서 '남녀가 서로 좋아해서 애까지 낳고 서로가 전부인 것처럼 살다가 시간이 흘러서 언제 좋아한 적이나 있었냐는 듯이 뒤틀린 사이가 될 바에는 차라리 좋을 때만 몇 년 살고 헤어지는 것이 낫지 않을까'라고 생각한 적도 있었다. 지금 당장 죽도록 사랑하는 사이가 되더라도 부모님처럼 나중에 헤어져 살고 싶어질지도 모른다는 생각을 하면 누군가를 사랑하는 일이 점점 자신이 없어졌다. 지금의 사랑이 진정한 사랑이라고 할 수 있는지도 모르겠다는 생각이 들었다. 대학교에 다니면서도 이성 친구를 자연스럽게 만나 데이트하고 때로는 함께 잠을 자기도 하면서도 시간이 지날수록 내가 저 여자에 대한 마음을 사랑이라고 말할 수 있을지 의문을 가지게 되었다. 그러다 결국 내 연애는 오래가지 못하고 이별을 경험해야 했다. 그런데 이것이 일시적인 일이 아니었다. 만나서 연애하다가 서로 충분히 가까워졌다고 느껴지면 결국 헤어지고 말았다.

　나는 여자와 만나 사귀다가 헤어질 때면 아무리 예견된 이별이라 할지라도 감정 소모가 만만치 않았다. 그러면 며칠간 호되게 앓아야 했다. 온몸에 한기가 들고 심한 두통에 정신을 잃고 실신할 정도로 앓았다. 그러다가 한밤중에 이러다 죽을 수도 있겠다는 생각에 허겁지겁 겉옷과 지갑을 챙겨서 땀범벅인 채로 병원 응급실을 찾은 적도 있었다. 응급실에서 주사와 수액을 맞고 한숨 자고 일어나면 겨우 두통이 사라지고 열이 내려 이제 죽지는 않겠다는 안도감이 들었다. 그러면 새벽 공기를 마시며 집으로 터벅터벅 걸어왔다. 집으로 걸어가면서 이제는 두 번 다시 이런 사랑은 하고 싶지 않게 해달라고 가로등 불빛을 보며 빌기도 했다.

　나에게는 사랑이 참 아팠다. 내가 바라던 사랑은 이런 것이 아니었는데 점점 나도 모르게 무게감 없고 책임감 없는, 그야말로 단발성 감정 해소가 되어 버렸다. 한없이 가벼울 수밖에 없는, 첫눈처럼 손에 닿기도 전에 공기 중으로 흩어져버리고 마는 그런 사랑이 되어버린 것이다. 이 굴레에서 간절히 벗어나고 싶다가도 왠지 나는 이 굴레에

서 끝내 벗어날 수 없을 것 같은 불길한 예감에 사로잡히
곤 했다.

　그러다 언젠가부터는 차라리 혼자 사는 것이 더 좋을 것
같았다. 그래서 연애만 하고 결혼할 생각을 접었다.

　시간이 지나면서 나와 같은 생각을 가진 여자를 만났다.
그녀의 이름은 신연수다. 연수에게 터놓고 말하지는 않았
지만 그녀도 나와 같은 콤플렉스가 있다는 생각이 들었다.
그렇게 연수와 나는 굳이 결혼하지 않고도 연애만 하면서
나름 행복하게 살아가는 법을 터득했다. 가끔은 며칠 동안
서로의 아파트에서 지내다가도 떠나고 싶을 때는 미련 없
이 떠났다. 때로는 이대로 같이 살자고 할까 하는 마음도
들었지만 부모님을 생각하면 그런 마음은 이내 사위고 말
았다.

　나는 가끔 사랑을 나누고 침대에 나란히 누워 자고 있는
연수를 보면서 '혹시 연수라면 이대로 같이 사는 것도 좋
지 않을까' 생각했다.

　나와 연수는 혼자 조용히 술 한잔하러 가는 바에서 우연
히 만난 사이였다. 나는 금요일 저녁이면 바에서 혼자 앉
아 맥주를 마시며 재즈 음악 듣는 것을 즐겼다. 그곳에서

연수도 혼자였다. 자주 만나다 보니 서로 아는 척하게 되고 나란히 앉아 술을 마시게 되었다. 몇 번 이야기하다가 연수가 나랑 똑같은 부류라는 걸 알았고 그러다 서로 사랑하게 되었다. 뒤끝 없는 사랑, 서로 연연하지 않는 사랑, 언제 돌아서도 쿨하게 손을 흔들어줄 수 있는 사랑, 딱 그 정도의 사랑만 하기로 했다. 연수를 만나면서 더 이상 감정소모할 걱정은 하지 않아도 되었다. 하지만 언제라도 헤어질 수 있는 사이라고 해서 사랑하는 감정이 마음대로 조절되거나 나도 모르게 가는 정을 무게 달 듯이 적당한 정량으로 줄여서 줄 수는 없는 일이었다.

나는 적어도 그랬다. 마음대로 조절이 안 되는 나였지만 만약 내가 연수에게 내가 그렇다는 것을 말하기라도 한다면 내가 예전에 다른 여자들에게 했던 것처럼 연수도 똑같이 나를 떠날 거란 생각이 들었다. 그래서 애써 그녀를 적당히만 사랑하고 있는 척했다. 나는 그렇게 그녀를 사랑했다. 하지만 이 사랑이 언제 끝나도 끝날 거란 생각에 가끔은 미리 조금씩 슬퍼하기도 했다. 그때 너무 한꺼번에 슬퍼하기가 벅찰 거란 예감 때문이었다. 아마 그때는 또다시 앓게 되어 병원 응급실에 가게 되더라도 내 발로 걸어서는 못 가지 싶었다.

언젠가 연수는 나에게 이런 말을 한 적이 있다.

"나 원래는 이렇게 말 잘 안 해. 그런데 묘하게 오빠 앞에서는 주절거려진단 말이야. 참 묘해."

내가 생각하기에는 연수가 말이 많은 편은 결코 아닌데 자기 스스로 판단했을 때 내 앞에서는 말을 많이 하는 편이라는 말이었다. 사실 나 역시 말이 많은 편이 아니라서 연수와 함께 있을 때면 편했다. 어떨 때는 서로 등을 대고 소파에 앉아 각자 책을 읽느라 오후를 다 보낸 적도 있었다. 그때 등을 대고 있으면서 서로의 체온을 느낄 수 있었기 때문에 지금 오롯이 같이 있다는 데서 드는 안도감이 좋았다. 나는 말로는 가벼운 사랑 운운하면서도 속으로는 언젠가는 떠나보내야 한다는 불안감을 폭탄처럼 안고 있었다. 그런데 등을 맞대고 있으면 그런 생각이 들지 않았다. 서로에게서 전해지는 온기가 내 몸을 어루만지며 속삭이는 느낌이 들었다. '이렇게 함께 있으니 걱정하지 말고 편안히 있어도 된다'고.

우리는 처음부터 연애만 하기로 하고 관계를 시작했다. 시간이 갈수록 처음에 했던 생각이 변할 수 있다는 것을 감안하지 못했다는 것을 깨달았다. 나는 그렇게 생각했지만 연수에게 말하지는 못했다. 말하는 순간이 우리의 마지막이 될 수도 있기 때문이었다. 그러면서 내가 연수와 헤어질 것을 두려워하고 있다는 걸 알았다. 내가 어렸을 때봤던 부모님처럼 나는 연수를 사랑하고 있었다. 또한 그 사랑이 생각과 달리 결코 가볍지 않다는 것을 깨닫고 있었다. 가끔 연수에게 "그냥 오늘도 여기서 자고 가지 그래?"라고 말하곤 했다. 나는 그런 말을 그저 흘리듯이 말했다. 진지하지 않게 말이다. 그러면 연수는 되물었다.

"그럴까?"

"그래, 괜찮다면 그냥 있어."

사실 내 속마음은 그게 아니라 "네가 가지 않기를 바라. 오늘도 같이 있고 싶다."라고 말하고 싶었다. 하지만 '괜찮다면'이란 말을 기어코 붙이고 말았다. 다행히 연수는 두 번 중에 한 번은 "아, 모르겠다. 그러자." 하면서 그대로 주저앉았다. 그럴 때면 나는 속으로 날 듯이 기뻤다. 하지만 겉으로는 아무렇지도 않은 척했다. 그래야 연수가 부담을 갖지 않을 거란 생각 때문이었다.

연수도 나처럼 속마음을 흘릴 때가 있었다. 그걸 내가 눈치챌 때면 역시 우리는 똑같은 부류라는 생각이 들었다.

연수는 나와 반대로 화목하지 않은 부모님 사이에서 자랐다. 어렸을 때부터 부부싸움을 보며 자랐던 연수가 결혼에 대해 부정적인 것은 충분히 이해할 수 있는 일이었다. 연수가 부부싸움이 벌어지는 집을 나와 골목길을 정처 없이 헤매면서 무슨 생각을 했을지 짐작할 수 있을 것 같았다. 그런 생각들이 반복되면서 자연히 마음 깊이 완고한 결정체가 생겨버린 것이었다. 결국 연수는 사랑을 두려워했다. 더 정확히 말하면 연수는 사랑이 아니라 결혼을 두려워하는 것이었다. 자신의 부모님처럼 사랑해서 결혼했지만 머지않아 남에게도 하지 못할 비난의 독설을 쏘아대는 사이로 전락할 수 있다는 두려움이었다.

　나는 가끔 연수를 보고 있으면 극과 극은 서로 통한다는 생각이 들었다. 아들이 부러워할 정도로 사랑하던 부모님을 보고 자란 나, 지긋지긋하도록 싸우기만 하던 부모님을 보고 자란 연수, 결국 우린 결혼을 두려워하고 있는 부류가 되어버렸으니까.

　나주로 내려가는 기차 안에서 어머니께 이메일로 아버지의 부음을 전했다. 사실 지난 18년 동안 한결같이 어머니의 답신은 일주일 이상이 걸렸기 때문에 별다른 기대도 하지 않았다.

　내가 나주에 도착했을 때 아버지의 장례 준비는 작은아버지가 다 마친 상태였다. 아버지 영정사진도 제단에 올려져 있었다. 언제 봐도 우리 아버지는 멋지단 생각이 들었다. 올해 일흔둘인 아버지는 지난 18년 동안 어머니만 그리워하며 사셨다고 해도 과장이 아니다. 속상하면서도 한편으로 세상에 태어나서 아버지처럼 한 사람만을 사랑할 수 있는 것도 행운일 거라는 생각이 스쳤다. 20년 넘게 같은 공간에서 서로 사랑했고 18년은 서로 떨어져서 그리워했지만 그리움도 사랑의 한 갈래라고 생각하면 아버지는 돌아가시기 전까지도 어머니를 사랑하셨던 것이라고 말할 수 있다. 안타까운 것은 아버지께서 그토록 사랑하고 보고 싶어 했던 어머니를 보지 못하고 눈을 감았다는 것이다. 그런 생각을 하면 어머니가 원망스러웠다. 하지만 더 이상 어머니에 대해서는 생각하고 싶지 않았다. 생각한다고 해서 어떻게 될 일도 아니기 때문이었다. 그저 어머니 나름대로 행복하시기만을 바랄 뿐이었다.

늦은 저녁때 연수가 검은 옷을 입고 장례식장에 들어왔다. 나주에 내려오면서 전화로 사정을 이야기했지만, 장례식장에 내려올 줄은 몰랐다. 솔직히 이럴 때 내 옆에 연수가 있으면 좋겠다는 생각을 하고 있었다. 하지만 연수에게 나주로 내려와 달라는 말은 하지 못했다. 그런데 연수가 장례식장에 와주었다. 나는 입구에 들어선 연수를 보자마자 눈물이 핑 돌았다. 나는 말없이 연수에게 다가갔다. 그런 나를 보고 연수는 내 손을 꼭 잡았다. 이윽고 나는 연수를 끌어안았다. 그렇게 나는 한동안 눈물을 흘렸다.

연수는 발인 날, 장지까지 함께 해줬다. 연수는 장례가 모두 끝나고 서울로 올라갔고 나는 아버지의 짐을 정리하기 위해 하루 더 머물렀다. 아버지의 옷가지를 정리하고 작은아버지와 의논 끝에 집은 일단 그대로 두기로 했다. 집을 처분해버리면 나에게 소중했던 추억들도 사라져버릴 것 같았기 때문이었다. 가끔 나주 집에 내려가 아버지를 떠올리며 아버지를 애도하고 싶었다.

서울로 올라오는 길에 혹시나 하는 마음으로 어머니에게 들렀다. 오늘도 빈집만 보고 올 줄 알면서도 별다른 기대 없이 어머니가 살고 있는 광주로 향했다. 역시 집에서는 어머니 그림자도 볼 수 없었다. 기대 없이 갔지만 그래도 가슴에서 울컥하고 설움이 화산처럼 솟구쳐 올라왔다. 나는 그 자리에서 털썩 주저앉아 설움을 토해내고 말았다.

바로 그때 어떤 남자가 나에게 다가왔다. 처음에는 눈물 때문에 대상이 희부옇게 보여 누구인지 알아보지 못했다. 눈물을 다시 훔치고 나서 그 사람이 오랫동안 연락 없이 지내던 외삼촌이라는 걸 알았다. 외삼촌도 처음에 긴가민가해서 내 이름을 물었다.

내가 마지막으로 외삼촌을 본 것은 20년 전이었다. 그러니까 내가 고등학생 때 외삼촌의 결혼식장에서 본 게 마지막이었다. 외삼촌은 결혼하자마자 캐나다로 공부하러 떠났고 그 이후로 그곳에 눌러살기로 했다는 소식만 들었다. 18년 전에 어머니가 아버지와 따로 살기로 했을 때도 외삼촌에게 연락하지 않았다. 외삼촌이 한국에 들어오지 않았기 때문에 부모님의 상황을 굳이 알릴 필요성을 느끼지 못했다.

"어떻게 외삼촌이 여기에?"

외삼촌은 지난해에 캐나다 생활을 정리하고 한국으로 돌아와 어머니 집에서 가까운 곳에 전원주택을 짓고 살고 있었다. 그동안의 이야기를 외삼촌에게 말씀드렸더니 이미 알고 있다고 하셨다.

"준호야, 이왕 이렇게 됐으니 나랑 어디 좀 가자."

"어디?"

"가보면 안다."

외삼촌이 나를 데리고 간 곳은 마을 뒤에 있는 요양시설이었다. 나는 그곳에 요양시설이 있을 줄을 생각도 못 했다. 그리고 외삼촌이 나를 그곳에 왜 데리고 가는지도 짐작할 수 없어 그저 어리둥절할 뿐이었다.

나는 외삼촌 뒤에 서서 요양원 입구를 지나 계단을 올라 3층에 도착했다. 그리고 외삼촌은 복도 끝에 있는 넓은 홀로 앞장서 걸었다. 홀에는 휠체어를 탄 몇몇 노인들이 모여 텔레비전을 보고 있었다. 아마도 이곳에 외삼촌이 아는 사람이 있나 보다고 생각하고 말없이 외삼촌 뒷모습만 바라보고 걸었다. 그러다 외삼촌은 휠체어를 타고 따뜻한 햇볕이 스며드는 창가에서 밖을 바라보고 있는 한 노인에게 발걸음을 옮겼다. 이윽고 외삼촌은 무릎을 굽히고 그 노인을 바라보며 환하게 웃었다.

"누님, 저 왔어요. 제가 누군지 알겠어요?"

외삼촌에게 '누님'은 우리 어머니밖에 없는데 이상하다

는 생각이 들었다.

"누님, 오늘은 준호도 왔어요."

외삼촌은 나에게 가까이 오라고 손짓했다. 나는 그 순간 두려움이 나를 삼킬 것 같은 기분이 들었다. 혹시 어머니가 그곳에 계실 수도 있다는 생각이 들다가도 '아니야, 어머니께서 여기에 계실 리가 없어.'라는 생각들이 종잡을 수 없게 날뛰었다.

떨리는 마음으로 서서히 휠체어를 타고 있는 그분에게 다가갔을 때 나는 그 자리에서 왈칵 눈물이 쏟아졌다. 어머니였다! 어머니가 그곳에 계셨다. 그동안 얼굴도, 목소리도 들을 수 없었던 어머니께서 그곳에 계셨다. 어느새 머리도 허옇고 얼굴과 손에 주름이 새겨졌지만 나는 엄마라는 것을 한눈에 알 수 있었다.

나는 울면서 어머니 손을 잡고 그토록 그리웠던 어머니 얼굴을 바라보았다. 하지만 어머니는 나를 알아보지 못했다. 그저 미소 짓는 얼굴로 나를 바라보고 있을 뿐이었다. 어머니는 알츠하이머, 그러니까 치매에 걸린 것이었다.

어머니는 18년 전에 자꾸 두통이 일고 기억도 가물가물해지는 증상으로 검사를 받았을 때 이미 치매가 진행되고 있다는 것을 알게 되었다. 고민 끝에 아버지와 나에게 고통을 안겨주지 않기 위해 따로 살기로 결정하셨다. 그리고 요양원이 있는 곳에 살 곳을 마련해서 처음에는 병원에 다니며 치매를 조금이라도 늦추는 치료를 받았다. 하지만 몇 년 사이에 치매 증상이 급격히 진행되는 바람에 사람을 알아보는 것도 힘들어졌다. 기억이 가물가물해지기 전에 외삼촌에게 보낼 이메일을 미리 작성해 두고 병원에 오시는 수녀님에게 상황이 안 좋아지면 보내달라고 부탁하셨다. 아버지와 내게 보낸 이메일도 아마도 그 수녀님에게 부탁했던 것이라고 짐작했다.

외삼촌은 그 이메일을 오래전에 받았지만 쉽게 한국에 들어오지 못하고 병원 의사와 연락만 주고받았다. 외삼촌은 아버지와 나에게 알리려고 했지만, 우리에게 슬픔을 안겨줄 수 없다고 절대 그렇게 하지 말라는 어머니의 간곡한 부탁 때문에 차마 연락할 수 없었다.

나는 어머니가 치매를 앓고 있는지도 모르고 어머니를 원망해왔던 게 너무도 죄스러웠다. 어머니는 나를 알아보지는 못해도 나는 한참 동안 어머니의 따뜻한 손을 잡고 있었다.

"어머니, 아니, 엄마, 죄송해요."

여전히 어머니는 웃고 계셨다. 여전히 고우신 우리 엄마가 웃으셨다.

연수와 만난 지도 이제 5년이 되었다. 그래도 우린 여전히 연애하는 감정으로 만나고 있다. 이제는 우리가 선택해야 할 때가 왔다는 것을 본능적으로 느꼈다. 이대로 사는 것은 내 인생마저 의미 없고 가치 없는 기분이 들었다. 이제 나이가 들어서인지 자꾸 그런 생각이 들었다. 우리가 선택할 수 있는 것은 두렵더라도 서로에 대한 사랑만 생각하고 정식으로 결혼식을 올리고 가정을 꾸리는 일이었다. 바로 이 순간이 감전을 감수하고서라도 서로의 손을 잡아야 할 때였다. 나는 연수에게 솔직해지기로 했다. 사랑한다고, 그러니 결혼해서 함께 살아보자고, 설령 우리가 더 이상 사랑하지 않게 되더라도 결혼한 것을 후회하지는 않을 거라고. 나는 연수에게 이런 내 마음을 털어놓았다. 그러자 연수는 계속해서 눈물만 흘렸다.

"사실 나도 오빠가 좋아. 오빠를 보고 있으면 마치 꿈을 꾸고 있는 기분이 들 정도로 행복해. 그러면서도 결혼은 두려웠어. 오빠와 결혼을 꿈꾸지 않았던 것은 아니었어. 순간순간 오빠와 결혼해서 지금 이러고 있다면 어떨지 생각하게 돼. 시간이 갈수록 나도 오빠랑 같이 살고 싶다는 생각이 커졌어. 하지만 내가 그런 내색을 보이면 오빠가 그만 만나자고 할까 봐 그러지 못했어. 오빠가 이렇게 결혼하자고 해줘서 나는 너무 행복해. 그리고 먼저 용기 내줘서 고마워. 나도 두렵지만, 오빠가 내민 손을 잡을게."

마침내 연수와 나는 동네 성당에서 우리 둘만의 결혼식을 올리고 정식 부부가 되었다. 그리고 내가 어렸을 때 보고 자란 부모님처럼 그렇게 살고 있다.

우리는 한 달에 한 번씩 요양원에 가서 어머니와 함께 시간을 보낸다. 연수도 어머니와 같이 있다 보면 마음이 포근해진다고 했다. 고마운 일이다. 돌아가신 아버지도 늘 우리와 함께 계실 거라 믿고 있다.

이번 주에는 아버지의 이름으로 어머니에게 꽃바구니를 보냈다. 만약 아버지께서 살아계셨다면 아버지는 어머니에게 가실 때마다 어머니 품에 꽃다발을 안겼을 거란 생각 때문이었다.

택배

나는 오늘 밤 10시에 웹소설 플랫폼에 올릴 연재소설에 한창 몰입되어 마치 신들린 듯 키보드를 두드리고 있었다. 이렇게만 글이 써진다면 마감 시간이 다가와도 머리카락을 쥐어뜯는 일은 없을 것이다. 하지만 안타깝게도 오늘처럼 뭐에 홀리듯 써지는 날이 극히 드물다는 게 문제다. 그래서 나는 이런 날이면 '무지개가 떴다'고 말한다. 매번 오늘처럼 무지개가 뜨지는 않겠지만, 그래도 글이 지지리도 안 써질 때, 예를 들어 '어디에 갔다'라고 써야 할지 아니면 '어디를 방문했다'라고 써야 할지 삼십 분 넘게 고민하고 있을 때라거나 '입맞춤'이라고 썼다가 지우고 '키스'라고 썼다가 또 지우면서 도무지 진도가 안 나갈 때 나는 오늘같이 무지개가 떴을 때의 느낌을 떠올린다. 그러면 작은 희망이 불씨처럼 살아나 나에게 힘을 주곤 한다.

나는 고등학교 때부터 글 쓰는 일이 너무 좋아서 결국 작가가 되었다. 작가의 꿈을 키울 때는 『위대한 개츠비』, 『그리스인 조르바』, 『젊은 베르테르의 슬픔』 같은 소설을 쓰겠다는 포부가 있었다. 이러한 명작을 쓰기 위해서는 인내와 절제가 기본이 되어야 한다는 생각에 나는 글을 쓰면서도 담배를 피우지 않는다. 몰입해서 소설을 쓸 때 담배가 주는 위로와는 비교도 안 될 엄청난 위로를 받았던 것도 내가 계속해서 담배를 멀리할 수 있게 했다. 몰입해서 글을 쓸 때 그 느낌을 위로라는 말로는 충분치 않다. 머릿속으로 구상해오던 소설을 마치 신들린 듯 글로 옮길 때 느끼는 흥분과 짜릿함은 나를 늘 전율하게 한다. 그래 전율이란 단어가 적합하다.

문제는 작가들이 전율을 느끼며 쓴 소설을 출간한다고 해도 몇몇 베스트셀러를 제외하고는 먹고살기가 힘들다는 것이다. 작가가 되는 것보다 작가로 살아남기가 백배는 더 힘들다. 아무리 나를 전율하게 하는 일이라도 밥은 먹고 살아야 힘들어도 견딜 텐데 그러지 못하다는 것이다. 계속해서 소설을 출간하고 싶지만 돈 없으면 출간하기도 힘든 게 사실이다. 내가 가장 부러운 작가는 첫 장편소설로 상금이 무려 5천만 원이나 되는 문학상을 받은 작가다. 그 작가는 먹고살 것 걱정하지 않고 글만 쓰면 되는 것이다. 생활형 작가에게 그보다 좋은 일이 어디 있겠는가.

이렇다 할만한 상을 받은 적 없는 나도 1, 2년 정도는 견딜 수 있었다. 물론 아르바이트를 해야 했지만 내가 좋아하는 글을 쓸 수 있다면 그 정도는 얼마든지 참고 견딜 수 있는 일이었다. 하지만 기간이 더 길어질수록 서서히 불안해지기 시작했다. 처음에는 "자기가 좋아하는 일을 하는 게 멋져 보이고 부럽기까지 하다"며 칭찬과 격려를 아끼지 않던 가족이나 친구들의 태도도 서서히 달라지는 것을 느낄 수 있었다. '넌 아직도 소설 쓴다고 그러고 있냐? 인제 그만둘 때도 되지 않았냐?'라고 대놓고 말하지는 않지만 한심하다는 듯 나를 쳐다보는 그들의 시선은 그들의 말보다도 더 차갑고 아플 때가 많았다. 참 씁쓸한 경험이었다.

'아직 끝난 게 아니야. 언젠가 그대들의 비웃음과 냉소적인 시선을 후회하게 될 때가 있을 테니 두고 봐.' 하면서 마음을 다잡지만 특별한 성과를 못 내면 또다시 비굴해지기 일쑤였다. 그러면 자존감은 바닥을 쳤다. '내가 좋아하는 일을 한다고 해서 반드시 성과가 있으라는 법은 없다'라는 것쯤은 진즉에 깨달았지만 결국 돈 때문에 '내가 작가로서 재능이 부족한가?' 하고 자문하게 될 때는 몸살감

기처럼 호되게 앓아야 했다. 그때는 몸보다 마음이 아팠다. 그렇게라도 앓고 나면 다시 달릴 힘이 생겼다.

그런 경험을 반복하다가 결국 2년 전부터 선택한 것이 웹소설이었다. 독자들은 회당 삼백 원에서 오백 원을 결제하고 내가 올린 소설을 읽는다. 소액이지만 연재되는 소설을 꾸준히 결제하다 보면 책 한 권 가격이 훌쩍 넘어간다. 물론 내가 올린 소설이 다 인기 있는 것은 아니다. 그래도 적은 액수나마 꾸준히 통장으로 들어오고 있다는 것에 고마워하며 작가로 살아남기 위해 발버둥 치고 있다.

처음에 웹소설을 연재할 때는 내가 구상한 대로 스토리를 이어갔다. 그 소설이 인기가 있든 없든 상관하지 않았다. 하지만 시간이 지나면서 나 자신과 타협하게 되었다. 시작은 내 머릿속에서 비롯되었을지라도 스토리 전개는 독자가 바라는 대로 맞추는 타협을 말한다. 어떻게 보면 자존심이 상할 수도 있지만 그렇다고 내 고집만 부린다면 나는 굶어야 한다. 아무리 가난을 미덕으로 생각하는 작가라지만 자존감이 무너져 바닥을 쳤을 때 몹시도 아팠던 기억이 나를 타협의 장으로 이끌었다. '먹고사는 일이 먼저지 않냐?'라고 속삭이는 내 안의 목소리에 동조하게 되었다. 그때부터는 생각이 바뀌었다. '독자가 읽지 않는 소설은 컴퓨터 내장하드 속에서 빛 한 번 못 보고 사장될 뿐'이라고. 그렇게 생각하다 보니 조금은 자극적인 글이 될 때가 있다. 하지만 나는 작가의 품위만은 지키려고 스스로 선을 정해두었다. 문제는 그 선이 시간이 갈수록 고무줄처럼 늘어난다는 것이다. 품위를 지키려는 나는 계속해서 타협하려는 나를 설득하지 못할 때가 많다. 어떨 때는 애써 모른 척하기도 한다. 그래서 나는 글쓰기가 노동이라고 하는 말에 동의한다. 몇 시간 동안 앉아서 써야 하기에 몸이 힘든 것도 있지만, 무엇보다도 심리적으로 많은 에너지가 소모되는 일이기 때문에 박한 수입을 고려하더라도 노동도 그런 중노동이 없다.

나는 아직도 꿈을 포기하지 않았다. 나에게 많은 영감을 준 고전의 반열에 오른 소설들처럼 나도 언젠가는 그런 소설을 꼭 집필하겠다는 꿈. 나에게는 이 꿈이 있기에 오늘 끼니를 거를지언정 글쓰기를 멈출 수 없다. 나는 그 꿈을 위해 초석을 놓는다는 생각으로 신나게 글을 쓰고 있었다.

그때 갑자기 인터폰이 울렸다. 아파트 경비실과 연결된 인터폰이었다. 신나게 아우토반을 달리다가 인터폰이 울림과 동시에 비포장도로로 바뀌어버린 기분이 들었다. 그것도 곳곳에 물웅덩이가 파여 멀미를 부르는 듯 흔들리고 시속 10㎞는 고사하고 걸어가는 것보다 느리게 운전해야 하는 열악한 비포장도로였다.

나는 평상시 작업을 방해할까 봐 핸드폰도 꺼놓고 작업하는 스타일이다. 핸드폰이 울리지 않는 한 딱히 방해받을 일이 없다. 어쩌다 중고 가전제품을 사들이는 장수가 트럭을 몰고 아파트 단지를 돌면서 '중고 가전제품 삽니다. 세탁기, 김치냉장고 삽니다. 컴퓨터나 노트북, 핸드폰 삽니다.' 하고 외치는 일이 있긴 하지만 1년에 서너 번이 고작이다. 그런 소리도 점차 사라지고 있어서 한겨울에 '찹쌀떡'을 길게 외치는 소리처럼 이제 추억의 소리가 될 날이 머지않았다는 생각에 정겹게 느껴지기도 한다. 다시 말해 그런 소리는 얼마든지 용인할 수 있는 소리라는 것이다. 하지만 인터폰 소리는 차원이 다르다. 무엇보다도 지금 이 순간 인터폰이 울려서 작업을 방해할 거라고는 꿈에도 생각 못했다. 어지간해서는 인터폰이 울릴 일도 없다.

'젠장, 하필 이럴 때 인터폰이 울릴 게 뭐란 말인가!'

짜증이 순식간에 올라왔다.

"여보세요."

속은 부글부글해도 경비실 아저씨가 무슨 죄가 있겠냐

며 애써 마음을 진정시키려 노력했다.

"경비실입니다."

반장 아저씨였다. 다른 경비원들은 주민들과의 마찰로 1년을 못 버티고 그만두기 일쑤지만 반장 아저씨는 무려 15년을 근무하고 있는 베테랑이었다. 그러다 보니 아파트 주민들이 존경의 의미로 반장 아저씨라고 부르고 있었다.

반장 아저씨는 교장 선생님으로 은퇴한 후 발목이 좋지 않아 운동 삼아 일할 생각으로 아파트 경비가 되었다. 몇 년만 일하고 그만둘 생각이었지만, 이를 말리는 주민들 때문에 '1년만', '1년만' 하면서 일하다 보니 벌써 15년이나 된 것이다. 사실 오래 거주하고 있는 주민치고 반장 아저씨에게 신세 한번 지지 않은 주민은 없을 정도로 반장 아저씨는 아파트에서 꼭 필요한 존재였다. 그런 반장 아저씨에게 친절하지 않은 주민들은 없었다. 어느덧 칠십 대 후반에 들어선 반장 아저씨는 이번 달을 마지막으로 일을 그만둔다.

"네, 안녕하세요."

나는 최대한 다정한 목소리로 인사했다.

"네, 안녕하세요. 근데 102동 1005호에서 또 연락이 왔는데 택배가 잘못 배달됐다네요."

"네? 또요?"

나는 두 동짜리 아파트 단지에서 산다. 정확히 말하면 나는 101동 1005호에 살고 있다. 그런데 언젠가부터 택배가 꼬이기 시작했다. 101동으로 와야 할 택배가 102동 같은 호수로 배달되거나 102동 1005호로 가야 할 택배가 101동 같은 호수, 즉 우리 집으로 배달되는 것이었다. 신입 택배기사의 실수라고 생각하고 넘어갈 수 있는 일이 아니었다. 다른 택배사 배달원도 잘못 배달하기는 마찬가지였기 때문이다.

밤늦게 택배가 잘못 배달되었다는 사실을 알게 되었을 때 나는 택배기사에게 전화를 걸어 우리 집에 와야 할 택배를 다른 동에 가져다 놓고 갔으니 다시 우리 집에 가져다 달라고 말했다. 하지만 그 택배기사는 퇴근해서 막 씻었다고 말했다. 물론 나는 택배기사가 씻었는지 안 씻었는지 혹은 한 시간 전에 씻었는지 막 씻었는지 전혀 궁금하지 않았다. 그런데도 택배기사가 나에게 그 말을 하는 것은 자신의 상황을 이해해달라는 뜻이었다. 새벽부터 고생한 택배기사가 밤 10시가 넘어 집에 들어가 이제 막 꿉꿉한 양말을 벗어 던지고 그날의 묵은 피로를 씻어냈다는데 내가 거기에 대고 내 권리를 주장하기는 너무 야박하다는 생각이 들었다. 나는 다음에는 잘 보고 배달해달라고 말하고 끊을 수밖에 없었다. 다행히 그때 내가 받을 택배는 향초 세트였다. 작업할 때 향초를 피워놓으면 기분도 좋아지고 피곤한 줄도 모른다는 친구의 말에 주문한 것이었다.

내가 잘못 배달된 향초 세트를 가지러 102동 1005호 초인종을 눌렀을 때 30대 중반으로 보이는 남자가 문을 열었다.

"택배기사가 또 실수했나 보네요."

그가 문을 열면서 인사 대신하는 말이었다.

"그러게요."

나는 웃으며 말했다.

"근데 하마터면 내가 상자를 뜯을 뻔했어요."

남자가 택배 상자를 건네면서 내게 말했다. 그렇지 않아도 그가 건넨 택배 상자는 어딘지 어색했다. 상자를 뜯을 뻔한 게 하니라 상자를 뜯어보고 다시 유리 테이프로 붙여놓은 게 분명했다.

"아, 뭐 중요한 거 아니라서 괜찮아요."

나는 기분이 나빴지만 괜찮은 척하고 상자를 받아 들고

집으로 돌아왔다.

그런 일이 종종 있을 때 짜증이 확 올라와 택배기사에게 전화를 걸어 항의했지만 그때마다 바뀐 택배기사가 전화를 받았다. 그러면 나는 "전에 오시던 택배기사님이 아니네요?"라고 말하고 기분 나쁘지 않게 하소연할 뿐이었다. '이건 아닌데.' 하면서 뭔가 잘못된 기분이 들면서도 조금씩 이해하고 도우면서 살자는 생각으로 넘어갔다.

택배기사가 자주 바뀌는 이유는 짐작하고도 남았다. 내가 사는 아파트 단지는 원래 산 정상을 밀어 조성되었다. 그래서 평지에 있는 큰 도로에서 아파트 단지까지 올라오는 길은 경사가 꽤 심하다. 아파트 단지에 들어서면 먼저 102동이 나온다. 101동은 102동에서 100m쯤 떨어져 있는데 문제는 그 100m도 경사길이라는 것이다. 내가 택배기사에게 내 권리만 주장할 수 없는 이유가 거기에 있었다.

하지만 이번에 잘못 배달된 택배는 김장김치였다. 혼자 사는 나를 위해 시집간 누나가 김장김치를 보낸 것이었다. 무게가 14*kg*짜리 두 상자였다. 한 상자는 배추김치고 다른 한 상자는 백김치라고 했다. 평상시 누나가 손 크다는 것을 알고 있었지만, 직접 실감하기는 처음이었다.

원래 나는 이 집에서 부모님과 함께 살았다. 그런데 3년 전에 은퇴하신 부모님은 고향에서 살고 싶다고 하시며 제주도로 내려가셨다. 부모님은 은퇴 후를 대비해서 돌아가신 조부모님이 사셨던 제주도 집을 그대로 보존하셨다. 부모님이 제주도로 떠나신 뒤로 나 혼자 아파트에서 살게 되었다. 서른둘인 나와 10살 터울인 누나는 내가 고등학교 때 담양으로 시집가서 전원생활에 만족하며 살고 있다.

직장생활을 하셨던 부모님은 오래전부터 김장하지 않으셨다. 할머니께서 살아계실 때 부모님은 해마다 제주도에 내려가 김장을 거드셨다. 하지만 할머니께서 돌아가신 후에는 우리 집에는 김장하는 날이 없어졌다. 언젠가 내가 어머니에게 "우리는 김장 안 해요?"라고 물은 적이 있었다. 그때 어머니는 "요즘에는 마트에 가면 언제든지 배추를 살 수 있기 때문에 그때그때 담가 먹으면 된다."라고 말씀하시고는 "많은 양을 한꺼번에 하려면 보통 힘든 게 아니다." 하고 머리를 절레절레 흔드셨다. 그런데 전원생활을 하는 누나에게는 김장이 연례행사였다. 나나 제주도 부모님이 김치를 부쳐달라고 부탁한 적은 없지만, 누나는 더 많은 양을 만들어 제주도 부모님과 나에게 보내고 있다. 누나가 힘드니 부치지 말라고 했더니 누나가 좋아서 하는 일이라고

하니 나는 고마운 마음으로 맛있게 먹는 수밖에 없다. 누나
도 그걸 바라고 있다. 올해는 백김치가 추가되었다.

이번만은 도저히 그냥 넘어갈 수가 없었다. 그래서 나
는 시간에 맞춰 웹소설 연재를 마친 후 택배기사에게 전화
했다. 신호는 가는데 받지 않았다. 다시 전화를 걸어도 마
찬가지였다. 만약 택배기사가 오늘 너무 늦어서 안 된다고
하면 내일이라도 원래 가야 할 곳으로 배달해달라고 할 생
각이었다. 이번에는 손가락 하나 까딱하지 않을 생각이었
다. 무슨 수로 내가 그 무거운 김장김치 두 상자를 가져온
단 말인가!

보통 택배기사는 배달을 완료한 후 문자를 보냈다. 하지
만 나는 글 작업하는 중에는 핸드폰을 꺼두는 습관 때문에
작업이 끝난 밤늦게야 핸드폰을 켜서 확인할 수 있었다.
만약 내가 핸드폰을 켜두었다면 택배 도착 문자를 곧장 확
인했을 것이고 그러면 문 앞에 물건이 없다는 것을 확인하
고 택배기사가 미처 아파트 단지를 빠져나가기 전에 잘못
배달되었다는 것을 알려 다시 정상적으로 배달하도록 할
수 있었을지도 모른다. 어디까지나 가정이지만 말이다.

택배기사는 30분이 지나도 연락이 없었다. 택배기사에

게 전화해달라는 문자를 다시 남기고 기다리는데 경비실에서 다시 연락이 왔다. 102동에서 연락이 왔는데, 택배 상자가 자리를 많이 차지해 불편하다고 빨리 가져가라고 한다는 것이다. 그것도 그럴 것이 택배 상자가 둘씩이나 되니 빨리 치워줬으면 하는 마음이 드는 것도 당연하지 싶었다. 102동 1005호의 재촉을 받은 마당에 택배기사가 내일 처리해 주기를 기다릴 수만은 없을 것 같았다. 나는 슬슬 화가 나서 얼굴이 달아올랐다. 잘못 배달해놓고 전화도 받지 않는 택배기사를 원망했다가 급기야 이렇게 두 상자나 보낸 누나에게까지 원망의 화살이 돌아갔다. 동생 생각해서 힘들게 만들어 보낸 누나에게 아무런 잘못이 없다는 걸 잘 알면서도 누나가 김치를 보내지 않았다면 이런 일도 없을 거라는 식의 애들도 안 하는 투정을 하는 것이었다. 하지만 그것은 어디까지나 투정이지 내 진심은 아니었다. 나는 마음을 가다듬고 102동 1005호로 향했다.

내가 초인종을 누르자 이번에는 여자가 문을 열었다.

"이 동네 택배기사는 책임감이 없는 것 같네요. 아파트도 딸랑 두 동밖에 안 되는데 이런 배달 사고를 내니 말이에요."

여자가 어이없다는 듯한 표정으로 말했다.

"속상하네요."

나는 진짜 속상했다.

"그나저나 무거워서 고생하시겠어요."

여자는 내가 불쌍하다는 듯 쳐다보며 말했다. 나를 쳐다보는 여자의 표정이 조금 얄밉게 보였다.

"그러게 말입니다. 택배기사가 연락을 안 받고 있어서 내가 옮기는 수밖에 없네요."

나는 굳이 이 늦은 시간에 택배를 찾아가라는 그 집 여자가 더 얄미웠다.

"내일 찾아가라고 하고 싶은데 제가 워낙 신경이 예민해서요. 이해 좀 해주세요."

여자는 내 마음을 읽기라도 한 것처럼 말했다.

"아, 네. 이해합니다."

솔직히 이해는 하지만 얄밉다는 생각은 사라지지 않았다.

나는 먼저 현관에 있는 상자를 문밖으로 꺼냈다. 택배 상자는 생각했던 것보다 무거웠다. 김치가 이렇게 무거울 거라고는 생각 못했다. 그건 아니다. 김치가 가볍고 무겁고를 떠나 14㎏이니까 무거운 것이었다. 이 상황에 솜 14㎏

과 김치 14*kg* 중 어느 것이 더 무거울까, 하는 난센스 퀴즈가 생각났다. 나는 가끔 이런 식의 때에 안 맞는 이상한 상상을 하곤 한다.

내가 상자를 밖으로 꺼내자 여자는 "그럼 조심히 가세요." 하면서 문을 닫았다.

엘리베이터 문이 열리자 손과 발을 이용해 상자를 엘리베이터 안으로 밀어 넣었다. 그런데 문제는 스티로폼 상자가 금이 가 있다는 것이다. 누나가 김치를 두꺼운 비닐에 담고 다시 보자기로 묶어 스티로폼 상자에 넣어 보낸 것이었다. 워낙 무겁다 보니 옮기는 과정 중에 스티로폼 상자에 금이 간 거란 생각이 들었다. 최대한 조심해서 들고 갈 수밖에 없었다.

1층에 도착해 엘리베이터 문이 열리자 10층에서처럼 손과 발을 동원해서 엘리베이터 밖으로 상자를 밀어냈다. 이제부터 상자 하나씩 옮겨야 했다. 상자 하나를 벽에 붙여 놓고 먼저 가져갈 상자를 들어 끌어안았다. 너무 무거웠다. 최대한 빨리 가려고 종종걸음으로 이동했다. 하지만 10m도 못 가서 상자를 내려놓아야 했다. 손에 땀이 차서 무거운 상자가 손에서 미끄러져 나가고 있었기 때문이었다. 상자를 땅에 내려놓고 손에 난 땀을 바지에 닦았다. 하도 힘을 쥐서인지 손가락이 제대로 펴지지 않았다. 나는 호흡을 가다듬고 다시 상자를 번쩍 들어 올려 끌어안았다. 그리고 빠른 걸음으로 이동했다. 그 사이에 손에 땀이 차서 상자는 점점 아래로 빠져나가고 있었다. 나는 다시 상자를 내려놓고 땀을 닦기 위해 발걸음을 멈췄다. 바로 그때 내가 상자를 땅에 내려놓기도 전에 상자가 미끄러운 손에서 벗어나 땅바닥에 철퍼덕 떨어지고 말았다. 그 순간 스티로폼 상자는 박살이 났고 그 잔해가 여기저기 흩어졌다. 나도 모르게 욕이 나왔다.

"이런 XX!"

'그나저나 스티로폼 조각들이 바람에 날리면 어쩌나?'

짜증 나 죽을 지경이었다. 한여름 밤에 사방에 흩어져 있는 하얀 스티로폼 조각들을 치울 생각을 하니 암담했다. 그때 바람까지 불더니 스티로폼 잔해가 바람에 날렸다.

'누가 보면 쪽팔려서 어쩌나.'

일단 밤이라 더욱 잘 보이는 하얀 잔해를 그대로 두고 보자기로 포장된 김치를 꺼내서 다시 끌어안고 옮겼다. 경사길 100m를 몇 걸음 가다가 김치를 내려놓고 쉬기를 열 번 넘게 해서 겨우 101동 엘리베이터에 도착했다. 나는 온몸이 땀범벅이 되었다. 하지만 나에게는 가져와야 할 상자가 하나 더 남아 있었다.

'오, 신이시여! 어찌 저에게 이런 시련을 주시나이까?'

긴 한숨을 내리 쉬면서 102동으로 저벅저벅 내려가는데 갑자기 내 다리가 후들거려 곧 땅바닥에 고꾸라질 것 같았다. '내 나이 이제 겨우 서른둘인데 그것 좀 했다고 다리가 후들거릴 정도로 내 다리가 허약하단 말인가?' 말도 안 되는 일이라고 부정하고 싶지만 지난 2년 동안 낮이고 밤이고 의자에 앉아 컴퓨터만 쳐다보고 살고 있으니 다리 근육이 두부처럼 말랑말랑해졌다고 해도 딱히 인정하지 않을 배짱이 없었다. 나는 잠시 멈춰서 허벅지와 종아리를 더듬어보았다. 근육 상태를 확인하기 위해서였다. 한때 등산과 달리기로 다져진 나의 단단했던 다리 근육들이 이제는 어디에도 만져지지 않았다. 이 상황에서 근육이 나랑 숨바꼭질하자는 것은 아닐 테고 그저 말랑말랑하기 그지없는 근육과는 거리가 먼 그냥 살! 살이 있을 뿐이었다. 이 정도면 순두부라 불려도 할 말은 없을 것 같았다.

나는 등산을 좋아했다. 아버지의 영향을 받았기 때문이다. 아버지는 내가 고등학생이었을 때부터 휴일이면 나를 산에 데려가셨다. 정확히 말하자면 아버지에 의해 산으로 끌려갔다고 해야 옳다. 새벽같이 일어나 아침밥도 거르고 학교에 가야 했던 한 주를 보내고 모처럼 꿀맛 같은 늦잠을 잘 수 있는 휴일을 기다려온 터라 침대에서 한 발짝도 나가고 싶지 않았다. 하지만 아버지는 휴일이면 전국 유명한 산에 오르는 걸 낙(樂)으로 삼고 있었다. 아버지는 '사람은 산에서 배울 게 많다'라는 말씀을 자주 하셨다. 그리고 '꽃과 나무를 좋아하고 동물을 사랑하는 사람치고 악한 사람 못 봤다'란 말씀도 자주 하셨다. 그러니 산에 같이 가자는 것이었다. 나는 아버지 말씀을 들으면서도 그런가 보다 생각했지 아버지 말씀에 대해 곰곰이 생각해 본 적은 없었다. 하지만 해가 두어 번 바뀌자 아버지 말씀이 꼭 맞는 것만은 아니라는 생각이 들었다. 유대인 학살의 주범인 히틀러가 채식주의자였고 동물을 무척 사랑하는 사람이었다는 걸 어느 책에서 읽었기 때문이었다. 동물을 사랑하는 사람이 그렇게도 잔인하게 많은 사람의 목숨을 잃게 했다는 걸 생각하면 '자연을 사랑하고 동물을 사랑한다고 해서 반드시 그 사람이 선하다고 단정 지을 수는 없다'라는 걸 깨닫게 해주었다.

　내가 등산을 통해 호연지기를 기르기를 바라시던 아버지의 배려로 나는 전국 유명한 산들을 꽤 많이 오를 수 있었다. 처음에는 도살장 끌려가는 심정이었으나 점차 푸른 산이 눈에 들어오기 시작하면 답답했던 가슴이 탁 트이면서 정신이 맑아지기 시작했다. 아버지도 그런 기분 때문에 아무리 피곤해도 산에 오르려는 거라고 하셨다. 그때부터 누가 나에게 취미가 뭐냐고 묻는다면 주저하지 않고 등산이라고 말하기 시작했다. 언젠가 아버지가 다른 약속이 있어서 산에 갈 수 없다고 하시자 나 혼자 뒷산에 올라 아쉬운 마음을 달랬던 때도 있었다.

산에 오르다 보면 평상시에 잘 쓰지 않는 하체 근육을 기를 수 있었다. 그러다 하체가 탄탄해지면서 달리기에도 자신이 생겼다. 달리기가 좋은 점은 밤이든 낮이든 관계없이 언제든지 달릴 수 있고 혼자서도 달릴 수 있다는 점이었다. 산에 오르려면 보통 하루를 내야 하지만 달리기는 마음만 먹으면 짬짬이 할 수 있는 운동이라서 산에 오르는 횟수는 점차 줄고 달리기하는 횟수는 점차 늘어났다.

그랬던 내가 웹소설을 연재하면서부터는 운동이라고 해봤자 고작 동네 한 바퀴 도는 게 전부였으니 나름대로 자부심이 되어주던 그 탄탄했던 하체 근육들의 행방이 묘연해진 것도 당연하다는 생각이 들었다. 이제는 시간을 내서 다시 달리기라도 해야겠다고 마음먹었다. 그렇게라도 하

지 않으면 머지않아 엉덩이뼈가 배겨 오래 앉아 있지도 못
할 날이 도래하지 않을까 걱정되었다.

조금 전 스티로폼 상자를 떨어뜨렸던 곳에는 큰 조각들
몇 개만 남아 있고 파편들은 바람에 날려 여기저기 흩어져
있었다. 주차된 자동차 아래쪽에 보이는 하얀 물체가 내가
생각하는 것들임을 알아차렸다. 그렇다고 해서 밤새 바람
이 많이 불기를 바랐던 것은 아니었다. 일단 눈에 보이는
스티로폼 조각들을 주워 한곳에 모았다. 그때 반장 아저씨
가 나를 향해 올라오고 있었다.

"아이고, 박살이 났네."

내 쪽에서는 보이지 않던 스티로폼 조각들이 반장 아저
씨 쪽에서는 잘 보였던 것이다.

"아, 상자가 너무 무거워서 떨어뜨렸어요. 내가 한 상자
마저 옮겨놓고 내려와서 치울게요."

"아니, 깨진 조각은 내가 치우면 되니까 걱정하지 말고
남은 상자나 조심히 옮겨요."

"아, 죄송해서 어쩌죠. 아무튼 감사합니다."

나이 드신 분에게 일거리를 안겨드린 것 같아 마음이 편
치 않았다. 반장 아저씨는 대빗자루와 쓰레받기를 들고 주

차장 구석구석 다니며 스티로폼 파편들을 쓸어 담았다. 반장 아저씨가 그만두시기 전에 작은 선물이라도 해야겠다고 생각했다.

나는 벽에 붙여둔 스티로폼 상자를 입구까지 발로 밀어냈다. 나는 상자를 들어 올리기 위해 조금 전에 했던 것처럼 스쿼트 자세를 취해 힘껏 들어 올리려고 했다. 하지만 상자 안에 들어 있는 김치가 얼음덩어리라도 된 것인지 10cm도 채 못 올리고 다시 내려놓고 말았다. 무게는 분명 똑같은 14kg인데 체감하는 무게는 두 배로 느껴졌다. 아무래도 하체가 후들거릴 정도로 내겐 벅찬 노동이었던 게 확실했다. 카트라도 있으면 좋을 텐데 한밤중에 구할 수도 없는 일이었다. 그렇다고 힘이 생길 때까지 기다릴 수도 없는 노릇이었다. 궁리 끝에 조금씩이라도 옮겨야겠다 싶어 급기야 발로 밀기 시작했다. 그렇게 하면 하체 운동이 되지 싶었다. 균형 잡힌 근육 발달을 위해 한쪽 발로만 밀지 않고 양쪽 발을 교대로 써가며 상자를 밀었다. 밤새 이 무거운 상자를 발로 밀고 다녀 그야말로 하체가 빵빵한 내 모습이 문득 그려졌다. 하지만 이런 식으로 100m 거리를 옮기려면 날이 새기 전에는 끝낼 수 있을지 의문이 들었다. 나는 다시 상자를 들어 올릴 수 있는지 시험해봤다. 온 힘을 끌어모아 상자를 들어보았다. 역시 손목이 문제였다. 손목에 힘이 다 빠져나가 버려 상자를 움켜잡을 수가 없었다.

그때 핸드폰이 울렸다. 택배기사였다. 심장이 떨렸다. 내 입에서 어떤 험한 말이 나올 줄 몰라서였다. 최대한 침착하려고 호흡을 가다듬고 전화를 받았다.

"여보세요."

내 목소리가 떨렸다. 심한 말이 목까지 차올랐다는 것을 알아차렸다. 택배기사가 나를 자극하지 않기를 바라고 또 바랐다. 나는 오늘 밤 품위를 잃고 싶지 않았다. 속으로 '침착하자'를 되뇌었다.

"아, 고객님! 전화를 여러 번 하셨네요. 제가 병원에 와 있는 바람에 핸드폰을 확인하지 못했습니다. 죄송합니다."

죄송하다는 택배기사의 목소리를 타고 병원 안내방송이 들렸다.

"아, 그러셨구나. 난 그것도 모르고……"

택배기사가 나름 피치 못할 사정이 있었다는 것을 알게 되자 일단 마음이 누그러졌다. 이윽고 다시 말을 이었다.

"다름이 아니라 택배가 엉뚱한 데에 가 있었어요."

"그게 무슨 말씀이세요?"

"한신아파트 101동 1005호로 와야 할 택배 두 상자를

102동 1005호로 잘못 배달하셨더라고요."

"정말요? 아이고, 죄송합니다, 고객님. 제가 실수했나 보네요. 아, 죄송합니다."

택배기사가 자신의 실수를 빨리 인정하자 더 이상 할 말이 없어져 버렸다. 무슨 일인지는 모르지만 지금 이 시각까지 병원에 있는 거라면 가까운 사람 누가 아파서일 수도 있고 자신이 아플 수도 있는 걸 텐데 거기다 대놓고 '당신이 주의를 기울이지 않아 내가 이렇게 달밤에 나와 안 해도 됐을 생고생을 하고 있다'고 말하면서 사건의 본질에서 파생된 내 감정풀이를 할 수는 없었다.

"김장김치라 무거워서 제가 좀 고생은 하고 있지만 다음에는 이런 일 없도록 잘 좀 부탁해요, 기사님."

"물론입니다, 고객님. 정말 죄송합니다."

"아, 그럼 무슨 일 때문에 병원에 계시는지는 모르지만, 아무쪼록 별일 아니길 바랍니다."

"그렇게 말씀해주셔서 감사합니다, 고객님."

통화를 끝내고 마음이 훨씬 가벼워졌다. 하지만 땅에 놓인 상자를 보자 나도 모르게 한숨이 나왔다. 마음이 가벼워진 대신 내가 옮겨야 할 하얀 스티로폼 상자는 더 무거워진 것 같았다. 경사길을 계속 발로 밀고 올라갈 수는 없겠다 싶었다. 다른 방법을 찾아야 했다.

'무슨 방법이 없을까?'

나는 아파트 입구에 있는 경비실 쪽을 바라봤다. 일단 경비실에 가서 카트가 있는지 물어나 봐야겠다고 생각했다. 나는 스티로폼 상자를 그대로 놓아둔 채 경비실로 내려갔다.

경비실 문을 열자 반장 아저씨가 나를 알아보고 "택배 상자는 다 옮겼어요?"라고 물었다.

"한 상자는 엘리베이터 있는 데까지 가져다 놓고 지금 두 번째 상자를 옮기는 중이에요. 상자가 너무 무거워서 그러는데 혹시 경비실에 카트가 있나 해서요."

"아이고, 배달이 잘못되는 바람에 고생하시네. 그나저나 경비실에는 카트가 없어서 어쩌죠."

"아. 네. 어쩔 수 없죠. 쉬엄쉬엄 옮기는 수밖에요."

나는 안타까운 마음으로 경비실을 나오려는데 경비실 한쪽에 놓여 있는 노끈 한 묶음이 눈에 들어왔다. 나는 노끈을 보자마자 '저걸 이용하면 되겠다' 싶었다.

"저기 노끈 좀 써도 될까요?"

"노끈? 노끈으로 어떻게 하려고?"

"상자를 노끈으로 묶어서 끌고 가면 훨씬 힘이 덜 들 것 같아서요."

"아, 그래요, 그럼 노끈은 필요한 만큼 갖다 써요."

노끈을 풀어 양팔을 뻗어 재봤더니 5m쯤 되어 보였다. 자가 없을 때는 나는 팔을 이용해서 길이를 재곤 한다. 한 번은 방 한쪽 남는 공간에 책장을 들여놓기 위해 가구점에 가기 전에 양팔로 길이를 재어 갔던 적이 있었다. 나중에 가구점에서 줄자로 양팔을 쟀더니 1m 70㎝가 나왔다. 그리고 한쪽 끝에서 반대쪽 어깨까지 길이가 1m라는 것도 알게 되었다. 그 뒤로는 길이를 재야 할 때가 있으면 종종 팔을 이용해 쟀다.

나는 경비실에서 가져온 노끈으로 스티로폼 상자를 묶었다. 그리고 노끈을 상자에서 2m쯤 앞으로 빼내 배낭끈 모양으로 묶어 양쪽 어깨에 끼웠다. 이제 끌고 가기만 하면 되는 일이었다. 내가 처음부터 이랬다면 나는 진즉에 푹신한 침대에서 쉬고 있었을 거란 생각이 들었다. 늦게나마 이런 생각을 해낸 나 자신이 대견스러웠다. 나는 천천히 끌기 시작했다. 훨씬 수월했다. 아직 힘이 돌아오지 않은 양손을 배에 가지런히 모으고 끌었다. 내 발걸음이 점점 빨라지고 있었다. 어느새 중간 지점을 지나고 있었다.

하지만 나는 안타깝게도 멈춰야 했다. 노끈이 닿는 어깨

부분이 쓰라렸기 때문이었다. 내가 얇은 반소매 티셔츠를 입고 있었는데 노끈이 돌돌 말리면서 살갗을 벗겨내고 있었다. 나는 그걸 생각 못했다. 집에 가서 따가운 부위를 보면 살갗이 화상 입은 것처럼 새빨갛게 되어 있을 것 같았다. 소독할 때 상당히 고통스럽지 싶었다.

어깨에서 끈을 빼서 손으로 끄는 수밖에 없었다. 나는 뒷걸음질 치면서 노끈을 잡아당겨 상자를 끌었다. 저 아래에서 반장 아저씨가 경비실에서 나와서 나를 지켜보고 있었다. 지금 내 모습이 반장 아저씨에게 어떻게 보일까, 생각하니 기분이 안 좋아졌다. 달밤에 뭐 하는 짓인지 생각하니 기가 찼다. 나는 앞으로 돌아서서 힘껏 상자를 끌었다. 그 순간 스티로폼 상자가 평평하지 않는 지면에 걸려 두 바퀴를 굴렀다. 어쩌면 세 바퀴일지도 모른다. 속상한 나머지 순식간에 상자를 잡아당겼기 때문이었다. 결국 스티로폼 상자가 박살 나고 말았다. 상자가 구르지 않았더라도 노끈이 스티로폼 상자를 파고들어 절단된 상태였다.

"제기랄!"

그 순간 눈물이 핑 돌았다.

'이게 뭐라고 눈물까지……'

문득 '달려라 하니'가 생각났다. '외로워도 슬퍼도 나는 안 울어. 참고 또 참지 울긴 왜 울어.'라고 외치면서 두 주먹 불끈 쥐고 달리던 그 하니 말이다. 나도 두 주먹 불끈 쥐고 상자를 끌었다. 하얀 스티로폼 상자 파편을 그대로 두고 앞만 보고 끌었다. 다른 생각은 하지 않기로 했다. 오로지 앞만 보기로 했다. 일순 내가 시시포스가 된 기분이 들었다. 그래도 위안이 되는 것은 시시포스와는 달리 나는 한 번만 올라가면 끝난다는 것이었다. 문득 앤드류 버드 (Andrew Bird)가 부른 '시시포스(Sisyphus)'가 생각났다. 그런데 멜로디는 알겠는데 가사가……? 한때 그렇게도 자주 따라 불렸던 노래였는데 가사가 생각나지 않았다. 나는 상자를 끌고 가면서 노래 가사를 떠올리려고 집중했다. 하지만 아무리 생각해봐도 가사는 끝내 떠오르지 않았다. 집에 가서 직접 노래를 들어야 알 것 같았다. 그래도 노래 가사에 집중한 덕분에 어느새 엘리베이터가 눈에 들어왔다. 뒤를 돌아보니 경비 아저씨가 내가 두고 온 하얀 스티로폼 파편을 빗자루로 쓸고 계셨다. 미안한 마음이 컸다. 선물을 좀 신경 써서 해야 할 것 같았다.

택배 두 상자를 집에 들여놓았을 때는 이미 자정이 넘은 시각이었다. 나는 이틀에 걸쳐 저 택배 상자를 옮긴 것이었다. 순간 나 자신이 녹초가 되었다는 것을 깨달았다. 다시는 택배 서비스를 이용 못 할 것 같았다. 아니, 안 하고 싶었다. 이런 일을 겪고도 내가 택배 주문을 하면 내가 사람이 아니다. 나는 현관에 김치를 그대로 두고 앓는 소리와 함께 간신히 방으로 기어들어 가서 뻗었다.

지구온난화로 연일 치솟기만 하던 기온이 어느 순간 한풀 꺾이는가 싶더니 새벽에 일어나 달리기할 때 코끝에서 느껴지는 시원한 공기로 어느새 선선한 가을이 왔음을 알아차릴 수 있었다. 나는 두 달 전 택배 사건 이후로 마감일을 제외하고 매일 새벽에 일어나 달리고 있다. 새벽 달리기를 하면서부터 종적을 감췄던 하체 근육이 다시 돌아와 나에게 활기와 뿌듯함을 느끼게 했다. 생활면에서도 예전에 비해 규칙적인 생활을 하게 했다.

새벽에 일어나 달리려면 적어도 자정에는 잠자리에 들어야 했다. 아침을 좀 더 일찍 시작하다 보니 하루 중 글을 쓰기 시작하는 시간 역시 빨라졌다. 글을 쓰다가 전개가 막히면 컴퓨터 모니터만 바라보고 있기보다는 밖으로 나가 아파트 단지 주위에 조성된 산책로를 걷는 습관도 생겼다. 이전에는 컴퓨터 앞에 앉아 머리만 쥐어짜고 있을 뿐이었다. 물론 그렇게 한다고 해서 막혔던 이야기가 갑자기 잘 풀릴 리 만무했다. 하지만 이제는 이야기가 막힐 때가 바로 내가 산책하는 시간이라고 정해두었다. 그렇게 했더니 여러 면에서 긍정적인 효과가 있었다. 먼저 밖에 나와 바람을 쐬는 것만으로도 머리가 맑아졌다. 잠시 걷다 보면 생기를 잃었던 세포가 리셋하는 기분이 들고 피로가 풀리기 시작했다. 어떨 때는 이야기의 막힌 부분을 뚫어줄 아이디어가 번뜩 떠오르기도 했다. 그러니 산책하는 것을 마다할 이유가 없었다.

이전보다 규칙적인 생활을 하게 되면서 마음의 여유도 생겼다. 특별히 글이 잘 써지는 것은 아니지만 스트레스는 확연히 줄어들었다. 될 수 있으면 내가 가고자 하는 목적지만큼이나 그곳까지 가는 과정 또한 소중하다는 걸 잊지 않으려 노력하고 있다. 내 삶에 변화를 가져다준 계기는 바로 두 달 전 잘못 배달된 택배 사건이었다. 이래저래 짜증만 한가득 채웠던 밤이었지만 몇 시간 뒤 어둠 속에서 눈을 떴을 때는 나는 이미 달라져 있었다. 그러고 보면 안 좋은 일이 꼭 안 좋은 일로 끝나는 것만은 아닌 것 같다.

새벽 달리기를 위해 막 현관문을 열자 문 앞에 택배 상자가 놓여 있었다. 생각해보니 어제 오후 조깅화를 주문했던 게 생각났다. 광고에서 닭털처럼 가볍다는 조깅화였다. 나는 그 조깅화를 신고 닭털처럼 가볍게 날아갈 생각은 아니지만, 탄력성이 좋아 발목에도 도움이 될 것 같아서 구입한 것이었다. 인기 상품이라 족히 4, 5일은 걸린다고 알고 있었는데 생각보다 일찍 도착한 것이었다. 살다 보면 이렇게 행운이 내 쪽으로 기울 때가 종종 있는 법이라고 생각했다.

지난번 택배 사건 이후에는 한동안 택배 주문을 하지 않고 직접 마트나 백화점에 가서 구입했다. 조금은 번거롭긴 해도 그 나름대로 장점이 있었다. 직접 물건을 확인하면서 고를 수 있고 현장에서 카드 결제만 하면 즉시 내 손에 들어온다는 점이었다. 택배가 또 잘못 배달되면 어쩌나 하는 걱정도 하지 않아도 되니 정신적으로도 이로웠다. 그런데 마음의 여유를 찾고 보니 다시 택배 서비스를 이용해도 되겠다 싶었다. 사람이 살다 보면 이런 일도 생기고 저런 일도 생기지 않겠냐는 생각이 들 정도로 여유가 생긴 것이었다. 내가 두 달 전에 다시 택배 서비스를 이용하면 사람이 아니라고 한 것이 떠올랐다. 그래서 주문할 때 조금 망설인 게 사실이다. 하지만 다시 택배 서비스를 이용할 생각을 한다는 나 자신을 긍정적으로 바라보기로 했다. 이제는 지난번 일에서 완전히 회복된 증거로 생각했다. 그래도 양심에 걸리는 게 있어서 생각 끝에 이제부터 사람이란 단어 대신에 인간이라는 단어를 사용하기로 했다. 그것은 나와 나 자신과의 타협이었다. 이를테면 사람으로 태어나 인간으로 죽자 같은……

나는 일단 택배 상자를 안에 넣어두고 새벽 달리기를 위해 밖으로 나갔다.

한 시간 후 집에 돌아와 기분 좋게 샤워했다. 샤워를 끝내고 머리카락을 말리고 있을 때 핸드폰이 울렸다. 나처럼 웹소설을 연재하고 있는 친구 Y였다.

"여보세요?"

Y는 이렇게 아침 일찍 일어나 있을 사람이 아니었다. 얼마 전에 내가 아침형 인간으로 탈바꿈했다고 했을 때 Y 자신은 아무리 돈을 많이 준다고 해도 도저히 못 한다고 했다. 그는 올빼미형으로 낮보다 밤에 글을 쓸 때 탄력을 받는 스타일이었다. 그러면서도 내가 아침형 인간의 장점을 늘어놓았더니 Y는 솔깃한 눈치였다. 하지만 Y는 지금의 루틴을 바꾸고 싶지 않다고 했다. 정확히 말해 오래된 루틴을 바꾸면 글 쓰는 리듬이 깨져 영영 회복할 수 없을까 봐

두렵다고 했다. 일종의 징크스였다. 나는 뭔가를 새롭게 시작하려면 두려움이 따르는 법이라고만 하고 화제를 다른 데로 돌렸다.

"오늘도 새벽에 달리고 왔냐?"

"그럼. 그나저나 이렇게 아침 일찍 웬일이냐? 이 시간이면 잠자고 있을 시간 아니냐?"

Y는 보통 새벽 3시까지 작업한 후 잠들어 정오쯤에 일어났다. 그러다 초저녁부터 다시 작업하기 시작했다.

"맞아. 한창 자고 있을 시간이지. 근데 오늘따라 글이 잘 써져서 조금 전까지 작업했다."

"그래? 잘됐네. 그나저나 피곤할 텐데, 그냥 자지 왜 안 자고 전화했냐?"

"몸은 피곤한데 침대에 누워도 잠이 안 오길래 너는 오늘도 달렸나 싶어 전화해봤다."

"나는 이제 작업 시작한다. 전화 끊고 눈 감고 있어 봐. 금세 곯아떨어질 테니까."

"그래 알았다. 수고해라."

"그래 쉬어라."

나도 가끔 몇 시간 동안 글 작업에 몰입해 있다가 일 마치고 막상 자려고 하면 잠이 안 올 때가 있었다. 뒤척이다가 어떻게 해서 잠들면 다행인데 만약 다음 작업해야 할 시간까지 잠 못 자고 있게 되면 그날 글 작업은 전혀 능률이 오르지 않았다. 하지만 내가 아침형 인간이 된 이후로는 빛의 흐름에 따라 수면 패턴을 맞추다 보니 잠을 못 자서 다음 작업을 망칠 일은 없었다. 다음에 Y에게 나처럼 밝을 때 글을 써보라고 다시 한번 말해 봐야겠다고 생각했다.

나는 커피 한 잔을 마시면서 컴퓨터 앞에 앉았다. 문득 신발장 위에 올려둔 택배 상자가 생각났다. 워낙 가벼운 소재로 만든 조깅화라 글 작업하면서 신고 있어도 되겠다는 생각이 들었다. 나는 신발장 위에 놓아둔 택배 상자를 들고 와 박스테이프를 뜯었다. 그런데 상자 안에 있어야 할 조깅화는 보이지 않고 뭐에 쓰는 물건인지 몰라 고개를 갸우뚱하게 만드는 이상한 물건들이 들어있었다. 검은 가죽으로 만든 개 목줄처럼 보이는 물건과 수갑처럼 보이는 물건이 들어 있고, 작은 상자 하나가 들어 있었다. 상자를 자세히 봤더니 '콘! 돔!'이라고 쓰여 있었다. 일순 이게 어떻게 된 건지 알아내려고 내 머릿속이 바빠졌다. 나는 상자에 붙어 있는 주소를 확인했다. 102동 1005호라고 쓰여 있었다. 눈을 비비고 다시 봐도 102동 1005호가 분명했다. '이렇게 난감할 데가 있나.' 나는 서둘러서 상자를 덮었다. 그리고 서랍에서 테이프를 꺼내 최대한 상자를 뜯은 표가 나지 않게 정성껏 붙였다. 하지만 아무리 해도 상자를 개봉한 흔적을 가릴 수는 없었다. 내가 개봉하면서 상자에 붙어 있던 라벨이 찢어졌기 때문이었다.

그때 내 안에서 '이대로 상자를 가져다주면 그쪽에서 상당히 기분 나빠할 테니까 그냥 모르는 척하는 게 어때?'라고 말하는 소리가 들렸다. 그러다 또 다른 소리가 들렸다. '그 사람도 전에 상자를 뜯었다가 다시 붙인 적이 있었으니까 그냥 이대로 가져다줘도 이해해 줄 거야.' 나는 순간 망설였다. 그렇다고 택배를 받은 적 없다고 그냥 모르는 척할 수는 없었다. 그렇다고 개봉한 티가 팍팍 나는 상자를 건넬 것을 생각하니 내 얼굴이 화끈거렸다. '난 아무것도 못 봤어요.'라고 해도 그들은 내 말을 믿지 않을 것이 분명했다. 나도 그랬으니까. 그럼 실수로 봤다고 하면 어쩌려나?

한 시간 후 나는 택배 상자를 들고 102동 1005호 초인종을 눌렀다. 아무런 대답이 없었다. 아마도 출근한 것 같았다. 다행이란 생각에 안도의 한숨을 내쉬었다. 나는 택배 상자를 문 앞에 살며시 내려놓고 집으로 돌아왔다.

만약 102동 1005호에서 나한테 연락해 상자를 뜯어봤냐고 묻는다면 그때 나는 당당하게 말할 것이다.

'네. 하지만 1초도 안 봤어요.'

'정말요?'

'어쩌면 2초?'

바다가 보고 싶어

'바다가 보고 싶어. 우리 바다 보러 가자.'

너는 늦은 밤 카톡으로 이런 메시지를 불쑥 보냈다. 내가 갑자기 웬 바다냐고 했더니 너는 드라마를 보던 중인데 주인공 커플이 해변을 걷는 장면이 나왔다고 했다. 나는 '그래서?'라고 했더니 너는 나와 같이 해변을 걷고 싶어졌다고 했다. 나는 너의 말에 심장이 저릿했다. 이윽고 너는 말했다. 2년 전 너와 내가 2박 3일 동안 해운대에서 머물렀던 기억이 났다고. 잊고 있었던 그 여행이 아련하게 떠올랐다. 나도 생각이 난다고 메시지를 입력하다가 생각을 바꾸고 그냥 통화버튼을 눌렀다. 너의 목소리가 듣고 싶었기 때문이었다. 너는 곧장 전화를 받았다.

"그래 정말 행복했던 여행이었어."

나는 너에게 말했다.

"그때를 잘 생각해 봐. 우린 서로 눈만 마주쳐도 전류가 흐르듯 한창 좋아서 죽고 못 살았는데 말이야. 나는 너에게 미쳐있었어."

너는 나에게 말했다.

"나도 마찬가지였어."

나는 대답했다. '미치다'라는 단어는 각종 환각 성분으로 조제된 단어임이 틀림없다. '나는 너에게 미쳐있었어.'라는 말을 듣는 순간 너를 있는 힘껏 껴안고 싶은 충동이 솟구쳤다.

그래 너의 말이 맞다. 그때 나는 너 때문에 하루 24시간이 황홀했다고 해도 지나친 표현은 아니다. 나는 너와 함께 있으면 마치 마법에 걸린 것 같았다. 나는 너와 함께 있을 때면 다른 데 쏟았던 관심을 일제히 소거해버리는 능력이 생겼다. 그리고 나는 오로지 너만 바라보게 되었다. 내가 미리 생각하고 그래야겠다고 마음먹고 그런 것이 아니었다. 나는 너와 함께 있으면 그냥 그렇게 되어 버렸으니까 마법이라고 말하는 것이다.

우리가 사권 지 100일 된 기념으로 너는 부산 해운대로 2박 3일간 여행을 가자고 했다. 그리고 너는 혼자서 호텔까지 예약했다. 우리는 서울역에서 부산행 KTX에 올랐다. 우리는 서로의 어깨를 맞닿은 채로 나란히 앉았다. 자연스럽게 내 왼쪽 무릎과 너의 오른쪽 무릎도 맞닿았고 우리는 야릇한 감정에 휩싸여 부산으로 향했다.

부산역에 도착한 후 너와 나는 플랫폼에 발을 내디뎠다. 그때 너는 움직이지 않고 나를 물끄러미 바라보았다. 나는 너를 바라보며 "왜?"라고 말했다. 너는 씩 웃으며 나에게 게임 하나를 제안했다. 너는 그것을 '연리지 게임'이라고 했다. 그 게임의 유일한 룰은 우리가 항상 붙어 있어야 한다는 것이었다. 그리고 너는 손가방에서 보라색 아이리스가 수 놓아진 하얀 손수건을 꺼내서 나의 왼쪽 손목과 너의 오른쪽 손목을 묶었다. 내 살갗과 너의 살갗이 맞닿자 너의 피가 내 혈관으로 순식간에 흘러들어오는 것 같았다. 그 순간 우리가 진짜 연리지가 된 기분이 들었다. 뿌리가 다른 두 나무가 가지가 엉겨 붙어 하나가 된 연리지. 게임에는 반드시 벌칙이 있는 법이라고 너는 말했다. 우리가 손수건을 풀어야 할 상황이 생긴다면 손수건을 풀도록 원인을 제공한 사람이 벌칙을 받아야 한다고 너는 말했다. 너는 고개를 약간 기울인 채 생각에 빠졌다. 벌칙을 고민하는 것 같았다. 나는 너의 표정이 무척 귀엽고 사랑스러웠다. 너는 환하게 웃으면서 벌칙을 말했다.

"한 시간 동안 업고 돌아다니기."

나는 너에게 물었다. 그럼 호텔 룸에서 업어주면 안 되냐고. 너는 절대 안 된다고 했다. 반드시 사람들이 많은 곳에서 그 벌칙을 받아야 한다고 너는 말했다. 그러면서 너는 마치 벌칙 받을 사람이 이미 정해진 것처럼 나를 보며 웃기 시작했다. 그런 너의 모습은 나를 무척 설레게 했다. 나는 그 순간 너에게 입맞춤하고 싶었다. 하지만 나는 참았다. 그냥 입맞춤으로 끝날 것 같지 않아서였다.

내가 게임을 이해했다고 하자 너는 묶인 손목을 들어 올리며 지금부터 시작이라고 말했다. 우리는 좋아서 키들거리며 웃었다. 우리 옆을 지나가던 중년 부부가 너와 나를 쳐다보며 흐뭇한 표정을 지었다. 그들도 지금 너와 나처럼 같이 있는 것만으로도 죽고 못 살던 때를 떠올렸는지 모른다. 나는 무척 행복했다. 그리고 너와 나는 한순간도 떨어지면 큰일이라도 날 것처럼 호들갑을 떨었다. 우리가 그런 게임을 할 수 있었던 것은 여행지에서만 느낄 수 있는 해방감 때문이었다.

부산역을 막 나가려는데 나는 화장실이 가고 싶어졌다. 사실 부산까지 오는 도중에 화장실이 가고 싶긴 했다. 하지만 나는 한시도 너와 떨어져 있고 싶지 않아서 그대로 앉아있었다. 화장실에 가지 않고 그대로 앉아 네가 움직일 때마다 내 코끝에 전해지는 샴푸 향을 맡는 것이 나에게는 더 큰 유희였다. 하지만 지금은 꼭 화장실에 가야 할 타이 밍이었다. 아니면 나는 바지에 실수하는 흑역사를 써야 할 지도 몰랐다. 반드시 나는 화장실에 가야 했다. 급했다. 그 래서 나는 너에게 따라 들어오라고 말했다. 하지만 너는 어떻게 그럴 수 있냐고 말했다. 그래서 나는 너에게 말했 다, 그럼 내가 이긴 거라고. 너는 내 말을 듣고 그런 법이 어디 있냐고 하면서 얼굴을 붉혔다. 나 때문에 떨어지게 되었으니 내가 졌다고 너는 주장했다. 나는 그런 너의 모 습이 귀엽고 사랑스러웠다. 나는 내가 졌음을 인정하고 손 수건을 풀고 화장실로 달려들어 갔다.

우리가 도착한 호텔은 해운대 달맞이 고개에 있었다. 우 리는 35층 호텔 룸에서 해운대 해수욕장뿐 아니라 광안리 해수욕장까지도 한눈에 조망할 수 있었다. 사람들이 아주 작은 점처럼 보였다. 해변에는 수많은 점들이 움직이고 있 었다.

너와 나도 하나의 점이 되기 위해 해변으로 천천히 걸

어갔다. 보기와는 달리 호텔에서 해변까지 가는 거리가 꽤 멀었다. 너와 나는 30분 넘게 걸려 해변에 도착했다. 해변에 있는 사람들은 더 이상 점으로 보이지 않았다. 우리는 팔짱을 끼고 모래사장을 걸었다. 코끝에서 비릿한 바다 내음이 느껴졌다. 우리가 부산에 와 있다는 것이 실감 났다. 너는 기분이 매우 좋다고 말했다. 나는 생각 같아서는 벌거벗고 바다로 뛰어들고 싶다고 말했다. 너는 나를 올려다보면서 만약에 내가 발가벗고 바다로 뛰어들면 평생 내가 원하는 것은 무엇이든지 들어주겠다고 말했다. 일순 나는 눈을 감았다. 나는 셔츠를 벗고 반바지를 벗었다. 그리고 재빠르게 팬티도 내렸다. 나는 완전히 벌거벗었다. 두 손으로 중심 부위를 가린 채 바다로 달렸다. 파도가 만들어낸 하얀 포말이 나를 맞아주었다. 목까지 물에 잠긴 채로 해변에 있는 너를 바라보았다. 그리고 나는 두 손을 머리 위로 올려 하트를 그렸다. 너도 두 손을 올려 크게 하트를 그렸다.

나는 눈을 떴다. 상상만으로도 행복한 순간이었다. 하지만 안타깝게도 이렇게 많은 사람이 보는 가운데 벌거벗고 바다에 뛰어 들어갈 용기는 없었다. 사람들이 점이라고 생각하고 바다에 뛰어들까, 잠시 생각도 했다. 하지만 참기로 했다. 점들이 말하는 소리가 너무 크게 들렸기 때문이다. 나는 너를 꽉 끌어안고 너의 볼에 내 입술을 부드럽게 갔다 댔다. 너도 내 볼에 너의 입술을 가져다 대면서 '쪽' 하고 소리를 냈다. 그렇게 너는 종종 나를 자극하곤 했다.

너와 나는 해가 뉘엿뉘엿 질 때까지 해변에 있는 카페에 머물다가 택시를 타고 호텔로 돌아왔다. 그날 밤 호텔 룸에서 바라본 해운대 야경은 매우 환상적이었다. 마치 호텔이 우주선처럼 느껴졌다. 저 멀리 광안대교를 비추는 불빛들은 유달리 따뜻하게 느껴졌다. 너와 나는 목욕가운 차림으로 샴페인을 마시면서 그 환상적인 불빛들을 바라보았다. 너는 너무 행복하다는 말을 두 번이나 연달아 말했다. 나도 마찬가지였다.

너는 세상모르고 자고 있는 나를 깨웠다. 나는 핸드폰을 집어 들고 시간을 확인했다. 새벽 5시가 막 지난 시간이었다. 나는 너에게 왜 이렇게 일찍 일어났냐고 물었다. 너는 커튼을 한 뼘 정도 열어젖히고 밖을 보고 있었다. 너는 나를 사랑스러운 표정으로 보며 말했다. 지금 바깥 풍경이 우리가 잠들기 전보다 훨씬 더 멋있다고. 그리고 나에게 너의 오른손을 뻗었다. 나는 몸을 일으켜 몇 번의 마른세수를 하고 속옷 차림으로 너에게 다가가 너의 손을 잡았다. 그리고 나는 마치 여왕을 알현하듯 너의 손등에 친구(親口)했다. 너의 말대로 그곳에서 바라보는 새벽 풍경은 몹시도 아름다웠다. 창문 밖에는 몇 시간 전에 봤을 때 느끼지 못했던 고요가 흐르고 있었다. 문득 고요의 바다라는 표현이 떠올랐다. 그야말로 신비로운 장면이었다. 너는 밖에 나가 걷고 싶다고 말했다.

우리는 옷을 입고 호텔을 나왔다. 너와 나는 해운대 방향이 아닌 송정 해수욕장 방향으로 걷기 시작했다. 송정 해수욕장은 먼바다에서 밀려온 짙은 해무 속에 숨어있었다. 우리가 송정 해수욕장에 도착했을 때는 아무도 보이지 않았다, 심지어 갈매기들마저도. 깨어 있는 사람은 오롯이 너와 나 둘뿐이었다. 일순 네가 어제 해운대 해수욕장에서 했던 말이 떠올랐다. '발가벗고 바다에 뛰어들면 평생 네가 원하는 거 다 들어주겠다.'는 너의 말이 되살아나 나의 심장을 두드렸다. 나는 너에게 어제 했던 그 말이 아직도 유효한지 물었다. 너는 웃으며 지금은 사람들이 없어서 소원 하나 들어주는 걸로 바꾸자고 말했다. 나는 좋다고 말

하고 너의 눈을 바라보며 천천히 옷을 벗었다. 나는 너의
눈을 바라보며 팬티와 운동화도 벗었다. 나는 너의 눈을
바라보며 너에게 키스했다. 그리고 마치 적진으로 돌진하
는 인디언처럼 소리를 지르며 바다를 향해 달렸다. 달려가
는 내 뒤에서 환호하는 너의 소리가 들렸다. 마침내 나는
바다로 뛰어들었다. 상쾌했다. 나는 대략 5m 정도 헤엄쳐
서 나아갔다. 그리고 돌아서 해변에 서 있는 너를 바라보
았다. 나는 있는 힘껏 소리를 질렀다.

"사랑해!"

너는 나팔 모양으로 두 손을 입에 대고 "나도 사랑해!"
라고 대답했다. 나는 바다에서 나와 너에게 달려갔다. 나는
너를 꼭 안았다. 너무 행복한 순간이었다. 너의 옷이 젖었
어도 너는 웃고 있었다.

우리가 걸어서 호텔에 도착했을 때 젖은 옷은 다 말라
있었다. 내가 욕실에 들어가 샤워하고 나왔을 때 갑자기
한기가 느껴졌다. 감기에 걸린 것 같았다. 머리도 지근거렸
다. 서서히 온몸에 열감도 느껴졌다. 너는 나에게 오전에는
침대에 누워 쉬는 게 좋겠다고 말했다. 나는 미안한 생각
이 들었지만 그게 좋겠다고 말했다. 나는 침대에서 이불을

눈까지 끌어올린 후 모로 누웠다. 내가 누워있는 동안 너는 밖으로 나가 편의점에서 종합감기약과 쌍화탕을 사 와서 나에게 건넸다. 내가 약을 먹고 눕자 너는 수건에 찬물을 묻혀 내 이마에 올려주었다. 그리고 너도 내 옆에 누워 내 머리카락을 매만졌다. 나는 네 포근한 손길을 느끼면서 까무룩 잠이 들었다.

내가 잠에서 깨어났을 때 너는 내 옆에서 새근거리며 잠들어 있었다. 나는 너의 볼에 입을 맞추고 너를 깨웠다. 너는 부스스한 얼굴로 나를 바라보았다. 너는 사랑스러운 천사 같았다. 너는 내 이마에 손을 대고 열이 내려서 다행이라고 말했다. 우리는 룸서비스로 식사하고 네가 가보고 싶었다는 여행지를 둘러보기로 했다.

우리는 먼저 시티투어 버스를 타고 태종대에 가기로 했다. 빨간색 이층 버스였다. 우리가 탄 버스는 사진으로만 보았던 부산항 대교를 지나갔다. 다리 한가운데에서 바라본 부산항은 역동적이었다. 성냥갑처럼 보이는 컨테이너를 가득 실은 운반선들이 부두에 정박해 있었고 큰 배들을 유도하는 작은 배들이 쉼 없이 오가고 있었다.

우리는 태종대에서 내려 한창 수국 축제 중인 태종사에

들러 수국을 배경으로 수십 장의 사진을 찍었다. 우리는 다시 시티투어를 타고 중리 해녀촌에 가서 전복을 통째로 넣고 끓인 해물라면과 소주 한 병 그리고 모둠회 한 접시를 주문했다. 파도치는 바닷가에 앉아 후루룩 빨아들이는 라면 맛은 최고였다. 그리고 우리는 소주를 마셨다. 파도 소리가 소주 속 알코올 성분을 모두 휘발시켜버렸고 톡 쏘는 소주의 청량감이 순간적으로 온몸을 전율하게 했다. 소주가 달다는 말을 처음으로 실감한 순간이었다.

우리는 이어서 흰여울 문화마을로 이동했다. 그곳은 연인으로 보이는 많은 청춘이 붐볐다. 우리도 그 청춘들과 함께 사진 명소를 찾아다니며 사진을 찍었다. 다음으로 우리는 자갈치 시장에 갔다. 부산에 와서 부산 사투리를 가장 많이 들었던 곳이었다. 우리는 자갈치 시장을 둘러본 다음 남포동에서 미역국으로 유명한 식당에서 밥을 먹었다. 우리가 식당에서 나왔을 때는 이미 어둠이 내린 상태였다. 우리는 바로 근처에 있는 부평동 야시장을 구경하고 거의 자정이 다 돼서야 호텔로 돌아왔다.

여러 곳을 돌아다녔지만, 너와 함께 꼭 붙어 있어서 그런지 전혀 피곤하지 않았다. 너도 마찬가지라고 했다. 우리는 서로에게 각성제라는 생각이 들었다. 부산 여행의 마지막 밤이었기 때문에 나는 너를 위해 욕조에 물을 받고 거품 비누를 풀고 붉은 장미잎들을 띄웠다. 욕실 전등을 끄고 대신에 열 개 정도의 작은 향초를 켜서 대리석 벽면을 따라 늘어뜨려 놓았다. 분위기가 매우 근사했다. 그리고 너와 내가 즐겨 듣는 '시가렛 애프터 섹스(Cigarettes After Sex)'의 음악을 틀었다. 몽환적인 목소리와 멜로디가 너와 나를 환상의 세계로 끌어당기는 기분이 들었다. 우리는 욕조에 들어가 샴페인을 마시며 느긋하게 그 순간을 즐겼다. 잊지 못할 밤이었다.

다음날 우리는 호텔에서 체크아웃한 후에 부산역으로 향했다. 우리는 서울로 올라가는 KTX 안에서 또다시 손수건으로 서로의 손목을 묶었다. 우리는 다시 연리지가 되고 싶었는지도 모른다. 그리고 서울까지 오는 내내 우리 둘만의 세계에 빠져 행복한 시간을 보냈다.

너와 나의 아련한 기억의 불씨는 어느새 모닥불이 되어 활활 타오르고 있었다. 나는 너에게 말했다. 날이 새면 바다 보러 가자고. 너는 좋다고 했다. 그러면서 이번에는 부산이 아닌 여수에 가고 싶다고 했다. 나는 "여수?"라고 너에게 되물었다.

"그래, 이번에는 여수에 가고 싶어."

나는 두말하지 않고 그러자고 말했다. 그리고 전화를 끊기 전에 왜 여수에 가고 싶냐고 너에게 물었더니, 너는 드라마 속 주인공들이 여수 바닷가를 걸었다는 것이 이유라고 했다. 나는 생각보다 싱거운 너의 대답에 별다른 말 없이 알았다고 했다.

너는 나보다 두 살이 많다. 그래도 나는 너와 사귄 이후로 한 번도 말을 높이지 않았다. 그것은 너의 부탁이었으니까. 사랑하는 사람 사이에 사용되는 언어는 내밀하면서도 친근해야 하므로 호칭부터 대등해야 한다는 것이 너의 생각이었다. 나는 그렇게 말하는 너의 모습이 엄청 멋있어 보였다. 너를 만나면서 두 살이 더 많은 너는 나보다 많은 것을 경험해서인지 너의 생각이 내 생각보다 훨씬 더 깊다는 생각이 들 때가 종종 있었다.

다른 연인들처럼 내가 리드해야 할 순간에도 너는 모든 것을 먼저 준비하는 경향이 있었다. 사실 우리가 100일 기념으로 갔던 부산 여행도 네가 모든 것을 준비했었다. 처음에는 "어? 내가 먼저 준비해야 하는 거 아닌가?"라고 말하면서 모든 걸 미리 준비해버린 너에게 왠지 모를 서운함을 느꼈다. 너는 나에게 너무 깊게 생각하지 말고 우리는 편하게 지내자고 말했다. 그리고 너는 먼저 생각나서 준비했을 뿐이라고 덧붙였다. 나도 다음에는 내가 준비하면 되겠지, 라고 생각하며 눙쳤다. 하지만 다음에도 준비한 사람은 항상 너였다. 나는 네가 이끄는 대로 따라가기만 하면 되는 것이었다. 이것이 연상과 사귀면 으레 있을 수 있는 일이라고 생각하면서도 다른 한편으로는 왠지 개운치 않은 텁텁함이 느껴졌던 것이 사실이었다. 가끔은 내가 할 일을 빼앗겨버린 생각이 들어 너의 그런 배려가 좋은지 싫은지 갈피를 잡지 못했다. 하지만 시간이 가면서 나도 모르게 그런 너에게 적응해버렸던 것 같다. 무슨 일이 있으면 당연히 네가 먼저 준비할 거라고 미리 생각해 버린 것이다. 우리가 사귄 지 일 년이 되었을 때 너는 나에게 제주도로 여행 가자고 했다. 물론 너는 비행기 티켓이나 숙박할 펜션도 예약을 마친 상태였다. 그때도 나는 언제나처럼 몸만 따라갔을 뿐이었다.

그런 상태로 시간이 흐른 어느 날 나의 흐리멍덩한 정신을 번쩍 들게 한 일이 있었다. 너의 서른한 번째 생일이었다. 그날은 주말이라 가는 곳마다 사람들로 붐볐고 너와 만나기로 한 시간보다 일찍 나갔던 나는 우리가 만나기로 한 카페에서 30분 넘게 혼자 기다린 끝에 겨우 구석진 자리에 앉을 수 있었다. 내가 일찍 나와서 기다렸기에 망정이지 만약 너와 함께 빈 자리가 생길 때까지 30분을 기다려야 했다면 아마 나는 내 발등을 찍고 싶었을 것이다. 그 상황을 상상하는 것만으로도 내 두 뺨이 화끈거렸다.

잠시 후 네가 카페에 도착하자 나는 너에게 지난밤에 쓴 카드와 언젠가 네가 좋다고 했던 향수를 건넸다. 너는 선물을 받고 기뻐했다. 그리고 너는 나에게 오늘 저녁 식사는 어디에서 할 거냐고 물었다. 나는 몹시 당황스러웠다. 나는 당연히 네가 식당을 예약했을 거로 생각하고 있었다. 나는 얼굴이 붉어진 채로 뭐가 먹고 싶은지 말만 하라고 얼버무렸다. 아마 너도 눈치챘을 것이다. 그날 우리가 굿나잇 키스하면서 헤어질 때 너의 얼굴은 웃고 있었지만, 나는 너의 웃는 표정에 아른거리는 왠지 모를 씁쓸함이 느껴졌다. 내 잘못이었다. 너의 생일까지 네가 식당을 예약했을 거로 생각하다니, 그건 말도 안 되는 일이었다. 그날부터 나는 너에 대한 의존성을 벗어버리려고 노력했다. 그리고 분명히 너에게 말했다. 이제부터는 나만 믿으라고. 너는 다시 환하게 웃었다. 하지만 특별히 내가 나서서 뭔가를 준비할 일은 없었다. 시간이 지나면서 아무리 사랑하는 너와 나일지라도 둔감해지는 것은 어쩔 수가 없는 일이었다. 꼭 이벤트 같은 걸 준비하면서 피곤하게 굴 필요가 있냐는 식이었다. 우리는 그것에 동의했고 시간이 가면서 점점 편한 사이가 되어갔다.

어느 토요일, 너와 나는 새로 개봉된 톰 크루즈가 주연으로 나오는 영화 '탑건: 매버릭'을 보기로 했다. 영화를 보고 나온 순간부터 너는 환갑인 톰 크루즈가 여전히 멋있다고 칭찬을 아끼지 않았다. 나도 너의 말에 전적으로 동의했다. 최근에 넷플릭스에서 톰 크루즈가 20대 때 찍은 영화를 본 적 있는데 젊었던 그때도 멋있었지만 40년 가까이 지난 지금도 여전히 멋있게 느껴졌다. 나는 혼잣말로 '나도 30년 후엔 톰 크루즈처럼 멋있을 수 있을까?'라고 했다. 그 순간 너는 나를 빤히 쳐다보았다. 그리고 혼자서 웃었다. 나는 너를 바라보며 "왜?"라고 했더니 너는 내가 환갑일 때는 어떤 모습일까, 상상했다고 했다. 그랬더니 웃음이 난다고 했다. "그때는 배가 어느 정도 나왔을 것 같고" 너는 내 배를 만졌다. 나는 아랫배에 잔뜩 힘을 줬다. "머리카락도 듬성듬성할 테고 얼굴에는 주름도 있을 거야."라면서 너는 웃었다.

"뭐가 그렇게 웃겨?" 나는 살짝 기분이 안 좋아지기 시작했다. 나는 '너는 나보다 나이가 많다는 걸 잊지 마.'라는 말이 목구멍까지 올라왔을 때 침과 함께 꿀꺽 삼켜버렸다. 참 잘한 일이었다. 만약에 내가 그 말을 너에게 했다면 너는 고개를 다른 곳으로 돌리며 슬픈 표정을 지었을 것이다. 그랬다면 나는 너보다 더 슬펐을 것이다.

우리는 밥을 먹고 북카페에 가서 책을 읽기로 했다. 너는 무라카미 하루키의 『드라이브 마이 카』를 읽었고, 나는 알랭 드 보통의 『왜 나는 너를 사랑하는가』를 읽었다. 너는 나에게 스토리를 들려주었다.

'중년 배우인 남자 주인공은 병으로 아내가 죽기 전에 다른 남자들과 자주 잠을 잤다는 사실을 알고 있었다. 그렇다고 해서 아내가 남편을 사랑하지 않는 것도 아니었다. 대화도 충분히 자주 하는 편이었다. 그런데도 아내는 다른 남자와 호텔에서 습관적으로 잠을 잤다. 아내는 다른 남자와 잠을 자더라도 마음만은 주진 않았다. 그것이 그녀만의 룰이었다.'

만약 내가 책 속의 주인공이라면 어떨 것 같냐고 너는

나에게 물었다. 나는 순간적으로 얼굴이 굳어져 버렸다. 정말이지 그것은 너무 괴로운 상상이었다. 그리고 그런 상황에 놓인 것 자체가 슬픈 일이란 생각이 들었다. 하지만 나는 주인공처럼 아내의 외도를 모른 척할 수는 없을 것 같다고 말했다. 아내가 습관적으로 다른 남자들과 잠을 잔다는 것을 알면서 같은 침대에서 살을 맞대고 잠을 잔다는 것은 아무리 생각해도 너무 비참하고 고통스러운 일이었다. 나는 성마른 사람이라 아내의 얼굴도 똑바로 못 쳐다볼 것 같았다. 내가 이런 말들을 늘어놓자 너는 재미있다는 듯이 나를 쳐다보았다. 그리고 "주인공은 아내를 진정으로 사랑했던 건 아닐까?" 너는 말했다.

일순 나는 나도 모르게 좋지 않은 말이 나올 뻔했다. 하지만 이번에도 꿀꺽 삼켜버렸다. 소설 때문에 다툴 것 같았기 때문이었다. 그리고 나는 이렇게 말했다.

"나는 성인군자가 아니라서 그렇게는 못 살 것 같아. 그럼 입장 바꿔 생각해 봐. 만약 내가 습관적으로 다른 여자와 밀회를 즐긴다면 너는 어떨 것 같아?"

순간 너의 낯빛이 어두워졌다. 뭔가 생각하고 있는 것처럼 보이더니 너는 나에게 말했다.

"역시 나도 성인군자는 못되나 봐."

나는 손을 뻗어 너의 손을 잡고 말했다.

"우리는 그럴 일은 없을 테니까 걱정하지 마."

너는 고개를 끄덕이고는 손에 든 책을 내려놓고 탁자 위에 있는 커피를 한 모금 마셨다. 나는 분위기를 바꾸려고 농담 삼아 내가 읽고 있던 책 제목을 읽었다.

"왜 나는 너를 사랑하는가?"

"너는 나를 왜 사랑하는가?"

너는 미소 지으며 말했다.

나는 웃으며 "그대 지금 꿈꾸고 있는가?"라고 말했다. 그러자 너는 "브람스를 좋아하세요?"라고 말했다. 우리가 이런 시답잖은 농담을 주고받으면서 웃고 있을 때 주변 사람들의 따가운 시선이 느껴졌다. 우리는 서로 눈짓하고 자리에서 일어나 그대로 북카페를 빠져나왔다. 밖에 나와서도 우리는 한동안 웃음이 멈춰지질 않았다.

왜 나는 너를 사랑하는가.

우리가 처음 만난 건 내가 고등학교 1학년 때였다. 주말에 친구 집에 놀러 갔다가 너를 보았다. 너의 동생이 내 친구였으니까. 고등학교 3년이었던 너는 우리에게 치킨과 피자를 시켜주고 도서관에 공부하러 간다면서 나갔다. 그때 너는 정말 멋있어 보였다.

　다음에 내가 너를 봤을 때는 내가 고등학교 3학년 겨울 방학을 보내고 있을 때였다. 그러니까 내 친구이자 너의 동생이 자전거를 타다가 택시와 부딪히는 교통사고를 당해서 병원 응급실로 실려 갔던 것이다. 그날 저녁 친구는 중환자실로 옮겨졌다. 나는 함께 자전거를 탔던 친구의 연락을 받고 병원으로 달려갔다. 나는 중환자실 밖에서 고개를 숙이고 두 손을 모으고 있는 너를 보았다. 아마도 너는 기도하고 있는 것 같았다. 나는 너의 옆에 앉았다. 그리고 나도 두 손을 모았다. 우리는 그렇게 나란히 앉아 밤을 새웠다. 새벽에 나는 커피를 뽑아서 너에게 건네주었다. 너는 나에게 고맙다고 말하고 커피를 홀짝거렸다. 그날 저녁에도 나는 병원을 찾았다. 너는 같은 자리에 앉아있었다. 그날도 나는 너의 옆에 앉아 밤을 새웠다. 우리는 아무 말도 하지 않았지만, 마음속으로 많은 대화를 나눈 기분이었다. 나는 친구가 무사히 깨어나기를 바랐고 너는 동생이 무사히 깨어나기를 바랐으니까 우리의 마음은 서로 관통할 수밖에 없었다. 그렇게 열흘이 지났을 때 우리는 눈빛만 봐도 텔레파시가 통하는 듯했다. 너는 가끔 내 어깨에 기대고 눈을 붙였다. 나는 그때마다 너에게 의젓한 사람이 되고 싶었다.

친구가 중환자실에 들어간 지 보름째 되는 새벽에 친구
는 숨을 거두었다. 그리고 장례식이 끝나고 너와 나도 더
이상 만나지 못했다. 나는 가끔 친구가 생각날 때면 혼자
서 봉안당에 가곤 했지만 너를 마주친 적은 없었다. 그리
고 세월이 흘렀다. 나는 군대에도 갔다 왔고 대학도 졸업
하게 되었다. 나는 중소기업에 취직해 출근을 앞두고 친구
가 생각이 나서 봉안당에 갔다. 나는 납골함 앞에 있는 의
자에 앉아 친구의 사진을 보고 있었다. 나는 친구가 살아
있으면 지금 어떤 모습일까 생각했다. 나는 친구가 보고
싶어 눈물을 흘렸다. 그때 너는 나의 이름을 불렀다. 나는
서둘러 눈물을 닦고 너를 바라보았다. 오랜만이었다. 나는
무척 반가웠다. 나는 그동안 떨어져 있던 영혼의 동지를
다시 만난 기분이 들었다. 우리는 말하지 않고도 서로 통
하는 무언가가 있다는 것을 다시 깨닫게 되었다. 너도 마
찬가지라고 믿었다. 그 자리에서 우리는 서로의 연락처를
교환했다. 알고 보니 너는 탄탄한 마니아층을 가지고 있는
소설가가 되어있었다.

그날 저녁 너는 나에게 카톡 메시지를 보냈다. 너는 내
생각을 자주 했다고 했다. 그 메시지를 읽는 순간 내 심장

이 쿵쿵거리기 시작했다. 이후로도 나는 '내 생각을 자주 했다.'는 너의 메시지가 계속 생각났다. 그럴 때마다 나는 설 렜다. 나는 너에게 같이 밥 먹고 싶다고 메시지를 보냈다.

다음날 너는 나를 근사한 레스토랑에 데리고 가서 맛있 는 파스타를 사주었다. 우리는 별다른 말은 하지 않았지만 나는 너와 같이 있는 것만으로도 행복했다. 너는 나의 영혼 의 동지였으니까. 주말마다 우리는 만나서 데이트를 즐겼 다. 그러다가 나는 너에게 사랑한다고 말했다. 나는 너에게 사랑한다고 말한 것은 처음이 아니었다. 우리는 서로 가슴 과 가슴으로 통하는 무언가가 있었기 때문에 나는 너에게 수십 번 사랑한다고 고백한 기분이 들었다. 너도 이미 알고 있다는 듯이 사랑한다고 말했다. 그날은 우리가 정식으로 사귀기 시작한 첫날이었다. 그러면서 너는 나에게 이제부 터 말을 놓으라고 했다. 우리 둘 사이에 나이가 장벽이 되 면 안 된다면서 나에게 꼭 그렇게 해달라고 부탁했다. 나는 좋다고 했다. 그때부터 나는 너라고 불렀다. 그렇게 함으로 써 너와 나는 나이에서도 수평을 이룬 셈이었다.

왜 나는 너를 사랑하는가? 너는 나의 영혼의 동지이기 때문이라고 말하고 싶다. 지금도 너와 나는 가슴과 가슴으로 수많은 대화를 나누고 있다고 생각한다. 어쩌면 너는 내가 다다라야 할 곳인지도 모른다. 모든 강물이 바다로 흐르듯 내 모든 순간은 너에게 흐른다.

나는 자주 너의 소설을 읽었다. 너의 소설은 상당히 매력적이었다. 마니아층이 왜 생겼는지 이해할 수 있었다. 나도 어느 순간 네가 쓴 소설의 마니아가 되어버렸으니까. 너는 무라카미 하루키의 소설을 좋아한다고 자주 말했다. 무라카미 하루키의 소설보다 나는 너의 소설이 더 좋았다. 그 이유는 무라카미 하루키의 소설에는 네가 없고 너의 소설에는 네가 있기 때문이다. 가끔은 나도 너의 소설 속 등장인물 같다는 생각이 든다. 실제로 너의 소설 속에 내가 나온다는 것은 아니다. 너의 소설을 읽다 보면 소설 속 이야기가 내가 이미 알고 있는 듯이 친숙하게 느껴지는 것이었다. 아마도 너와 내가 가슴과 가슴으로 나누는 감정의 흐름 때문일 거란 생각이 들었다.
어느 단편 소설에서는 죽은 동생의 친구와 연인이 된 주인공에 관한 이야기가 나왔다. 주인공이 동생 친구를 연인으로 받아들이면서 느끼는 생각과 감정을 의식의 흐름에 따라 서술하고 있는 소설이었다. -주인공은 의식을 잃고 중환자실에 들어가 있는 동생이 깨어나기를 바라며 몇 날 며칠을 기다리는 동안 자신의 옆을 지켜준 동생의 친구에게 점차 좋아하는 감정이 생긴다. 주인공은 동생이 사경을 헤매고 있는 상황에서 동생 친구에게 그런 감정을 느낀 자신이 너무 한심스러워 동생에게 죄책감을 느낀다. 동생이 죽은 후에도 주인공은 동생 친구를 계속 그리워한다. 물론 주인공은 그러지 말아야 한다고 자기 자신을 질책하며 그리움을 억누르지만, 그것이 생각대로 될 리는 만무했다. 죽은 동생의 SNS를 타고 동생 친구의 SNS도 알게 되었다. 그러면서 주인공은 동생의 친구를 보기 위해 그가 다니는 대학교 주변을 맴돈다. 주인공은 강의를 끝내고 나오는 동생의 친구를 보면서 그리움을 달랜다. 동생의 친구는 군대를 제대하고 취직했다. 이 모든 것을 SNS를 통해 알게 되었다. 주인공은 더욱 동생의 친구가 너무 보고 싶은 마음을 동생에게 털어놓을 생각으로 동생 유골함이 있는 봉안당을 찾았다가 그곳에서 동생 사진을 올려다보며 눈물을 흘리고 있는 그를 보게 된다. ―나는 이 소설을 읽으면서 꾸며낸 소설이 아니라 실생활의 경험을 기록한 글이라고 생각했다. 모르는 사람은 완벽한 허구일 거라고 생각할 것이다. 하지만 내막을 알고 있는 나는 허구가 아닌 사실임을 분명히 알 수 있었다.

처음 이 소설을 읽었을 때 가슴이 아팠다. 네가 나를 오랫동안 그리워하고 있었다는 사실을 알았기 때문이었다. '시절 인연'이라는 말이 떠올랐다. 만나게 될 사람은 어떻게든지 만나게 되어있다는 그 말을 이제야 비로소 가슴으로 이해할 수 있을 것 같았다. 간절히 바라면 에너지가 발생하게 되고 그 에너지가 커지면 위력을 발휘하게 된다는…… 다시 말해 너와 내가 다시 만날 수 있었던 것은 네가 나를 그리워할 때마다 축적된 에너지가 위력을 발휘했기 때문이라고 나는 믿는다. 그런데 어찌 내가 너를 사랑하지 않을 수 있겠는가?

너는 소설을 쓰기 위해 조용한 인왕산 자락에 작업실을 구했다. 그곳에서 너는 혼자서 생활하면서 글을 썼다. 하지만 나는 너의 작업실에 들어간 것은 딱 한 번뿐이었다. 나는 너를 만나면서 그러니까 본격적으로 사귀기 전에 소설가의 방은 과연 어떻게 생겼을까, 궁금하다고 말했다. 특별할 것 전혀 없는 그저 휑한 작업실이지만 방을 구경시켜주겠다고 너는 나에게 말했다.

내가 너의 방을 들어갔을 때 처음 생각난 단어는 '아늑

하다'였다. 나는 너의 방에서 그동안 소설에 쏟아부은 너의 노력과 사유, 그리고 감정들을 고스란히 느낄 수 있었다. 그다음에 떠오른 단어는 '신성하다'였다. 왠지 그곳에서는 딴생각을 품어서도 안 될 것 같다는 생각이 들었다. 너의 방은 너의 소설을 잉태하고 있는 자궁이란 생각이 들었다. 그곳은 당연히 너의 영혼이 살아 숨 쉬는 곳이었다.

나는 너의 방에서 네가 끓여준 커피 한잔을 마시며 오른쪽 검지로 서가에 꽂힌 책들을 하나하나 만져가며 책들의 제목을 훑어보았다. 그러면서 나는 내 손길이 너의 방에 머물게 된 것을 뿌듯하게 생각했다. 너도 내 손길이 머물고 있다는 것을 느낄 수 있을까? 모쪼록 느낄 수 있기를 바랐다.

남녀가 한 방에 들어가 있다 보면 자연스럽게 생기는 감정이 내 머릿속을 채우기 시작했을 때 나는 서둘러서 남아 있는 커피 한 모금을 마저 마시고 너의 방을 떠났다. 너는 나에게 음식을 배달시킬 테니 먹고 가라고 했다. 하지만 너의 방에서 너에 대한 야릇한 감정이 자라고 있었기에 나는 그럴 수가 없었다.

우리가 본격적으로 사귀게 된 이후에도 나는 너의 작업실 안으로는 들어가지 않았다. 너를 데려다줄 때도 항상 작업실 문 앞에서 헤어졌다. 너의 성스러운 작업 공간만은 지켜주고 싶었다. 처음에 이런 나를 이해할 수 없다고 너는 말했다. 하지만 시간이 지나면서 그런 내가 고맙다고 너는 말했다. 다만 무거운 짐을 옮긴다거나 형광등을 새로 갈아 끼워야 한다거나 할 때는 예외라는 점을 나는 너에게 분명히 주지시켰다. 하지만 아직 그런 일은 한 번도 없었다.

나는 가끔 이런 상상을 한다. 예를 들면 나는 한밤중에 너의 전화를 받고 잠에서 깨어난다. 너는 잔뜩 가라앉은 목소리로 도저히 잠을 잘 수가 없다고 투정을 부린다. 그리고 지금 와 줄 수가 있냐고 묻는다. 나는 찬물로 세수하고 정신을 차린 다음 운동복으로 갈아입고 집을 나선다. 큰길까지 달려가 택시를 잡아타고 너의 작업실로 향한다. 내가 너의 작업실에 도착할 즈음에 너는 미리 밖에 나와 있다가 나를 맞는다.

침대에서 나는 너에게 팔베개를 해주고 한 손으로 너의 어깨를 다독인다. 이윽고 너는 사르르 잠이 들고 너의 숨소리에 나도 사르르 잠이 든다. 아침에 눈을 떴을 때 너는 여전히 잠들어 있고 내 오른팔은 쥐가 나기 시작한다. 나는 눈을 질끈 감고 주먹을 쥐었다 폈다를 반복한다. 들썩거리는 팔의 움직임으로 너는 잠에서 깬다. 나는 아무 일도 없었다는 식으로 '굿 모닝!'이라고 말한다. 너도 씩 웃으며 '굿 모닝!'이라고 말한다. 그리고 너는 그대로 누워서 나를 바라보고 있다. 나는 도저히 견딜 수 없어서 '화장실 좀 갔다 올게.'라고 말하며 몸을 일으켜 세운다. 너는 머리를 살짝 들고 내 팔을 놓아준다. 내 팔은 이미 아무런 감각이 없다. 마치 남의 팔처럼 느껴졌다. 나는 팔을 쭉 늘어뜨리고 화장실로 향한다. 그런 내 모습을 보면서 너는 배를 움켜잡고 웃는다. 나도 고통스러운 얼굴로 어색한 웃음을 지으며 팔을 공중으로 휘젓는다. 팔은 그저 덜렁거릴 뿐이다.

나는 가끔 이런 상상을 하면서 나 혼자 웃는다. 나는 너와 같은 침대에서 잠을 잘 때는 너에게 팔베개를 해주겠다고 자청하지 않는다. 결국 무감한 팔을 휘두르며 코미디로 끝나버릴 무모한 행위임을 알기 때문이다. 요즘 베개는 인체공학적으로 만들어져 참 편하다는 광고를 나는 백 퍼센트 신뢰한다. 더 이상 연인을 위해 팔베개를 해주겠다고 무모한 도전을 하지 않아도 된다는 것에 고마워할 연인들이 한둘이 아닐 것이다.

토요일 아침 일찍 너와 나는 서울역에서 여수행 KTX에 올랐다. 우리는 100일 기념 여행을 위해 부산행 기차를 탄 이후로 2년 만에 다시 기차에 올랐다. 우리는 자리에 앉자마자 그때의 감회가 새록새록 되살아났다. 나는 주머니에서 손수건을 꺼내 너의 눈앞에서 흔들었다. 너는 뭔지 알았다는 듯이 미소를 지으며 오른쪽 팔목을 내밀었다. 나는 그때처럼 나의 왼쪽 손목과 너의 오른쪽 손목을 손수건으로 묶었다. 우리는 다시 하나가 되었다, 연리지처럼. 너와 나는 아무런 말도 하지 않았는데도 실실 웃음이 나왔다.

우리가 앉은 통로 건너편에 노년의 부부가 앉아있었다. 부부는 검은 봉지에서 귤 두 개를 꺼내 우리에게 건넸다. 그러면서 할머니께서 우리에게 신혼부부 같다고 했다. 너는 빙그레 웃더니 할머니에게 우리가 신혼부부인지 어떻게 아셨냐고 물었다. 나는 너의 말을 듣는 순간 멈칫했다. 하지만 나는 표를 내진 않았다. 네가 할머니에게 농담으로 건네는 말이라는 것을 알았다. 하지만 내가 멈칫했던 이유는 너도 나처럼 가끔은 우리가 결혼해서 사는 모습을 상상할 거라는 생각이 들었기 때문이었다.

나는 결혼에 대해서 '언젠가는 하겠지.' 정도로 막연한 생각만 갖고 있었던 것이 사실이다. 그런데 나이 서른이 되면서 너와의 결혼에 대해 생각하게 되었다. 1년 전만 하더라도 '나의 결혼 상대는 너일 것이다.'라고 생각했다. 하지만 지금은 '반드시 너여야만 한다.'로 바뀌었다. 그만큼 우리는 떨어질 수 없는 사이라는 것을 확신하고 있다. 사실 지금까지 우리는 한 번도 결혼에 대해 진지하게 이야기한 적은 없었다. 그래서 나는 이번 여행에서 너와 결혼에 대해 진지하게 이야기를 나눌 생각이다. 우리 이대로 함께여도 좋지 않을까?

나는 가끔 '네가 나를 동생처럼 생각하고 있는 것은 아닐까?'라고 생각하기도 한다. 그 생각 끝에 답은 '그럴 수도 있겠다.'였다. 지금의 우리가 있기까지는 내 친구이자 너의 동생이 있었으니까. 그것은 우리만 가지고 있는 스토리라는 것을 인정해야 한다. 그래서 나는 가끔 나를 바라보는 너의 눈빛을 보면 순간적으로 내가 너의 동생이 된 기분이 들 때가 있다. 처음에는 그 감정이 낯설고 어색했던 것이 사실이다. 그리고 나는 우리 만남의 배경이 미래의 우리 관계에 어떠한 영향을 줄 것인지에 대해 진지하게 생각했다. 결론은 우리는 우리 방식대로 살면 된다는 것이었다. 나는 너의 연인이면서 때로는 동생이면서 때로는 친구로 살면 되지 않을까. 왜? 나는 너를 사랑하니까. 나는 너를 원하니까.

　마침내 KTX가 여수역으로 미끄러져 들어가고 있다. 너
는 내 어깨에 머리를 기대고 잠을 자고 있다가 도착을 알
리는 경쾌한 음악 소리에 실눈을 뜨고 두리번거린다.
　"벌써 왔네."
　나는 그런 너의 모습이 사랑스러워 미소 지으며 노래를
흥얼거린다.
　"여수 밤바다 이 조명에 담긴 아름다운 얘기가 있어
　네게 들려주고파 전화 걸어 뭐 하고 있냐고
　나는 지금 여수 밤바다 여수 밤바다……"

우리들의 뒷모습

"총각은 올해 몇이요?"

"네? 어…… 스물일곱이요."

"스물일곱? 아, 그래……. 인물도 훤한 총각이 손님들한테 싹싹하기까지 하고… 볼 때마다 탐난다니까. 내 사위 삼으면 좋겠어."

"아, 네…… 좋게 봐주셔서 감사합니다."

올해 일흔둘인 순임이 마트 청년 주호와 나누는 대화였다. 주호를 흐뭇하게 바라보는 순임의 얼굴은 마치 꿈을 꾸듯 희열에 젖어있었다. 마트 청년이 자기 딸의 손을 잡고 결혼식장에 들어가는 꿈을 꾸는지 아니면 딸이 아닌 자기가 마트 청년의 손을 잡고 있는 꿈을 꾸는 것인지는 아무도 모를 일이다. '마트 총각'은 대학을 졸업하고 뜻하는 바가 있어 아버지가 사장인 마트에서 1년 가까이 성실하게 일하고 있는 주호를 부르는 순임만의 애정 넘치는 호칭이다.

사실 순임은 나이 마흔 넘어서 얻은 딸이 하나 있다. 올해 서른이 되는 딸은 5년 동안 잘 다니던 직장을 하루아침에 그만두고 1년 가까이 집에서 쉬고 있었다. 순임이 딸 수정에게 갑자기 직장을 그만두겠다고 하는 이유가 뭔지 물었을 때 "이제부터 나답게 살아보려고."라고 대답할 뿐 다른 말이 없었다. 순임은 곰곰이 생각에 잠겼다. 수정이 어디가 아파서 직장을 그만두려고 하는지도 모른다는 생각이 가장 먼저 들었다. 아무리 생각해도 그것 말고 수정이 회사를 그만둘 이유는 없어 보였다.

"너 혹시 몸 어디가 안 좋은 거냐?"

순임은 걱정스러운 표정으로 수정에게 물었다.

"엄마, 그게 아니라 나답게 살아보려고 그만두는 거라니까요."

수정은 이미 결심이 섰다는 듯이 결연한 표정으로 순임을 바라봤다.

"그럼 어디가 아파서 그러는 건 아니란 말이지?"

"그렇다니까요."

"어디 아픈 게 아니라면 됐다. 근데 너답게 살 거란 말이 뭔 소리냐? 그럼 여태껏 네가 산 게 아니면 누가 살았다는 말이냐? 네 몸속에 귀신이라도 들어와서 살았다는 말이냐?"

"엄마, 그게 아니라 살아도 내 뜻과는 전혀 상관없이 마지못해 살아왔다는 말이에요. 직장에서 사람들하고 부딪힐 때도 하고 싶은 말은 많은 데 그러지도 못하고 가슴 속에 꾹꾹 눌러가며 살았어요. 어쩔 수 없이 그렇게 살아온 거라고요. 그렇다고 회사를 그만둘 수도 없었어요. 도중에 그만두면 인생 낙오자가 될지도 모른다는 두려움이 컸거든요."

"그럼 참고 다닌 김에 한 번 더 참아보지 그러냐?"

"여기까지가 내 한계예요. 더 이상 억누르면 폭발해버릴지도 몰라요."

순임은 폭발해버릴지도 모른다는 수정의 말에 정신이 번쩍 들었다.

"직장에서 뭐 안 좋은 일이라도 있었냐? 그럼 그렇다고 말을 하지 그랬어."

순임은 당분간 수정이 하는 대로 지켜보는 게 좋겠다고 생각했다.

"내가 다 알아서 할 테니까 엄만 걱정하지 마세요. 지금은 내가 하는 대로 지켜만 봐줘요."

"그래 알았다. 그동안 애썼다."

수정은 자신이 직장을 그만두겠다고 하면 순임이 무조건 야단만 칠 거로 생각했다. 그래서 한동안 이해시키느라 고생 좀 할 거라고 미리부터 마음을 단단히 먹었던 터였다. 순임에게서 '그동안 애썼다'는 말을 들을 거라고는 전혀 예상하지 못했다. 수정은 가슴이 뭉클해지더니 순식간에 수정의 볼에 뜨거운 눈물이 흘러내렸다. 수정은 고개를 떨궜다. 수정이 울고 있다는 걸 눈치챈 순임은 수정의 등을 쓸어주었다.

"고생했다, 우리 딸. 한 번뿐인 인생, 네가 하고 싶은 대로 하고 살아봐라."

수정은 순임을 와락 껴안으며 소리 내어 울었다.

그랬던 순임은 시간이 갈수록 걱정스러운 눈으로 수정을 보게 되었고 자기 뜻과 다르게 수정을 보고 있으면 한숨이 나올 때가 있었다. 그럴 때면 혹시나 수정이 들었을까 봐 괜히 두 팔을 머리 위로 뻗으며 "이젠 맨손 체조하는 것도 힘들다." 하면서 가쁜 숨을 내쉬는 척했다. 그만큼 순임은 수정을 걱정하고 있다는 걸 티 내지 않으려고 조심했다. 수정이 직장을 그만둔 지가 벌써 1년이 지났지만 수정은 아직도 자신만의 삶을 살겠다고 하면서 집에서 놀고 있었다. 차라리 이런 참에 좋은 짝이라도 만나 결혼해서 자식 낳고 살면 좋겠다고 순임은 수도 없이 생각했었다. 그러니 순임이 마트에 갈 때마다 자신에게 곰살맞게 구는 훈남 총각 주호를 보면서 자기 딸 수정과 어떻게 엮어보면 안 될까, 하고 생각하는 것은 당연한 일이었다. 딸이 연상이긴 하지만 그깟 세 살쯤은 얼마든지 극복할 수 있다고 믿었다. 그것에 대해서는 순임 자신이 산 증인이었다.

사실 순임도 남편보다 두 살 연상이었다. 순임은 남편 될 사람을 맞선자리에서 한번 보고 그로부터 한 달 만에 결혼식을 올렸다. 그때 무슨 결혼을 번갯불에 콩 볶아 먹는 것처럼 그렇게 빨리 해치우냐고 하는 사람들도 있었다. 사실 '결혼을 해치웠다'라는 말을 들으면서도 순임은 달리 변명할 거리가 없었다. 하지만 그렇게라도 서두르지 않았다면 결혼식을 아예 치르지도 못했을 터였다.

순임의 남편 장수는 집안의 큰아들이었다. 당시에 장수의 아버지는 앓고 있던 지병이 심해져 살날을 얼마 남겨두지 않고 오늘 낼 하던 처지였다. 집안에서는 장례 치르기 전에 장남 결혼식을 먼저 치르면 세상 떠나는 사람도 마음이 한결 가벼울 거라며 장수의 결혼을 서둘렀다. 평소 술친구였던 장수의 할아버지와 순임의 할아버지는 술에 얼큰하게 취해 사돈 맺자는 농담을 하곤 했었다. 두 술친구의 농담은 장수와 순임이 어렸을 때부터 시작되었다. 그런데 장수 아버지의 병세 악화로 딴생각할 틈도 없이 상황이 급박하게 돌아가면서 장수의 할아버지와 순임의 할아버지는 술자리에서 주고받던 농담을 '남아일언중천금(南兒一言重千金)'이란 고사성어를 갖다 붙여 진담으로 만들어 버린 것이었다. 결혼하고 두 달 후에 장수의 아버지는 세상을 떠났다. 일이 그렇게 되고 보니 주위에서는 장수와 순임이 서둘러서 결혼하길 잘했다고, 효도한 거라고 하는 사람들이 많았다. 만약 격식을 갖춘답시고 조금만 천천히 결혼을 추진했더라면 아예 결혼이 물 건너갔을지도 모를 일이었다. 부친의 장례를 치른 후 같은 해에 결혼식을 올린다는 것이 자식으로서는 왠지 불효자나 저지르는 배은망덕한 일처럼 느껴졌을 것 때문이었다.

순임은 가끔 결혼 전에 연애를 좀 해봤더라면 어땠을까 하는 생각이 들었던 적이 있었다. 그렇다고 해서 그 연애 상대가 남편 장수가 아닌 다른 사람이었으면 하고 바란 적은 단 한 번도 없었다.

"마트 총각! 혹시 만나는 사람 있어?"

순임은 손가방에서 지갑을 천천히 꺼내면서 주호에게 물었다. 그러면서도 순임의 눈은 주호에게 고정되어 있었다. 주호도 순임의 과도한 관심에 쑥스러워하며 옆에 가지 런히 놓인 종량제 봉투를 매만졌다.

"아직 만나는 사람은 없어요."

아직 만나는 사람은 없다는 주호의 말에 순임은 주호가 이미 사위라도 된 듯이 기뻐하는 것 같았다.

"오늘따라 지갑이 빨리 안 나오네. 하하하."

순임은 지갑에서 꺼낸 카드를 주호에게 건네며 말했다.

주호는 별다른 말 없이 웃는 얼굴로 카드를 받아서 카드 기에 그은 다음 영수증과 카드를 순임에게 건넸다.

"감사합니다."

"나중에 딸 데리고 올지도 몰라요. 지금 사가면 무거워 서 들고 가기 힘들 것 같아서."

"아, 네. 원하시면 배달도 해드려요."

"그럴 것까지는 없고 일단 나중에 딸이랑 와서 결정할 게요. 그럼 수고해요, 마트 총각."

"네, 안녕히 가세요."

순임은 마트를 나와 집으로 가는 내내 딸과 주호를 어떻 게 맺어줄지 생각했다. 그렇다고 딱히 답이 있는 것은 아 니었다. 더욱이 남녀 관계는 당사자가 좋아야지 제삼자가 좋다고 되는 일도 아니란 걸 순임은 잘 알고 있었다. 그래도 순임은 두 사람을 맺어줄 상상만으로도 웃음이 났다. 쉽게 가실 웃음이 아니었다.

"세상에 볼매가 따로 없다니깐."

현관문을 열고 들어오던 순임이 말했다. 순임은 딸 수정이 집에 있다는 걸 알고 일부러 큰소리로 했던 것이다.

"다녀오셨어요?"

주방에서 얼그레이 홍차를 우리고 있던 수정이 현관문 열리는 소리를 듣고 소리쳤다.

"그래."

"근데 엄마, 방금 볼매라고 한 거예요? 아님, 내가 잘못 들었나?"

"아니, 볼매 맞다."

"엄마, 볼매가 무슨 뜻인지 알아요?"

"야, 요즘 세상에 볼매가 무슨 말인지 모른 사람도 있냐? 앤, 내가 그것도 모르는 바본 줄 안다니까."

"그럼 그게 무슨 말인데요?"

"볼수록 매력 있다는 말이잖아. 안 그래?"

"오! 나도 잘 안 쓰는 말인데 엄마가 그런 말을……."

수정은 약간 놀랍다는 듯이 순임을 바라보았다.

"즐겨 보는 드라마에서 주인공들이 그런 말 자주 쓰더구나. 처음에는 좀 가볍게 보였는데 생각할수록 재밌어서 기억하고 있었지. 수정이 넌 어디 가서 볼매란 말 들어 본 적 있니?"

"엄마, 내가 볼매로 보여요?"

"당연하지."

"이야, 세상 사람들이 다 엄마만 같으면 사는 데 아무 문제 없겠네요."

"그래도 내 눈 높다. 네가 내 딸이라서 그런 게 아니라 너 정도면 준수한 거야."

"이야, 고마워요, 엄마. 오늘 시들었던 내 자존감 팍팍 세워주기로 작정하셨나 보네."

수정은 순임이 사 온 물건을 주방으로 가져갔다.

"근데 조금 전에 누가 볼매라는 말이에요?"

"아, 마트 총각이 워낙 친절한데다가 잘생기기까지 했잖니."

"난 또 누구라고."

"넌 그 총각 어떻냐?"

"그 총각 뭐요?"

"신랑감으로 어떻냔 말이야?"

"헉! 내가 왜 그걸 생각해야 해요?"

"만약에 말이야. 너랑 잘 어울리는 것 같던데."

"엄만 그 사람 어딜 보고 나랑 잘 어울릴 것 같다고 하는 거예요."

"그냥 육감이지, 육감."

"난 한 번도 생각 안 해봤고 앞으로도 생각할 일은 없을 거예요. 나랑 마트 총각하고 엮일 일도 없고요."

"그건 모르는 일이다. 난 네 아버지랑 결혼할 거라곤 꿈도 꾼 적 없었어. 될 일은 다 되게 되어 있다는 말이 괜히 있는 게 아니다."

"아무튼 난 관심 없어요."

"그러지 말고 진지하게 생각해 봐라. 그 총각이 올해 스물일곱이라더라. 너랑 세 살 찬데 괜찮지?"

"엄마, 괜찮긴 뭐가 괜찮아요? 난 연하는 별로예요."

"야, 네가 연하의 매력을 몰라서 그래. 한번 만나보면 생각이 달라질 거야. 네 아버지가 얼마나 매력덩어리였는지 아니?"

"아, 난 됐어요. 관심 있으면 엄마가 만나보든가요."

"참나, 그럼 관둬라. 둘이 잘되면 네가 좋지 내가 좋으냐?"

순임은 한숨을 내쉬면서 방으로 들어가 버렸다. 순임은 수정이 남자라도 만나면 마음이 더 안정되지 않을까 해서 한 말이었는데 정작 수정이 자신의 마음을 몰라줘서 속상했던 것이다.

방 안에 들어와 옷을 갈아입은 순임은 화장대에 놓인 남편 장수의 사진을 들여다보았다.

"여보, 우리 수정이 잘되겠죠? 거기서라도 우리 수정이 잘되게 도와줘요."

순간적으로 눈이 촉촉해진 순임은 티슈를 한 장 뽑아 눈초리를 지그시 눌렀다.

순임의 남편 장수가 세상을 뜬 건 5년 전 여름이었다. 장수는 일주일에 한두 번은 꼭 동네 목욕탕에 가는 버릇이 있었다. 여름에는 동네 목욕탕을 찾는 사람이 얼마 없었다. 하지만 장수의 목욕탕에 가는 버릇은 여름이라고 거르는 법이 없었다. 장수는 아무리 더운 여름이라도 여러 번 온탕과 냉탕을 오가야 비로소 몸에 피로가 풀리고 정신까지 맑아지는 기분이 든다고 했다. 장수는 자신의 버릇 때문에 죽은 거나 마찬가지였다. 그가 목욕탕에서 죽었기 때문이다.

온탕에 들어가 한참을 앉아 있던 그가 온탕에서 나와 냉

탕으로 가던 중에 바닥에 떨어져 있던 일회용 비누를 밟고
발이 미끄러져 순식간에 뒤로 넘어진 것이었다. 쿵 하는
소리를 듣고 깜짝 놀란 세신사가 바닥에 넘어져 있는 장수
에게 헐레벌떡 달려왔다. 장수는 의식이 없어 보였다. 세신
사는 밖에 있는 직원에게 소리쳐 119를 부르게 했다. 이윽
고 구급차로 병원으로 옮겨진 장수는 응급처치에도 불구
하고 끝내 깨어나지 못했다. 사인은 뇌진탕이었다. 순임이
병원 응급실에서 온 전화를 받고 병원에 도착했을 때 남편
장수는 숨을 거둔 뒤였다. 순임은 남편의 죽음이 너무 황
망해 한동안 믿어지지 않았다. 여태껏 목욕탕 바닥에 떨어
진 비누를 밟고 넘어져 뇌진탕으로 죽었다는 소리를 들어
본 적도 없었다.

"고인처럼 목욕탕에서 넘어져 돌아가신 분들이 의외로
많아요."

순임은 장례지도사가 위로로 건네는 말을 듣고서야 그
런 줄 알았다. 깨끗하게 목욕해서 그런지 남편 장수의 피
부가 평소보다 뽀얗고 매끄러워 보였다.

그날 남편 장수가 목욕탕에 갈 때 순임은 말렸었다.

"가만히 있어도 땀이 나는 마당에 그냥 집에서 찬물로
샤워하면 되지 일부러 목욕탕까지 가서 땀 흘릴 필요가 뭐

가 있어요?"

말한다고 들을 사람이 아니라는 것을 알면서도 순임의 입에서 볼멘소리가 나왔다.

"거참, 땀이라고 해서 다 같은 땀이 아니라니까. 목욕탕에서 흘린 땀은 힐링이라고 몇 번을 말했는지 모르겠네."

"이런 더운 날 힐링 한 번 하려다가 쩌 죽겠소."

그것이 순임과 남편 장수의 마지막 대화였다. 순임은 한 손에 목욕용품이 든 손가방을 들고 큰기침하면서 현관문을 열고 나가던 장수의 뒷모습이 아직도 눈에 선했다.

"당신, 거기서는 목욕탕 못 가서 어째요? 하기야 당신은 살아서 원 없이 목욕탕에 다녔으니 거기에선 목욕탕 안 가도 찝찝하진 않을 거요."

자기 말을 안 듣고 목욕탕에 가서 결국 세상을 떠난 남편이 얄밉기도 해서 화장대에 놓인 남편 사진을 보면서 하는 순임의 레퍼토리였다.

"그나저나 우리 수정이 좀 잘 돌봐줘요."

수정은 자기 방에서 얼그레이 홍차를 마시면서 책을 읽고 있었다. 명상에 관한 책이었다. 수정은 회사를 그만둔 뒤로 명상 관련 서적을 많이 읽었다. 명상이 종교를 관통하고 있다는 것을 알게 되면서 사찰이나 가톨릭 피정의 집, 명상 수련원 등을 찾아가 명상을 수련하기도 했다. 수정은 명상을 통해 마음이 편안해졌다. 그럼에도 수정은 가끔 심리적으로 불안할 때가 있었다. 수정이 심리적으로 불안해진 것은 직장에서 받은 스트레스 때문만은 아니었다. 수정이 사귄 남자친구에게서 받은 충격도 한몫했다. 정확히 말하면 남자친구에게서 받은 충격 이후로 회사 생활이 어려워졌다고 해야 옳을 것이다. 그만큼 마음이 불안해진 수정은 회사 생활에서도 인내심이 바닥을 드러낸 것이었다.

수정과 그녀의 남자친구 한솔은 같은 과 동기였다. 두 사람이 스무 살 때 사귀기 시작했으니 정확히 8년을 사귄 셈이었다. 둘의 관계는 단번에 파장으로 치달은 것은 아니었다. 대개 파장을 맞이한 연인들이 그러하듯 둘 사이에도 여러 번의 전조가 있었고 그때마다 미세한 균열이 갔던 것이다. 한때 좋았던 둘의 관계가 소원해진 것은 한솔이 군에 갔을 때였다. 대한민국 남자라면 피할 수 없는 당연한 일이었다. 수정도 당연하게 받아들이고 한솔이 무사히 건강하게 군 복무를 마치기만을 기다렸다. 수정은 남자친구 한솔이 군에서 고생할 것을 생각해서 남학생들이 있는 저

녘 술자리에는 일부러 피하기까지 했다. 가끔 남학생들의 유혹도 있었지만 그럴 때마다 수정은 군대에서 고생하고 있을 한솔이 떠올라 유혹을 잘 이겨낼 수 있었다.

하지만 한솔이 제대한 후 둘의 관계에 반전이 있었다. 수정은 운동화를 거꾸로 신지 않고 한솔만을 기다렸지만, 막상 군 복무를 마치고 돌아온 한솔은 예전 같지 않았다. 그것은 겉으로 표가 나는 게 아니었다. 단지 군대 간 남자 친구를 오매불망 기다린 여자만 느낄 수 있는 직감 같은 것이었다. 수정은 직장을 다니고 있던 터라 복학생 한솔과 데이트할 때 들어가는 비용을 대는 것은 물론 한솔의 옷과 신발까지 사주면서 한솔을 살뜰히 챙겼다. 그러면 한솔은 자신이 졸업하고 취직하면 결혼하자고까지 했었다. 수정도 자신이 한솔과 결혼하는 것이 아주 오래전부터 이미 정해진 것처럼 당연하게 생각하고 있었다. 그러면서도 수정은 한솔과 왠지 모를 거리감이 느껴졌다. 그것은 한솔이 언젠가부터 '오늘은 일이 있어서 다음에 만나자'는 말을 자주 했기 때문이었다. 수정은 한솔이 졸업하고 취직하자 둘의 관계가 더 멀어진 기분이 들었다. 언젠가부터는 한솔이 계속 자신을 피하는 것 같았다. 그때마다 수정은 한솔이 직장에 적응하느라 피곤해서 그럴 거로 생각했다. 그러면서도 다른 한편으로는 한솔이 더 이상 자신을 이성으로 생각하지 않을 수도 있다는 생각이 들었다. 아니면 한솔의 마음에 다른 여자의 방이 들어섰는지도 모른다는 생각도 들었다. 그것은 순전히 육감이었다. 하지만 수정의 육감은 무서울 정도로 정확했다.

수정이 퇴근 후 고등학교 때부터 친하게 지내 온 친구와 밥을 먹고 커피를 마시러 커피 전문점에 갔을 때 그곳에서 남자친구 한솔이 다른 여자와 키들거리며 아주 행복해하는 장면을 목격하고 말았다. 그날 한솔은 수정에게 회사 일 때문에 늦게 퇴근할 거라고 했었다. 그래서 수정은 곧 결혼할 친구의 선물을 고르기 위해 친구를 만나기로 한 것이었다. 한솔이 다른 여자와 데이트하는 장면을 목격한 수정은 곧장 핸드폰으로 한솔에게 전화를 걸었다. 수정이 지금 어디냐고 묻자 한솔은 회사에서 일하고 있다고 했다. 음악 소리가 들린다고 하자 전화 받느라 복도로 나왔다고 했다. 순전히 거짓말이었다. 그 순간 수정은 온몸이 부들부들 떨렸다. 수정은 전화를 끊고 한솔이 있는 테이블로 터벅터벅 걸어갔다.

한솔은 수정을 보자 무척 당황해하며 안절부절못했다. 한솔과 같이 앉아 있던 여자가 의아한 표정을 지으며 한솔에게 아는 사람이냐고 묻자 한솔은 "어, 그냥 좀 아는 친구"라고 했다. '여자친구'도 아니고 '그냥 좀 아는 친구'라는 말에 등골에 한줄기 식은땀이 흘러내리는 것이 느껴졌다. 수정은 그 자리가 한솔과의 마지막이라는 걸 느꼈다. 생각지도 못했던 일이라 충격이 생각보다 컸다. 그동안의 시간이 물거품처럼 사라지는 순간이었다.

"네가 나한테 어떻게 이럴 수가 있어?"

수정은 끓어오르는 화를 못 이기고 테이블에 놓인 물잔을 들어 한솔의 얼굴에 뿌렸다. 찰싹 소리와 함께 한솔의 얼굴에 물이 흘러내렸지만, 한솔은 그저 눈만 감고 앉아 있을 뿐이었다. 옆에 앉아 있던 여자가 냅킨으로 한솔의 얼굴을 허겁지겁 닦았다. 그 모습을 지켜보던 수정은 그대로 돌아섰다. 그곳을 걸어 나오면서 한솔에게만은 자신의 뒷모습이 초라해 보이지 않기를 바랐다. 그게 한솔과의 마지막이었다.

그날 이후로 수정은 자다가도 분노가 치밀어 올라 잠에서 깨기 일쑤였다. 수정은 억울했다. 자신은 한솔만 생각하고 남자들이 있는 곳도 가지 않았고 제대한 뒤로는 한솔이 좋아하는 비싼 유명 브랜드 운동화와 옷까지 사 바치기까지 했었다. 수정은 자신의 남자친구를 위해 헌신했다고 생각했다. 더욱이 소설을 읽어도 반전 있는 소설만 읽었던 그녀가 자신의 연애 전선에도 반전이 있을 줄 꿈에도 생각하지 못했다. 어느 소설에서 남자친구가 바람피우는 장면을 보고 자신은 저 상태가 되기 전에 일찌감치 헤어지고 만다고 장담했던 게 떠올랐다. 남자가 바람피우는 것도 눈치채지 못한 여자가 한심하다고 수정은 생각했다. 그랬던 자신이 남자친구에게 딴 여자가 있는 것도 눈치채지 못한 그야말로 한심한 여자가 되어 있었다. 수정은 자신이 그런 취급을 받아야 했던 게 몹시 억울했다. 버림받는다는 게 어떤 것인지 이미 알고 있던 수정은 남자친구에게도 버림받았고 앞으로도 버림받을 수 있다는 생각이 자신을 괴롭혔다. 그러면서 불안이 시작되었다. 그동안 집에서 쉬면서 그때의 감정이 희미하게 옅어지긴 했지만, 완전히 사라지지는 않았다. 어쩌면 영원히 사라지지 않을지도 모르는 일이었다. 수정은 그럴 수도 있다는 걸 받아들이려 애썼다. 그러면서 타인의 시선을 최대한 적게 의식하면서 자신답게 살아가기에 무슨 일이 좋을지 생각했다. 다행히 수정은 자신이 하고 싶은 일이자 자신이 가장 잘할 자신이 있는 일을 생각해냈고 지금은 그 일을 실행하기 위해 준비 중이었다.

수정이 다니던 회사는 출판사였다. 대학에서 디자인을 전공했기에 책 디자인에도 자신이 있었던 수정은 출판사 편집자로서의 경력을 살려 1인 출판사를 설립할 생각이었다. 출판사 이름과 추구하고 싶은 방향은 이미 세워둔 상태였다. 정식으로 출판일을 하기 위해 사무실도 얻을 생각이었다. 때마침 지자체에서 스타트업 육성을 위해 공유 사무실을 제공하고 있어서 출판사 등록을 마치면 곧장 신청할 계획이었다. 수정은 이것에 대해 순임에게 아직 말하지 않았다. 명함이 나오면 깜짝 공개할 생각이었다. 그동안 자신을 믿어준 순임도 자신을 자랑스러워할 거로 생각했다.

사람들은 수정이 외동딸이라고 생각했다. 그것은 반은 맞고 반은 틀린 말이었다. 수정에게는 쌍둥이 오빠들이 있었다. 하지만 수정은 쌍둥이 오빠를 직접 본 적은 없다. 불행하게도 수정의 쌍둥이 오빠들은 고등학생 때 한날한시에 목숨을 잃었기 때문이다. 수정의 두 오빠는 여름방학 때 학교 스포츠동아리에서 강원도로 캠핑 갔었다. 캠핑을 강원도로 갔던 이유는 래프팅 때문이었다. 그런데 야간에 게릴라성 집중호우로 계곡물이 불어나 텐트에서 자고 있던 수정의 오빠들이 급류에 휩쓸려 목숨을 잃고 말았다. 순임은 두 아들들을 보면 마음이 늘 든든했다. 아들들도 하나같이 밝고 살가워서 정이 더 깊었다. 그랬던 두 아들을 한날한시에 잃은 순임이 제정신이 아닐 거란 건 충분히 짐작하고도 남을 일이었다. 순임도 아들들을 따라가고 싶은 심정이었다.

장수도 우울한 나날을 보내기는 마찬가지였다. 그러다 문득 마치 죽은 사람처럼 살아가는 순임이 그의 눈에 들어왔다. 순임을 그대로 두었다간 초상을 한 번 더 치러야 할지도 모른다는 생각이 들어 정신을 바짝 차려야겠다 싶었다. 장수는 한동안 어떻게 하면 순임에게 살고 싶은 마음이 들게 할지 생각했다. 그러던 어느 날 장수는 고민 끝에 입을 열었다.

"우리 애를 갖는 게 어떻겠소?"

처음에 순임은 자신이 잘못 들었다고 생각하고 대꾸조차 하지 않았다.

"여보, 우리 애를 갖는 게 어떻겠소?"

장수가 다시 또박또박 말했다.

"당신, 지금 내 나이가 몇인 줄은 알아요? 마흔이 넘었어요. 이 나이에 무슨 애를 낳아요?"

순임은 별 시답잖은 소리를 다 한다는 표정으로 장수를

바라봤다.

"애는 우리가 꼭 낳지 않아도 돼요."

"그럼……"

"입양하는 방법이 있어요."

"입양이요?"

"그래요. 죽은 쌍둥이들을 생각해서 우리가 잘 살아야 할 것 아니요. 그런데 지금처럼 살다가 죽어서 쌍둥이들을 보면 면목이 안 설 것 같아요. 여보, 죽은 애들을 생각해서라도 우리 정신 차리고 삽시다."

순임은 이렇게 살다가는 쌍둥이들을 볼 면목이 없다는 장수의 말을 듣고 쌍둥이들이 생각나 흐느낄 뿐이었다.

그날로부터 6개월 후 장수와 순임은 해외로 입양 갈 뻔한 생후 3개월 된 여자아이를 딸로 맞아들였다. 그 아이가 바로 수정이었다. 수정은 장수와 순임이 가슴으로 낳은 아이였다. 만약 순임의 쌍둥이 아들들에게 불행한 일이 없었더라면 수정이 순임의 딸이 될 가망은 아예 없었을 터였다. 순임은 수정을 입양하고부터 생기를 되찾았다.

그다음 해 순임은 수정을 키우면서 시장에서 반찬가게도 열어 새벽부터 밤늦게까지 바쁘게 살았다. 집안 살림살이에 조금이나마 보탬이 되기 위한 목적도 있었지만, 그것보다는 순임은 어딘가에 정신을 쏟을 곳이 필요했던 것이었다. 그러면서부터 순임은 항상 웃는 얼굴이었다. 가게에서 손님을 응대해야 하기에 그럴 수도 있겠다 싶어 모르는 사람들은 항상 웃는 순임을 세상에서 걱정할 거 하나 없는 속 편한 사람쯤으로 취급하기 일쑤였다. 그것은 가끔 넋을 놓고 있는 순임의 뒷모습을 보지 못했기에 그런 소릴 하는 것이었다. 순임은 석양 무렵 해가 산등성이로 파고들면서 하늘이 붉게 물드는 모습을 볼 때면 가던 길을 멈추고 멍하니 서서 눈물을 흘리곤 했다. 사람들은 순임이 그렇게 서서 눈물을 흘리는 이유에 대해서 알지 못했다. 다만 순임의 사정을 아는 몇몇 지인들만 순임의 속이 붉은 노을 못지않게 붉게 멍들었을 거라고만 짐작할 뿐이었다.

순임의 모습을 보고 자란 수정은 순임에게는 강인한 무언가가 있다고 생각했다. 그래서 수정은 자신에게 어려운 일이 생길 때면 순임을 생각하며 자신도 반드시 잘 이겨낼 거라는 믿음이 생겼다. 그러고 보면 순임은 수정에게 든든한 버팀목이었다.

장수와 순임은 수정을 기르면서 입양한 것을 숨기지 않았다. 처음 수정을 입양해야겠다고 마음먹었을 때는 입양 사실을 숨기기 위해 수정을 순임 자신이 낳은 거로 할 참이었다. 그러면서도 수정이 크면 언젠가는 사실을 알려줘야 한다고 생각했다. 그럴 바에는 처음부터 숨기지 않는 게 좋겠다고 장수와 순임은 결론을 내렸다. 사춘기가 된 수정이 생모에 관해 물을 때도 장수와 순임은 조금도 숨김없이 알고 있는 정보를 알려주었다. 사실 수정의 생모에 관해 이렇다 할 정보가 있었던 것은 아니었다. 다만 수정의 생모는 미혼모였고 혼자서 수정을 키울 수 있는 처지가 아니었다는 것만 알 뿐이었다. 하지만 나중에 생모를 찾을 수 있을지도 모르는 일이었다. 생모가 수정을 만나겠다고 마음만 먹는다면 DNA 정보를 통해 언제든지 만날 수 있기 때문이었다. 다행히 수정도 잘 받아들였고 그 뒤로는 한 번도 생모에 관해 말을 꺼낸 적은 없었다. 그렇다고 해서 수정이 생모를 전혀 그리워하지 않을 거란 생각은 하지 않았다. 자신의 정체성을 찾는 건 사람의 본성이기 때문이었다. 장수와 순임은 수정이 생모를 그리워하는 마음을 자신들이 최대한 채워 줄 수 있기를 바랐다.

"수정아!"

방에서 한숨 자고 나온 순임이 거실로 나오면서 수정을 부르는 것이었다.

"엄마, 왜요?"

수정이 자신의 방문을 빼꼼 열면서 대답했다.

"나랑 바람 쐬러 마트에 좀 가자."

"마트? 조금 전에 마트에 들렀다 온 거 아니었어요?"

"그땐 가벼운 것만 샀고 무거운 건 네가 좀 도와줘야
지."

"그냥 배달시키면 안 돼요?"

"배달도 해준다고 하던데 내가 가게에 가면 집에 너 혼
자 있을 거라…… 일단 카트 들고 가보자."

수정은 순임의 말뜻을 알아듣고 방에서 외투를 걸치고
나왔다.

"근데 엄마는 반찬가게엔 언제까지 나갈 거예요?"

순임은 지난해에 남편이 암으로 죽고 혼자된 조카딸 미
순에게 반찬가게를 물려주는 중이었다. 순임은 새벽부터
점심때까지 가게에 나갔다가 나머지는 조카 딸에게 맡기
고 집에 들어왔다. 다행히 조카딸이 음식 솜씨가 있어서
물려주면서도 마음이 가벼웠다.

"안 나가도 되는데 그냥 운동 삼아 나가는 거야. 미순이
는 혼자 있으면 불안하다고 하더라만 그건 괜히 나 들으라
고 하는 소리고 이젠 혼자서도 잘하더구나."

"그래도 집에만 있던 미순 언니가 반찬가게라도 할 수 있게 돼서 얼마나 다행인지 모르겠어요."

"그게 다 미순이 복이다. 아무리 가르쳐 줘도 맛을 못 내면 거저 줘도 못 할 텐데 미순이는 눈썰미가 있어서 금방 따라 하더구나."

"아무튼 잘됐어요."

순임은 마트에 들어서자마자 마트 이곳저곳을 두리번거렸다. 순임은 일명 '마트 총각'을 찾고 있었다. 마트 청년 주호와 수정이 짝이 될 일은 없겠지만 그래도 아쉬운 마음은 쉽게 사라지지 않을 터였다.

"엄마, 뭐 찾는 거라도 있어요?"

"어, 아니 혹시 아는 사람이 있나 해서. 저쪽에 가서 쌀부터 사자."

"쌀까지는 너무 무리 아닌가요? 그냥 배달시켜야겠어요."

"나중에 봐서 무거울 것 같으면 그러든지 하자."

순임과 수정이 카트에 실으려고 쌀 10kg 한 포대를 들어 올리려고 할 때 어디서인지 주호가 순식간에 나타나 쌀 포대를 혼자서 가볍게 들어 올려 카트에 실었다.

"아이고, 고마워라. 총각은 인물만 훤한 게 아니라 힘도 장사네."

"별말씀을요. 또 무거운 거 들 거 있으면 저 부르세요. 계산대에 있을게요."

"아이고, 말만이라도 고마워요, 총각."

주호는 꾸벅 인사를 하고 계산대 쪽으로 저벅저벅 걸어 갔다.

"엄마, 오버다, 오버."

"오버라니 뭐가 오버란 말이야?"

"아무렴 젊은 사람이 10㎏ 쌀 한 포대 못 들겠어요?"

"네가 뭘 몰라서 그러는데 젊다고 다 저렇게 쌀 10㎏을 번쩍 드는 건 아니다. 거기다 저 총각은 인물까지 훤하잖니. 인물 좋고 쌀 10㎏도 번쩍 들어 올리는 젊은이가 어디 흔한 줄 아냐?"

"가만 보면 엄마는 외모가 1순위더라. 객관적으로 아버지는 인물이 그렇게 미남인 편은 아니었는데……"

"그게 뭔 소리냐. 네가 사람 볼 줄 몰라서 그러지, 네 아버지만 같으면 준수한 편이었어."

"그렇다 쳐요. 어차피 '제 눈에 안경'이니까요."

"뭐? 엄마한테 못 하는 소리가 없다."

순임과 수정은 서로 티격태격하며 마트를 한 바퀴 돌았더니 카트에는 산 물건이 한가득 담겨있었다.

"물건이 많으시네요. 원하시면 제가 배달해드릴게요."

계산을 끝낸 주호가 순임을 보고 말했다.

"안 그래도 배달해달라고 할 참이었는데. 부탁해요, 총각."

순임이 활짝 웃으며 주호에게 말했다.

"그럼 제가 한 시간 안에 배달해드릴게요."

"고마워요. 아 참, 여긴 내 딸이에요."

순임은 옆에서 멀뚱하게 서 있는 수정의 손을 잡아당기며 말했다.

"안녕하세요?"

주호가 수정을 보며 인사했다.

"아, 안녕하세요."

순임에 의해 갑작스럽게 소환된 수정은 심상한 듯 인사를 하면서도 그녀의 얼굴에는 당황한 표정이 역력했다. 순임은 수정이 당황해하는 표정을 보고도 애써 모른 척했다.

마트에서 나오자마자 순임은 잠깐 들릴 데가 있다고 하면서 서둘러 수정에게서 멀어졌다. 수정은 순임이 자신을 주호에게 인사하게 한 것을 두고 한마디 할 걸 미리 알고 자리를 피한 것으로 생각했다. 사실 수정은 순임이 주호 앞에서 갑작스럽게 자신을 부르자 순임이 자신과 세 살 연하인 주호를 진짜로 맺어주려고 한다고 생각했었다. 그래서 수정은 얼굴이 붉어질 정도로 당황했었다. 하지만 순임이 그다음에 별다른 말없이 마트에서 나왔기 때문에 순임에게 그럴 의도가 없었을 수도 있다는 생각이 들었다. 그리고 순임이 같은 동네 사람끼리 인사쯤이야 나눌 수 있지 않냐고 한다면 딱히 할 말은 없을 것 같았다. 수정은 나중에 확인해봐야겠다고 생각했다. 그런 생각을 하면서 수정은 빈 카트를 끌고 집으로 향했다. 그런데 자신도 모르게 마트 청년 주호 얼굴이 떠올랐다. 조금 귀여운 얼굴상이라는 생각이 들었다. 순임에게 자신은 '연하는 별로'라고 했던 것을 까마득히 잊어버리고 자신과 연하남을 나란히 그려보고 있었던 것이다. 마침내 수정의 얼굴에는 웃음꽃이 피어올랐다. 문득 자신이 웃고 있음을 깨닫고 얼굴이 화끈거릴 정도로 달아올랐다.

'도대체 내가 지금 무슨 생각하는 거야? 참 나. ……내가 외롭긴 외로운가 보다.'

수정은 느긋하게 끌고 가던 카트를 갑자기 들더니 종종걸음으로 집으로 향했다.

한 시간쯤 후에 순임이 집에 돌아왔다. 현관문 열리는 소리를 듣고 방에 있던 수정이 나왔다.

"오셨어요?"

"그래. 배달은 아직이지?"

"이제 곧 오겠죠, 뭐."

"엄마, 혹시 배달 시간에 맞춰 온 거예요?"

"꼭 그런 건 아니고 그냥 오다 보니 시간이 맞춰졌네."

순임이 거실 소파에 막 앉자 초인종이 울렸다. 마트 청년 주호였다. 순임이 현관문을 열어주기 위해 소파에서 일어나려고 할 때 수정이 먼저 현관문을 열고 있었다.

"별일이네. 평소 같으면 나와보지도 않았을 애가 오늘은 무슨 일이래?"

수정은 순임의 말을 못 들은 척하고 문을 열었다.

"늦어서 죄송합니다. 더 빨리 오려고 했는데 갑자기 손님이 몰리는 바람에 이제야 왔네요."

주호가 배달 상자를 안으로 들여놓으면서 말했다.

"별말씀을요. 무거울 텐데. 수고하셨어요."

순임이 듣기에 수정이 유난히 주호에게 친절하게 구는 것 같았다. 거실 소파에서 일어나 현관으로 나가 주호에게 아는 체하려고 하던 순임은 생각을 바꾸고 다시 소파에 앉았다. 수정과 주호의 대화가 왠지 모를 기대를 품게 했기 때문이었다. 두 사람이 잘될 일은 거의 없겠지만 지금 두 사람의 대화는 순임이 야릇한 무언가를 상상하기에 충분했다.

"네가 웬일이냐? 현관문을 다 열어주고."

마트 청년 주호가 떠나고 배달온 상자를 주방으로 옮기는 수정을 보고 순임이 말했다.

"뭐요? 그냥 문 열어줬을 뿐인데?"

순임은 10㎏ 쌀 포대를 옮기는 수정의 표정에서 수정이 기분 좋은 상태라는 걸 알아차릴 수 있었다. 순임은 수정에게 '마트 총각이 볼매인 게 확실하지?'라고 말하고 싶었지만 기분 좋아 보이는 수정을 방해할지도 모른다는 생각에 모른 체 하기로 했다.

"아이고, 아이고, 나 죽는다."

소파에서 일어나려던 순임이 몹시 고통스러운 표정으로 바닥에 뒹굴었다.

"엄마! 무슨 일이에요?"

주방에서 물건을 정리하다가 갑작스러운 순임의 신음에

놀란 수정이 주방에서 뛰쳐나왔다. 순임이 거실 바닥에서 좌우로 뒹굴며 신음하고 있었다.

"수정아, 119! 119!"

순임이 다급하게 외쳤다. 수정은 순임이 누구보다도 강인한 여성이라고 생각하고 있었다. 그랬던 순임이 아프다고 자지러지게 소리치는 모습이 수정에게는 무척이나 낯설었다. 수정은 순임이 지금 보통 아픈 것이 아니라는 걸 짐작할 수 있었다. 순임을 일으켜 세우려던 수정은 핸드폰을 찾아 방으로 들어갔다. 수정은 떨리는 손으로 간신히 119에 전화했다. 다행히 아파트에서 가까운 곳에 소방서가 있어서 구급차가 도착하는 데에는 5분도 채 걸리지 않았다.

병원에 도착해서 순임은 진통제를 맞고 통증에서 벗어나 두 시간 후에 집에 돌아올 수 있었다. 하지만 다음 날 새벽 순임의 통증은 다시 시작되었고 이에 놀란 수정은 119를 불렀다. 수정은 집에서 가까운 중견급 병원으로 가겠다는 구급대원에게 그곳 말고 대학병원 응급실로 데려다 달라고 부탁했다. 순임은 대학병원에 입원해 여러 가지 검사를 했음에도 통증의 원인을 찾지 못하다가 최종적으로 MRI 검사를 통해 척추 협착증이 원인임을 찾아냈다. 다행히 척추 내시경 수술을 통해 통증의 원인을 없앨 수 있었다. 무엇보다도 칼을 대지 않아 회복도 빨라 2주 정도면 퇴원할 수 있다고 했다.

순임이 입원한 병실은 4인실이었고 다른 세 사람은 장기 입원 환자들이었다. 그중에 가장 기억에 남는 환자는 10대 후반의 현지였다. 현지는 정상적으로 학교에 다닌다면 고등학교 2학년이라고 했다. 하지만 선천성 유전병을 앓고 있는 현지는 초등학교 이후로 계속해서 병원 생활을 하고 있었다. 병실에서 현지는 환자복만 아니라면 환자인 줄 모를 정도로 항상 밝았다. 현지가 앓고 있는 병은 아직 완치될 수 있는 병이 아니었다. 다만 꾸준한 치료를 통해 증상을 완화하는 수밖에 없었다. 수정은 나이 어린 현지가 감당할 삶의 무게가 버겁겠다는 생각에 연민의 눈빛으로 현지를 바라보다가도 워낙 밝고 유쾌한 현지의 모습을 보고 별거 아닌 일에도 세상 시름 다 짊어진 듯 잔뜩 인상을 구겼던 자신을 반성하곤 했다.

수정은 2주간 병원에서 순임을 간호하면서 답답할 때면 옥상 정원에 올라 커피 한 잔을 마시며 마음을 환기했다. 그곳에서 휠체어를 탄 현지를 자주 목격했다. 그늘진 데라고는 전혀 찾아볼 수 없었던 병실에서와는 달리 옥상 정원에서 먼 산등성이를 멀거니 바라보고 있는 현지의 뒷모습은 그지없이 쓸쓸하고도 간절해 보였다. 수정은 그런 현지의 뒷모습을 보면서 어쩌면 사람들의 앞모습보다 뒷모습이 더 정직하다는 생각이 들었다. 사람들은 자신의 앞모습을 꾸밀 수는 있어도 뒷모습은 그럴 수 없기 때문이었다. 사람의 앞모습은 그 사람이 어디를 바라보고 있으며 또한 그것을 좋아하고 싫어하는지를 헤아리게 하지만 사람의 뒷모습은 그 사람의 눈이 아닌 마음을 헤아리게 하는 것 같았다. 언제 퇴원할지도 모른 체 지난한 병원 생활을 하는 현지의 마음이 헤아려져 수정은 자신도 모르게 두 손을 모았다.

그렇게 한참 동안 혼자만의 시간을 보내고 돌아선 현지의 눈은 촉촉했다. 현지가 삶을 이겨내는 방식을 엿본 기분이었다. 수정은 선뜻 현지에게 아는 척할 수가 없었다. 누구나 다른 사람에게 보이고 싶지 않은 순간이 있기 마련이고 현지에게는 바로 그 순간이 그럴 것 같았다.

순임은 2주간의 병원 생활을 끝내고 언제 아팠는지도 모를 정도로 건강해져 퇴원했다. 순임이 퇴원한 후에도 수정은 혼자서 커피를 마실 때면 문득문득 병원 옥상 정원에서 봤던 현지의 뒷모습이 생각났다. 그럴 때면 현지가 앞으로도 웃음을 잃지 않기를 간절히 바랐다.

수정은 출판사 등록을 마치고 지자체에서 제공하는 공유 사무실에도 들어갈 수 있게 되었다. 수정이 처음으로 출간할 책은 '젊은 작가상'을 받았던 작가의 에세이였다. 출판사에 다닐 때 인연이 있던 작가가 수정이 1인 출판사를 차린다는 걸 알고 먼저 제안한 것이었다. 수정은 자신을 믿고 책 출간을 맡겨준 작가가 고마워 최선을 다하는 중이었다.

토요일 점심때 순임이 반찬가게에서 돌아오는 길에 아파트 입구에서 마트 청년 주호를 만났다. 배달 온 것으로 보였다.

"안녕하세요?"

"반가워, 총각, 배달왔나 보네."

"네, 안 그래도 방금 댁에 배달 갔다 오는 길이에요."

"댁에? 우리 집?"

"네, 따님이 배달시켰어요."

"수정이가? 아, 그래요. 수고했어요."

"그럼, 다음에 뵐게요. 들어가세요."

"그래요, 오토바이 운전 조심해요."

순임은 마트로 돌아가는 주호의 뒷모습을 보면서 입꼬

리가 자꾸 올라갔다.

　순임은 수정과 주호가 나란히 서 있는 모습을 다시 그려
보고 있는 듯했다.

페인킬러(Painkiller)

*

　그해 여름은 세상이 열기로 가득했고 유독 그날은 나도 주체할 수 없는 그 열기에 취해 한창 달아올라 있었다. 내 안의 열기를 식혀줄 소나기가 몹시도 필요한 날이었다. 어둠이 내려앉자 나는 나를 흠뻑 적혀줄 소나기를 찾아 이태원 클럽에 갔다. 그리고 적당히 술에 취해서 오늘 밤 내 열기를 달래줄 여자를 물색하고 있었다. 바로 그때 한 여자가 나에게 다가왔다. 정확히 말하자면 내가 아니라 내 건너편에 서 있던 바텐더에게 칵테일을 주문하러 온 것이었다. 그녀는 내 바로 옆에 서서 블루하와이를 주문했다. 주문을 마친 그녀는 고개를 돌려서 나에게 미소를 지었는데 그 순간 내 아랫도리가 반응하기 시작했다.

　'바로 이 여자야! 오늘 밤 나를 흠뻑 적셔줄 여자란 말이야. 붙잡아!'

　나는 매력을 어필하기 위해 내 백만 불짜리 보조개를 확연히 드러내 보이며 그녀에게 인사를 건넸다. 그녀도 "안녕하세요."라고 하길래 나는 "오늘 같은 날에 딱이네요."라고 말했다. 그녀는 무슨 말인지 어리둥절한 표정으로 나를 보았다.

"아, 칵테일이요."

내가 이렇게 말하자 그녀는 "아, 저도 그렇게 생각해요."라고 말했다. '저도 그렇게 생각해요.'라는 그녀의 말은 나를 더 달아오르게 했다. 뭔가 잘 풀릴 것 같은 예감이 들었다. 그녀와 몇 마디 하지 않았는데도 나는 이미 그녀에게서 사랑을 느끼고 있었다. 그날 밤 나는 아무라도 사랑에 빠질 준비가 되어 있었다. 평소에는 말없이 음악을 들으며 술만 홀짝이던 나이지만 그날만은 말이 많아지기 시작했다.

"혼자 오셨어요?"

결국 나는 그녀에게 묻고 말았다. 내 속마음은 '네, 저 혼자 왔어요.'라고 말해주길 바랐다. 그때 바텐더가 그녀에게 블루하와이를 건네주었다. 블루하와이를 보는 순간 마치 남태평양 어느 휴양지에서 스노클링을 하는 기분이 들었다. 그녀는 가녀린 두 손으로 칵테일 잔을 부드럽게 그러쥐더니 칵테일을 한 모금 마시는 게 아닌가. 나에게는 그런 그녀의 모습이 숨 막힐 정도로 섹시하게 느껴졌다. 나는 그 순간 블루하와이가 된 기분이었다. 완전히 황홀한 순간이었다. 나도 그녀를 따라 마른침을 꿀꺽 삼켰다. 나는 속으로 외쳤다, '제발 혼자 왔다고 말해줘.'

칵테일 잔을 내려놓은 그녀는 촉촉한 혀로 빨간 입술을 훔쳤는데 나는 그 모습에 갈증이 밀려와 미치는 줄 알았다.

"친구랑 만나기로 했어요." 그녀가 말했다.

나는 제발 그 친구가 나타나지 않기를 바랐다. 그래야 나에게 소나기가 되어줄 수 있을 테니까. 나는 혼자 달아올라 실실 웃음을 흘리며 그녀와 이런저런 이야기를 나눴다. 사실 나는 속으로 몹시 초조했다. 어서 빨리 그녀를 데리고 가장 가까운 호텔 룸에 들어가 침대에서 뒹굴고 싶었기 때문이었다. 그때 내가 그녀와 이야기하면서 보낸 30분은 내게는 마치 수십 년처럼 느껴졌다. 나의 간절한 바람대로 그녀는 만나기로 한 친구가 갑작스러운 사정이 생겨 못 오게 됐다는 전화를 받았다. 솔직히 그녀가 친구를 만나기로 했다는 말이 거짓이란 생각이 들었고 그녀가 받았던 전화가 그 친구가 약속 장소에 올 수 없다는 내용이었는지도 의심스러웠다. 하지만 그녀가 거짓말을 했건 안 했건 나에게는 전혀 중요하지 않았다.

'만세!' 나는 광화문 광장으로 순간 이동해 여기저기 뛰어다니며 만세라도 외치고 싶은 기분이었다. 그리고 신에게 감사했다. 앞으로 더욱 착하게 살겠다고 맹세도 했다.

나는 그녀에게 다른 칵테일도 마셔보자고 하면서 바텐더에게 마티니와 맨해튼을 두 잔씩 주문했다. 그녀와 나는 칵테일 잔을 살짝 부딪혀 건배하고 마티니를 음미했다. 곧이어 맨해튼을 들이켰다. 완전 기분이 최고였다. 그녀도 기분이 좋아 보였다. 칵테일을 마시자 우리는 더욱 친밀해진 기분이 들었다. 나는 그녀와 눈을 마주칠 때마다 '오늘 밤 나는 너를 원해.'라는 메시지를 보냈다. 그녀의 눈빛에서 그녀도 나와 같은 마음이라는 걸 읽을 수 있었다. 더 이상 시간 낭비하고 있을 필요가 없다고 판단하고 나는 그녀의 귀에 대고 "우리 이제 그만 나갈까요?"라고 말했다. 그녀는 내 얼굴을 잠시 쳐다보더니 내 귀에 대고 "좋아요."라고 말했다. 우리는 곧장 술집을 나가서 가장 먼저 눈에 보이는 호텔로 들어갔다.

호텔 룸에 들어가자마자 우리는 거추장스러운 가식을 한꺼풀씩 벗어던지고 본능에 몸을 맡긴 채로 침대에서 나뒹굴기 시작했다. 그때 핸드폰 벨이 울렸다. 나는 몹시 흥분해 있었고 핸드폰 벨은 점점 거슬리기 시작했다. 나는 가까스로 그녀에게서 몸을 떼고 조금 전 소파 위에 벗어 던져 놓은 바지 주머니에서 핸드폰을 꺼냈다. 너에게서 온 전화였다. 너에게는 미안했지만 나는 전화를 받고 싶지 않았다. 나는 서둘러 전원 버튼을 길게 눌러 아예 핸드폰을 꺼버렸다. 그리고 침대에 요염하게 모로 누워 나를 애타게 기다리고 있는 그녀에게 돌아갔다.

다음날 내가 눈을 떴을 때 그녀는 이미 사라지고 없었다. 생각해 보니 나는 그녀의 이름도 모르고 있었다. 헛웃음이 나왔다. 그 순간 내가 너무 난잡하게 살고 있는 건 아닌지 생각했다. 나는 이렇게 내 안의 주체할 수 없는 열기를 식히기 위해 소나기가 필요한 사람이었다. 그렇지 않고는 내 열기에 나는 서서히 녹아버릴 터였다. 소나기에 몸을 식히고 아침에 눈을 뜰 때마다 죄책감에 휩싸이지만, 시간이 지나 또다시 밤이 되면 나는 본능적으로 열기를 식혀줄 소나기를 찾아 형형한 네온사인 불빛 사이를 헤맸다.

나는 욕실로 들어가 내 살갗에 남아 있는 간밤의 흔적을 깨끗이 씻어냈다. 그리고 욕실에서 나와 침대가 보이는 커다란 거울 앞에 서서 드라이기로 머리를 말리다가 소파에 내던져진 핸드폰을 발견했다. 핸드폰을 집어 들고 전원 버튼을 눌렀다. 그리고 핸드폰을 탁자에 내려놓고 머리를 마저 말렸다. 이윽고 나는 냉장고에서 생수 한 병을 꺼내 마신 후 핸드폰을 집어 들어 메인 화면을 봤더니 부재중 전화 5건이 표시되어 있었다. 모두 다 너에게서 온 전화였다. 그때야 비로소 너에게 무슨 급한 일이 생기기라도 한 것인지 궁금했다. 나는 너에게 전화를 걸었다. 하지만 너는 전화를 받지 않았다. 그래서 나는 '무슨 일 있어? 연락해!'라는 문자를 보냈다.

그날 밤에도 너는 아무런 연락이 없었다. 역시 전화도 받지 않았다. 나는 다시 문자를 남겼다. '무슨 일 있나? 연락 좀 해라!!!'

다음 날도 그다음 날도 너는 아무런 연락도 하지 않았다. 그래서 뭔가 안 좋은 일이 생겼나 보다고 생각하고 네가 살고 있는 원룸으로 찾아갔다. 문이 잠겨있었다. 문 앞에서 너에게 전화를 걸었다. 그런데 핸드폰 벨이 방 안쪽에서 들리는 게 아닌가. 네가 지금 안에 있을지도 모른다는 생각이 들었다. 네가 몹시 아프기라도 한 줄 알았다. 건물 1층 관리실로 뛰어 내려가 사정 이야기를 하고 문 좀 열어달라고 부탁했다. 관리인이 열쇠를 들고 올라와 문을 열었다. 문을 열자 왠지 모를 싸늘한 기운이 느껴졌다. 나는 너의 이름을 부르며 침실 문을 열었더니 너는 보이지 않았다. 너의 핸드폰만 침대 위에 놓여 있을 뿐이었다. 이윽고 욕실 문을 열었다. 그 순간 나는 물이 가득 찬 욕조에 늘어져 있는 너를 발견했다. 너는 옷을 입은 채였다. 마치 잠을 자는 것처럼 보였다. 그런데 물이 온통 레드와인을 풀어놓은 것 같았다. 나는 생각하는 기능에 오류가 나버리기라도 한 것처럼 멍하게 서 있었다. 그때 뒤에 있던 관리인이 나를 밀치고 들어와 비명을 질렀다. 나는 그 비명에 정신을 차렸다. "119! 119!" 다급한 관리인의 외침을 듣고 핸드폰을 꺼내 벌벌 떨리는 손으로 겨우 119를 눌렀다.

너는 손목을 그은 것이었다. 왜 그랬을까? 도대체 무엇 때문에 너는 스스로 목숨을 버려야 했을까? 너는 나에게 무엇인가 말하려고 다섯 번이나 전화했던 것이었다. 그런데 내가 전화를 받지 않았던 것이다. 너는 죽느냐 사느냐 하는 문제로 고뇌에 빠져있을 때 나는 이름도 모르는 여자랑 뒤엉켜 쾌락을 탐닉하고 있었던 것이다. 왜 너는 그런 식으로 가야만 했을까? 마지막 순간에 차가운 물 속에서 너는 무슨 생각을 했을까? 숨이 끊어지는 순간 외롭지는 않았을까? 너는 도대체 왜 그랬던 거니? 만약 그날 내가 너의 전화를 받았다면 어떻게 됐을까? 그랬다면 나는 너의 주검을 보지 않아도 됐을까?

나는 네가 떠난 후 죄책감에 시달려서 살아야 했다. 난 너의 죽음을 충분히 막을 수 있었는지도 모른다. 나는 쾌락에 눈이 멀어서 네가 마지막 순간에 나에게 걸었던 전화를 저버렸으니까 아무리 생각해도 난 허접쓰레기가 분명하단 생각뿐이었다. 그러면서 내가 너의 전화를 받지 않은 이유를 너는 영원히 모르기를 바랐다. 만약 내가 그런 짓을 하느라고 너의 전화를 받지 않았다는 것을 네가 알게 된다면 너는 무척 허탈할 테니까. 너는 어쩌면 배신감을 느낄지도 모른다. 하지만 이제 너는 그곳에서 모든 것을 알게 되었을 거란 생각이 든다. 네가 내 마음만 잘 들여다봐도 모든 사실을 알게 될 테니까 말이다. 미안하다, 친구야.

내가 너의 서늘한 주검을 발견한 이후로 나는 우울의 세계에 갇히고 말았다. 내가 너를 발견했을 때 너는 물이 가득 차 있는 욕조 안에서 의식을 잃은 채로 누워있었다. 욕조 물은 흡사 레드와인을 풀어놓은 것 같았다. 그 이후로 빨간색 액체를 보게 되면 내가 어떻게 했는지 아니? 나는 반사적으로 헛구역질해야 했다. 헛구역질을 몇 번 하고 나면 새빨간 실핏줄이 선명한 눈동자는 눈물에 잠겨있었다.

여름에 내가 수박을 무척 좋아한다는 걸 너도 기억할 거로 생각한다. 수박을 먹다 보면 수박즙이 입가에 묻는 게 자연스러운 일이다. 그러면 티슈로 입 주위를 닦는다. 그러다 수박즙 때문에 빨갛게 변해있는 티슈를 보고 나는 또다시 헛구역질을 하게 된다. 또 너는 내가 레드와인을 즐겨마신다는 것도 잘 알 거다. 그런데 같은 이유로 나는 더 이상 레드와인을 마실 수 없게 되었다. 나도 안 그러고 싶은데 그것은 내 의지대로 되는 일이 아니었다. 한마디로 어쩔 수가 없는 일이었다. 빨간 액체를 보는 순간 네가 잠겨있던 그 욕조 물이 생각나 버리는 것이었다. 여지없이 말이야. 한 번도 그냥 지나친 적이 없었다. 그래, 그런 광경을 보고 아무렇지도 않게 살아가는 것이 오히려 이상한 일일지도 모른다.

아마도 내가 그러는 것은 너에 대한 미안함 때문일 거라고 생각한다. 그때 내가 너의 죽음을 방조했다는 죄책감 말이야. 네가 떠난 이후로 오랫동안 나는 신경안정제와 수

면제를 처방받기 위해서 정신과에 다녀야 했다. 그리고 우울증 치료 모임에도 나가야 했다. 어떻게든 난 살고 싶었으니까. 나는 너처럼 삶을 포기할 생각은 없었으니까. 어쩌면 나는 너만큼 용기가 없는지도 모른다. 한순간에 생을 놓아버릴 용기 말이야. 가끔 나도 모르게 '아, 죽고 싶다.'란 말을 내뱉기도 하지만 그건 그저 투정일 뿐이다. 그런 말이나 '아, X발!' 같은 욕지거리는 '힘내서 더 잘 살아보자!' 같은 일종의 자기최면이나 마찬가지니까. 아랫배에 힘을 주고 그런 말을 내뱉고 나면 답답한 가슴이 조금은 풀리는 것 같거든. 진짜 죽고 싶다는 의미가 아니란 거지.

한동안 나는 자주 꿈을 꾸었다. 너에게는 미안한데, 꿈 속에서 나는 너에게 울분을 토해내는 것이다. 왜 하필 나였냐, 하고 소리치면서 말이야. 왜 그날 나에게 부재중 전화를 남겨서 결국 싸늘하게 식어버린 너를 발견하게 했냐, 하고 말이야. 그러면서 내가 마치 자궁 속에 있는 태아처럼 바닥에 웅크리고 울다가 지쳐 잠이 드는 꿈. 내가 이런 꿈을 꾸는 게 하루 이틀이 아니었다. 사실 너도 알다시피 네가 떠난 후 난 무척 힘들게 살아야 했으니까. 나는 너의 죽음이 안타깝고 슬펐지만, 그것 때문에 내 인생이 말이 아니었다. 그래서 나중에는 나도 모르게 너를 원망하는 마음이 생겼던 거다. 왜 하필 나에게 전화해서 죽어 있는 너를 발견하게 했냐고 말이다. 물론 너는 세상에 둘도 없는 내 친구다. 네가 나에게 전화했던 건 당연한 거였다. 그런데도 내가 워낙 사는 게 힘겨워서 말이야. 꿈에서는 너를 원망하게 되더라. 너도 이해할 거라 믿는다. 하지만 내 진심이 아니라는 걸 알아줬으면 좋겠다.

*

나는 언제부터 잔뜩 굶주린 하이에나처럼 밤거리를 돌아다니다 이름도 모르는 여자를 꾀어 호텔로 데려가 정신없이 몸을 함부로 굴리게 되었던 것일까. 다음 날 잠에서 깨면 점점 싸구려가 되고 있다는 생각이 들어서 거울에 비친 내 모습을 보며 "천하에 미친 새끼!"라고 욕을 내뱉고 후회하면서도 말이야. 하지만 며칠이 지나면 또다시 나는 욕망에 사로잡혀 밤거리를 헤매고 있거든.

내가 왜 그렇게 사는지 이해해주는 사람은 오직 너뿐이었다. 사실 내가 그렇게 살고 있다고 누구에게 떠벌리고 다닌 적도 없지만 말이야. 너는 내가 그러고 돌아다닌다는 걸 알고 있는 유일한 사람이었다. 우리 사이에는 숨기는 게 없었으니까.

너는 항상 나를 위로해줬다. 그러면서도 내가 나 자신을 망치지는 않았으면 좋겠다고 너는 말했지. 나는 너에게 그 말을 듣고 싶어서 내가 언제 어디서 어떤 여자를 만나 무엇을 했는지를 너에게 말했는지도 모른다.

'너 자신을 망치지 않았으면 좋겠어.'

누구도 나에게 그런 말을 하는 사람은 없었다. 나도 내가 소중한 사람이라는 걸 알고 있지만 실제로는 그것과는 동떨어진 행동을 하게 되거든.

'그냥 막 살아버려야겠어.' 이런 생각이 나를 이겨버리는 거지. 이게 나를 세상에 낳아준 부모에 대한 복수라고 생각했던 거다. 물론 그것이 올바른 생각이 아니라는 걸 알면서도 말이야. 지금 생각해도 그건 말도 안 되는 생각이었어. 세상에 태어나게 해준 부모에게 감사하다는 말은 못 할망정 자신을 망쳐서 부모에게 복수하겠다는 거야말로 내 부조리의 극치였다. 아마 내 뇌가 어떻게 된 게 틀림없었다. 어린애도 나 같지는 않을 거다. 너도 가끔은 내가 한심하다고 생각했을지도 모르겠다.

물론 내 마음 한쪽에서는 다른 말을 해.

'부모와 상관없이 네 인생을 살아. 네가 얼마나 소중한 사람인지 기억해. 누구보다도 행복하게 살 생각을 하란 말이야. 너를 망쳐선 안 돼. 그렇지 않으면 너는 나중에 뼈저리게 후회할 거야. 그리고 그때는 이미 늦었다는 걸 명심해.'

내가 아침에 눈을 뜨면 가장 먼저 하는 말들이야. 문제는 밤이 되면 아침에 내가 했던 다짐들은 모조리 무위가 되어버리고 나는 전혀 다른 사람이 되어버린다는 거야. 결국 너의 죽음으로 인해 나를 망치는 짓은 더 이상 안 하게 되었지만 말이야. 그러고 보면 나쁜 일이라고 해서 꼭 나쁜 것만은 아니란 생각이 든다. 그렇다고 해서 너의 선택에 대해 찬성하는 건 절대 아니다. 너의 죽음으로 인해 내 삶이 잔뜩 먹구름이 끼게 되었지만, 그 와중에 내가 지금껏 끔찍이도 싫어했던 습관 하나가 자연스레 없어졌다고 말하려는 거다. 그래서 기쁨과 슬픔은 동전의 양면이라는 말이 있는 것 같다.

언젠가 너에게 말한 것처럼 초등학교 때 나는 우리 집이 세상에서 가장 화목한 줄 알았다. 아버지는 사업체를 운영하셨는데 사업이 꽤 잘되고 있었다. 아버지가 타고 다니는 최고급 외국산 차만 보더라도 그걸 알 수 있었다. 내가 알기로는 그때 아버지가 몰고 다니던 차가 1억 원 가까이 되었으니까. 어머니는 화가였는데 정기적으로 전시회를 개최할 때마다 작품이 꽤 비싼 가격에 팔린다고 들었다. 부모님이 평소에 바쁘셨기 때문에 우리 세 식구가 함께 얼굴을 볼 수 있는 시간은 주말뿐이었다. 나도 주중에는 학교에 다니고 학원에 다니느라 바빴다. 그래서인지 우리 가족은 주말에 여행을 자주 다녔다. 매번 가족 여행을 가면 너무 행복했다. 나도 부모님과 대화를 많이 할 수 있어서 좋았지만, 무엇보다도 부모님의 다정한 모습을 볼 수 있어서 더욱 좋았다. 이를테면 부모님이 손을 잡고 산책한다거나 저녁 식사 후에 와인잔을 기울이며 이런저런 대화를 나누는 모습 같은 걸 말하는 것이다. 나는 부모님의 그런 모습을 보고 있으면 샘물처럼 가슴 깊은 곳에서부터 행복이 차곡차곡 차오르고 있는 기분이 들었다. 내가 그렇게 행복했던 주말은 언제나 빠르게 지나가버렸다. 생각해 보면 뭐든지 그랬던 것 같다. 행복은 쏜살같이 휙 지나가버리고 불행은 어찌나 그렇게 느리게 가던지……. 아무튼 나는 일요일 밤이 되면 무척 아쉬워했다. 그러면 부모님은 다음 주

말도 금방 돌아올 테니 아쉬워할 것 없다고 하시면서 나를 달래주었다.

그런데 내가 중학교 2학년 때 내가 그동안 행복이라고 믿었던 것들이 그야말로 물거품이었다는 걸 알게 되었다. 내가 생각했던 것과는 다르게 부모님의 관계는 굉장히 좋지 않았다. 언제부터 두 분 사이가 어긋났는지는 모르지만 이미 관계는 회복할 수 없을 정도였다는 것만은 분명했다. 그러니까 두 분은 내 앞에서 연기를 했던 거였다. 자식인 나에게 들키지 않기 위해서 말이다. 내가 고등학교를 마칠 때까지 그 연극은 계속될 예정이었던 거지. 그런데 내가 두 분의 내밀한 대화를 듣는 바람에 모든 걸 알게 되어 버렸던 거다. 나에게는 큰 충격이었다. 부모님은 나를 위해 어쩔 수 없이 행복한 척하셨다고 했지만 내가 속은 것만은 분명한 사실이었다. 나는 그것도 모르고 세상에서 우리 가족이 제일 행복하다고만 믿고 있었으니 난 완전 바보가 된 기분이었다. 부모님은 내가 속는 걸 보고 얼마나 기뻐하셨을까? 그리고 자식을 속이는 일이 어떻게 자식을 위한 일일 수 있는 거지? 도저히 이해할 수 없는 주장이었다.

그런데 충격은 거기에서 그치는 게 아니었다. 부모님은

이미 다른 사람을 사랑하고 있었던 거다. 참 나, 세상에 믿을 놈 하나 없다는 말이 그 상황에 딱 들어맞는 말 아니겠니? 아버지는 다섯 살 아래 여직원과 만나고 있었고, 어머니 애인은 동료 화가라고 했다. 어머니가 만난다는 그 화가는 어머니보다 무려 12살 아래였다. 그런 걸 띠동갑이라고 하더군. 그것에 대해서는 더 이상 말하고 싶지도 않다. 부모님은 주중에는 각자 사랑하는 사람들과 시간을 보내고 주말에는 나와 시간을 보내면서 행복한 부부 연기를 했던 거였다.

나는 모든 사실을 알고 도저히 부모님의 얼굴을 제대로 볼 수가 없었다. 부모님을 보고 있으면 배 속에 있는 모든 창자가 뒤틀리는 기분이 들었기 때문이었다. 어떨 때는 부모님 말씀을 듣고 있는 도중에 비위가 상해서 토악질이 나온 적도 있었다.

결국 부모님은 이혼했고, 나는 어느 쪽과도 살고 싶지 않아서 혼자 살고 계시는 할머니랑 살겠다고 했던 거다. 나는 그때부터 제멋대로 살기로 했지. 부모님보다 더 엉망으로 살겠다고 맹세했다. 그것이 나를 속인 부모님에 대한 복수라고 생각했다. 자식이 철저하게 망가지는 모습을 보면 과연 부모님의 심정이 어떨까? 이런 생각을 하면서 나는 야릇한 쾌감을 느꼈다. 상상만 하더라도 정말 통쾌했다.

나는 고등학생이 되면서 일부러 담배를 피웠다. 담배 피우는 것이 내 취향은 아니었지만, 막상 담배를 피우다 보니 어느 정도 위안이 된다는 걸 알게 되었던 거다. 담배를 깊이 빨아들여서 희부연 담배 연기를 길게 내보낼 때면 답답한 속이 어느 정도 풀리는 기분이 들었거든.

나는 고등학교 때 점심시간마다 옥상에 올라가 출입문을 잠그고 담배를 피웠다. 그러던 어느 날 내가 막 옥상 문을 잠그려는데 네가 어디선가 나타나 순식간에 내 앞을 지나 옥상에 발을 딛었지. 나는 평소에 조용히 있는 걸 좋아했다. 그래서 옥상은 나만의 공간이었던 거야. 적어도 점심시간에는 말이야. 그런데 그날 갑자기 방해꾼이 생겼던 거지. 하지만 나는 너에게 별 관심을 두지 않았다. 그런데 내가 옥상 문을 잠근 후 벽에 기대어 앉아 담배를 피우고 있을 때 반대쪽 난간에 기대어 서 있던 네가 나에게 천천히 다가오더니 "담배 하나 줄 수 있어?"라고 하더군. 일순 나는 네가 조금은 귀찮아서 네 얼굴도 보지 않고 담배 한 개비를 건네줬지. 그리고 나를 더 이상 방해하지 않기를 바랐다. 그랬더니 네가 "라이터는?"이라고 말하는 게 아니

겠어. 나는 어처구니가 없어서 나는 네 얼굴을 빤히 쳐다
봤다. 내가 네 얼굴을 처음으로 자세히 본 순간이었지. 아
마 너도 그때 내가 너를 몹시 귀찮게 생각한다는 걸 느꼈
을 거다. 내가 너를 좀 심하게 노려봤으니까. 이윽고 나는
아무 말 없이 라이터를 건네줬지. 그랬더니 너는 라이터로
담배에 불을 붙인 다음 라이터를 되돌려주고 원래 서 있
던 난간 쪽으로 걸어갔다. 나는 더 이상 방해받지 않기를
바랐다. 그리고 담배를 피우며 이어폰을 귀에 꽂고 음악을
들었다.

　그 당시 내가 즐겨듣던 노래는 주로 헤비메탈과 하드 록
이었는데 그중에서도 메탈리카, 스콜피언스, 그리고 주다
스 프리스트의 노래를 자주 들었다. 내가 가장 좋아했던
노래는 주다스 프리스트의 '페인킬러(Painkiller)'였다. '페인
킬러'를 듣고 있으면 심장이 두방망이질 쳤거든. 그러면
나는 마치 온몸이 220볼트 전류에 감전이라도 된 것처럼
짜릿하고 통쾌함을 느낄 수 있었어. 노래 가사도 딱 내 마
음을 대변해주는 것 같았다.

　'지구는 악마들에게 점령당했어 / 인류는 무릎을 꿇었지 / 그들의

간청에 하늘에서 구원자가 내려와 / 천둥이 내리치는 구름과 작열하는 강철의 번개를 뚫고 / 죽음의 바퀴 아래 악마들은 몰락하니 / 그는 페인킬러 / 이것이 바로 페인킬러 / 레이저 총알보다 빠르고 / 원자 폭탄보다 강렬해 / 황홀하게 하늘을 날고 / 더 자유롭고 용감하게⋯⋯'

나는 머리를 앞뒤로 흔들면서 이 노래를 들으면 내가 완전히 마약에라도 취한 기분이었어. 물론 내가 마약을 해본 적은 한 번도 없어도 영화에서 가끔 봤기 때문에 마약 하면 어떤 기분이라는 것쯤은 짐작할 수 있었으니까. '페인킬러'는 말 그대로 내 고통과 맞서 싸워 물리쳐줄 구원자였던 셈이지. 고통은 언제나 예고 없이 나에게 던져졌지. 내 의사와는 전혀 상관없이 말이야. 그래서 평상시에 '페인킬러'를 들으며 내 의식을 단련시키려고 했던 거다. 그것 말고는 나를 지탱해 줄 방법이 없었다. 적어도 그때까지는 말이지.

다음 날 내가 옥상 문을 열려고 할 때도 너는 마치 그 순간을 기다리고 있었다는 듯이 내 앞에 나타났다. 그리고 어제처럼 나를 앞질러 옥상으로 들어갔지. 나는 언제나처럼 벽에 기대고 앉아 음악을 들으며 담배를 피웠지. 그런데 네가 또 나에게 다가왔다. 너는 나에게 "담배 하나 줄 수 있어?"라고 말하지 않겠어. 참 나, 나는 무척 한심스럽다는 듯이 네 얼굴을 쳐다보았다. 그랬더니 네가 "아, 알았어. 내일 내가 담배 한 갑 사다 줄게."라고 하는 게 아니겠어. 난 담배가 아까워서 너를 그런 눈으로 봤던 게 아니었는데 말이야. 생판 모르는 애가 갑자기 나타나 담배를 달라고 하더니 또 라이터를 빌려달라고 귀찮게 굴었기 때문이었다. 나는 더 이상 방해받고 싶지 않아서 빨리 보낼 생각으로 담배 한 개비를 줬다. 그랬더니 역시나 너는 라이터도 빌려달라고 하더군. 라이터를 줬더니 이번에는 원래 네가 서 있던 난간으로 가지 않고 바로 내 옆에 앉아서 담배를 피웠다. 그러면서 너는 나에게 말을 걸었지.

"난 민수야. 표민수. 너는?"

나는 아무런 대답도 하지 않았다. 그랬더니 너는 아무런 상관없다는 듯이 혼잣말을 시작하더군. 너 그때 정말 이상해 보였다. 나도 다른 애들한테 이상하다는 소리를 많이 듣긴 했어도 너는 나보다 더한 것 같았다. 나는 너를 별종이라고 생각했지. 사실 나는 그때도 '페인킬러'를 듣고 있었기 때문에 네가 무슨 말을 하는지 들리지도 않았다. 노래가 끝나고 다시 노래가 시작하기 전 그 조용한 시간에 네가 하는 말을 들을 수 있었다. 그런데 아주 잠깐이라 네가 무슨 말을 하는지는 파악할 수는 없었다.

다음 날도 너는 옥상에 올라왔고 내 옆에 앉아 혼잣말을 시작했다. 나는 네가 어지간히 말이 하고 싶은가 보다고 생각했다. 그때도 나는 음악을 듣고 있었지. 그러다가 나는 네가 도대체 무슨 말을 쉴새 없이 조잘거리는지 궁금해지더라. 그래서 네가 눈치채지 못하게 볼륨을 완전히 줄였다. 그랬더니 너의 말이 선명하게 들리더군. 나는 조용히 너의 말에 귀를 기울여봤다. 그런데 네가 하는 말은 주로 죽음에 대한 것이었다.

"오늘은 몇 명이나 죽었을까? 날씨가 이렇게 좋은 날 죽는다면 조금은 위로가 될까? 아무래도 그렇겠지? 이왕이면 날씨가 화창한 날에 죽는 게 좋을 거야."

너는 계속해서 죽기에 가장 좋은 날을 찾고 있는 듯했다. 그러다 '언제 죽으면 좋겠다.'는 식으로 마무리되었지. 그래서 난 생각했다. 너도 나처럼 심한 우울증에 시달리고 있다고 말이야. 그러면서 궁금해졌다. 너의 페인킬러는 뭘까, 하고 말이지. 직접 너에게 물어보고 싶었지만 그렇게 하지는 못했다. 하지만 분명히 너만의 페인킬러가 있을 거라고 믿었지. 각자 나름의 페인킬러가 없다면 가끔 이 세상이 숨 쉬는 것조차 힘들다는 것을 나는 알고 있었기 때문이었다. 나는 머리를 끄덕이면서 헤비메탈을 듣고 담배를 피운다. 그리고 가끔 자다가도 속에 불이라도 붙은 것처럼 화끈거릴 때가 있다. 그러면 밖으로 나가 어둠 속을 달리기도 해. 심장이 가슴을 뚫고 나올 것 같은 순간까지 뛰는 거지. 그리고 땅바닥에 드러누워서 한참 동안 가쁜 숨을 내쉬고 있다 보면 내가 본능적으로 살고 싶어 한다는 것을 느끼게 되거든. 이런 것들이 나에게는 페인킬러인 셈이었다.

내가 너를 세 번째로 만났을 때야 비로소 나는 너에게 내 이름을 말해주었다.

"내 이름은 유하야, 이. 유. 하."

"유하? 이유하. 네 이름 멋지다."

"그래?"

"근데 네 이름 누가 지은 거야?"

"왜?"

"멋있어서 그래."

"부모님."

나는 내 이름을 부모님이 지었다는 것을 기억하면서 지

금 당장이라도 이름을 바꿔버리고 싶은 충동이 솟구쳤다. 하지만 나는 너에게 내 마음이 그렇다고 표는 내지 않았지.

그렇게 해서 우리는 어울려 다니게 됐지. 누군가 겉보기에 멀쩡하게 생긴 애 둘이서 밤낮을 가리지 않고 퀴퀴한 담배 연기나 뿜어대면서 하릴없이 흐느적거리고 있는 모습을 본다면 우울한 애들이라고 낙인을 찍어버릴지도 모르겠지만, 그래도 우리는 우리만의 삶을 헤쳐나가고 있는 중이었으니까 남의 시선 따위는 상관없었다. 우리 나름대로 최선을 다해서 살고 있었으니까 말이야. 그건 삶에 적응하는 우리만의 방식이었으니까. 그냥 시간 낭비나 하고 있던 것이 아니었으니까.

시간이 흐르면서 우리는 꽤 친한 사이가 되었다. 그렇다고 우리가 만나서 이야기를 많이 했던 것은 아니었다. 정확히 말하자면 계속 쉬지 않고 떠들어대는 사람은 항상 너였고, 나는 그런 너의 이야기를 듣는 분위기였지. 너는 늘 그렇듯이 혼자 질문을 하고 곰곰이 생각하고 그러다가 혼자서 답을 찾아낸 후에 또 다른 질문으로 이어갔다. 그런 너의 말을 듣다 보니 나도 점차 적응이 되어버려서 네 옆에 있는 것이 헤비메탈 음악을 듣는 것처럼 위안이 되더군. 그러니까 너도 나의 페인킬러가 된 거였다.

　민수 넌 참 이상한 아이였다. 네 말로는 너도 나처럼 침묵을 더 선호한다고 말했다. 그런데 내 옆에서는 다른 데서 하지 못했던 말들을 쏟아내고 싶어진다고 했다. 그건 내가 정신없이 헤비메탈 음악에 심취해있어서 네가 무슨 말을 하더라도 신경 쓰지 않을 것 같아서라고 했지. 너는 혼자서 묻고 답하다 보면 자연스레 살아갈 용기가 생긴다고도 했었다.

　너도 나만큼이나 삶이 고달픈 아이였던 것은 분명했다. 너와 나의 다른 점은 나는 페인킬러를 하나하나 늘려가면서 숨 쉴 구멍을 찾았다는 거다. 하지만 너는 담배를 피운다거나 내 옆에서 혼잣말하는 거 외에는 별다른 페인킬러를 찾지 않았어. 내가 알기로는 말이야.

　우리가 꽤 친해졌을 때 민수 너는 나에게 너에 대한 모든 것을 털어놓았다. 네가 겪었던 일은 아마 나라면 감당하기 힘들었을 거다. 난 너의 말을 들은 뒤로 그토록 힘든 일을 잘 견뎌내고 있는 네가 무척 대단해 보였다.

네가 초등학교 5학년 때 집안 형편이 좋지 않아 너는 부모님과 떨어져서 고모 집에서 생활해야 했다. 너의 부모님은 사업에 실패해서 집도 날린 상황이었으니까. 그런데 너의 부모님은 삶이 너무 고단했던지 자동차를 타고 해안 도로를 달리다가 액셀러레이터를 힘껏 밟고 핸들을 바다 쪽으로 꺾어 그대로 절벽 아래로 질주해버렸다. 결국 바닷속에 잠겨버린 거지. 그렇게 너만 세상에 남겨진 거였다. 네가 견디기엔 너무 큰 충격이었을 거다. 하지만 너는 그 큰 슬픔을 오롯이 삼켜서 다시 녹진한 눈물로 쏟아냈던 거다. 그렇게 너는 그 힘든 시간을 잘 견뎌낸 거였다. 다른 사람이 괜찮냐고 물으면 '괜찮아!'라고 말하면서 말이지. 사실은 주위 사람들도 네가 전혀 괜찮지 않다는 걸 알고 있었다. 하지만 주위 사람들이 너를 걱정할수록 너는 더욱 아무렇지 않은 척했던 거다.

너의 부모님의 죽음으로 인해 죽음은 네 삶의 화두가 되어버렸다. 언제가 너는 나에게 이런 말을 한 적이 있었다. 가끔은 부모님이 민수 너를 버리고 떠난 거라는 생각이 든다고 말이야. 그렇지 않다는 걸 알지만 너 자신도 모르게 그런 생각들이 스멀스멀 올라온다고. 그러면서 너도 그때 부모님과 함께 자동차에 타고 있었으면 어땠을까, 생각한다고 했다. 만약 민수 너도 그날 부모님과 함께 떠났더라면 혼자 남겨져 슬픔의 심연에서 빠져나오느라 발버둥 치지 않아도 된다는 생각이 든다면서 말이지.

나는 너의 그런 이야기를 듣고 있으면 나 자신이 너무 유치하다는 생각이 들었다. 나의 반항은 너에게 비하면 아무것도 아닐지도 몰라. 나는 부모님도 건강하게 살아계시고 각자 나름대로 행복하게 살고 있으니까 말이야. 나만 배신감에 휩싸여 부모님과 세상을 용서할 수 없던 거니까. 그렇다고 내가 느끼는 고통을 비웃지는 않을 거라 믿는다. 나는 나름대로 많이 아프고 힘이 들었거든. 물론 네가 나의 고통을 유치하다고 말한 적은 한 번도 없지만 말이야.

나는 종종 네가 하는 말들에 대해 생각해 봤다. 네가 죽음에 대해 생각하고 말하는 너를 보면 너는 무척 살고 싶은가 보다는 생각이 들더군. 진짜 죽고 싶은 사람은 너처럼 죽음에 대해 자주 말하지 않을 것 같았거든. 그래서 나는 네가 네 목숨을 저버릴 거라고는 꿈에도 생각하지 못했다.

우리는 대학에 들어가서도 자주 함께 시간을 보냈다. 너는 자취를 시작했고 나는 너의 자취방에서 거의 살다시피 하면서 말이야. 한 학기 뒤에는 나도 원룸을 구해서 독립

했다. 내가 독립한 이유 중 하나는 또 다른 페인킬러가 생겼기 때문이었다. 그것은 밤이 되면 아무 여자나 만나서 호텔로 데려가 침대에서 질펀하게 뒹구는 거였다. 내가 길가에 버려진 빈 깡통이 된 기분이 들기도 하지만 그 순간만큼은 내 우울과 고통에 효과가 탁월했거든. 물론 나는 너에게 내가 무슨 짓을 하고 다녔는지 숨기지 않았다. 너에게만은 다 털어놓고 싶었다. 이를테면 민수 너도 나처럼 너만의 페인킬러를 하나씩 늘려보라고 말하고 싶었던 것이다. 적어도 나는 그래야 살아질 것 같았거든. 그런 나를 누가 욕해도 나에게는 조금도 중요하지 않았다. 다른 사람의 시선 따위는 이미 내 안중에 없었으니까. 하지만 너는 여전히 고독을 즐기는 것 같았고 내 앞에서만 그동안 너의 생각 창고에 가득 찬 것들을 차근차근 늘어놓곤 했지.

우리는 대학을 졸업하고 너는 취직을 해서 성실하게 직장에 다녔다. 나는 취직하고 싶은 생각도 없어서 대학원에 갔다. 그렇다고 공부에 무슨 열의가 생겨서 대학원에 갔던 것은 아니었다. 회사 동료들 앞에서 내 감정을 숨기면서 살아갈 것을 생각하니 너무 끔찍했다. 그래서 대학원을 가게 된 거였다. 일종의 도피였던 거지. 나는 대학원에 가서도 밤이면 여전히 페인킬러가 되어줄 여자를 찾아 클럽을 돌아다녔다. 그렇게 여자를 꾀어 침대에서 뒹굴면서 땀에 흠뻑 젖을 때면 어느새 내가 무적의 페인킬러가 된 기분이 들었다.

민수 너는 직장에 잘 다니고 있었으니까 너에 대해서는 별다른 걱정을 하지 않았다. 나는 속으로 네가 잘 사는 것 같아서 다행이라고 생각했다. 너만큼은 잘살아가기를 바랐으니까. 그런데 언젠가 한반도가 심하게 요동친 적이 있었다. 강한 지진이 일어났던 거였다. 그때도 나는 집에서 핸드폰에 저장된 헤비메탈 음악에 심취해있었다. 볼륨을 높여 놓고 웅장한 베이스 기타 소리와 드럼에 맞춰 머리를 앞뒤로 끄덕이고 있어서 벽에 걸린 액자가 비뚤어지고 책상 위에 있던 볼펜들이 굴러떨어졌는데도 나는 그걸 몰랐던 거지. 그런데 음악이 갑자기 멈췄다. 네가 전화를 걸었기 때문이었다. 전화기 저편에서 들리는 너의 목소리는 잔뜩 겁에 질려있었다. 나는 왜 그러냐고 물었다. 너는 지진 때문에 욕실 벽에 붙어있던 거울이 산산이 조각나버렸다고 했다. 그리고 유리창도 금이 갔다고 했다. 나는 도대체 네가 무슨 말을 하는지 이해할 수가 없었다. 나는 네 말대로 텔레비전을 켰다. 한반도에 큰 지진이 일어났다는 속보가 나오고 있었다. 나는 그때야 비로소 너에게 괜찮은지 물었다. 그랬더니 너에게 와달라고 했다. 나는 두말없이 곧장 네 원룸으로 향했다. 나는 큰길까지 뛰어가서 택시를 탔다. 내 몸은 택시를 타고 있었지만 마음은 택시보다 더 빨리 달리고 있는 기분이었다.

내가 현관문을 열었을 때 너는 바닥에 멍하니 앉아 있었다. 잠시 후에 너는 어느 정도 안정을 되찾은 것처럼 보였다. 욕실 바닥에는 깨진 유리 파편이 흩어져 있었고 심하게 금이 간 침대 옆 유리창은 언제 빠질지 몰라 위태로워 보였다. 나는 먼저 유리창에 금이 간 부분을 유리 테이프로 붙여 떨어지지 않게 했다. 그리고 욕실에 흩어져 있는 거울 파편을 두꺼운 신문지에 쓸어 담아 쓰레기통에 버렸다. 그리고 너를 데리고 내 원룸으로 왔다. 네가 심적으로 불안해 보였기 때문이었다. 내 원룸으로 출발하기 전에 관리실에 들러 금이 간 유리 창문과 깨진 욕실 거울을 교체해 달라고 부탁했다.

그렇게 일주일 정도 내 원룸에 있다가 너는 이제 괜찮다면서 네 원룸으로 돌아갔다. 그리고 열흘 후에 너는 나에게 다섯 통의 부재중 전화를 남겼던 거다.

제기랄! 도대체 너는 왜 그런 거였니? 분명히 그 며칠 전에도 나에게 잘 지낸다고 해놓고 왜 목숨을 버렸냔 말이야?

네가 그렇게 떠난 것은 나에게는 큰 충격이었다. 네가 가고 나도 슬픔의 터널을 걸어야 했다. 언제나 그렇듯 슬픔을 견딘다는 것은 몹시도 지난한 일이다. 하지만 내가 내디뎌야 할 한 걸음에만 신경 쓰면서 걷다 보니 어느 순간 저 앞에 터널 밖에서 새어 들어오는 희미한 빛이 시야에 들어오기 시작했다. 사는 게 힘들 때는 두 걸음도 필요 없다. 당장 내디딜 한 걸음만 생각하는 거다. 민수 너도 그랬어야 했다고 말하고 싶은 거야. 복잡하게 생각하지 말고 눈앞에 있는 것만 보고 그때그때 할 일만 하면서 살면 어떻게든 살아지더라, 는 것을 알았을 텐데 말이야. 나는 그게 무척 안타깝다. 만약 너도 그랬더라면 나는 지금도 네가 담배를 피우면서 혼잣말하는 것을 들으며 흐뭇해할 텐데……

*

너 때문에 다시 생긴 우울증을 치료하려고 나간 모임에

서 지금의 아내를 만나서 결혼도 한 걸 보면 슬픔이 꼭 슬픔인 것만은 아니란 생각을 자주 하게 된다. 그때는 너무 힘들어서 안정제와 수면제 없이는 제대로 생활할 수가 없었다. 2주에 한 번씩 정신과에 가서 의사에게 30분 정도 내 마음에 담아 둔 이야기를 하고 약을 처방받았다. 2년 가까이 한 병원에 다니다 보니 의사가 자못 친근하게 느껴졌다. 의사는 항상 웃는 모습으로 나에게 잘 지냈는지 물었다. 그러던 어느 날 의사의 눈을 봤는데 흰자위엔 실핏줄이 터져있었고 눈 밑은 어둑해져 있었다. 내가 환자인지 의사가 환자인지 헷갈릴 정도였다. 그래서 나는 의사에게 "오늘따라 몹시 피곤해 보여요."라고 말했다. 그랬더니 의사의 눈이 촉촉해지는 게 아니겠어. 나는 괜한 소리를 했다고 생각했다. 그런데 의사가 사실 그날따라 몸이 방전된 기분이라고 했다. 의사는 정기적으로 라디오 상담 코너에도 출연하고 있었고 백화점 문화센터에서 건강 관련 강의도 했고 최근에는 번 아웃 환자들을 위한 책도 출간해서 무척 바쁘게 생활하고 있었다. 책이 출간됐을 때 의사가 나에게 사인한 책을 선물해주기도 했다. 의사는 '유하 씨와 동시대를 살아가는 이웃으로부터'라고 책 앞장에 써주었다. 나는 왠지 그 문장이 따뜻하게 느껴졌다. 그건 아마도 '동시대를 살아가는 이웃'이라는 말이 그동안 잊고 있었던 진리를 일깨웠기 때문이었다. 나 혼자가 아니라는 진리 말이야.

그런데 의사가 점점 유명해질수록 환자도 점점 늘어나게 되었다. 하지만 그날 내가 보기에 의사가 너무 위태롭게 보였다. 머지않아 의사 자신이 쓴 책에 나와 있는 것처럼 자신도 번 아웃이 올 수도 있겠다는 생각이 들었으니까. 의사가 자신의 이야기를 하다가 자신도 번 아웃이 오기 전에 잠시 쉬어야겠다고 했다. 그러면서 의사는 나에게 우울증과 수면장애를 겪고 있는 사람들의 치료 모임을 소개해줬다. 일주일에 한 번씩 만나서 이야기하다 보면 효과를 볼 수 있을 거라고 했지. 그리고 의사는 휴직에 들어갔다.

나는 의사가 소개해준 치료 모임에 갔더니 심리상담사가 휴직한 의사에게서 내가 올 거란 걸 들었다고 하더군. 의사의 말대로 그곳에 나가면서 나는 점점 좋아지고 있다는 걸 느낄 수 있었다. 무엇보다도 나는 그곳에서 지금의 아내를 만난 이후로 안정제나 수면제를 복용하지 않고도 정상적인 생활을 할 수 있게 되었다. 아내도 심리적으로 치료가 필요한 사람이었다. 다행히 아내도 나처럼 좋아졌다. 나는 5개월 동안 치료 모임에 나가면서 몸도 정상적으로 돌아왔고 사랑하는 사람도 만나게 되었다. 나는 내 곁에 사랑하는 사람이 있다는 것이 얼마나 마음이 안정되고 행복한 일인지를 알게 되었다.

어느덧 마흔 살 아저씨가 된 지금 나는 더 이상 페인킬러를 찾지 않고도 무난하게 잘 살아가는 중이다. 정신적으로 많이 좋아졌거든.

시간이 갈수록 네 얼굴이 점점 아득해지는 것 같다. 내가 죽을 때까지 너의 얼굴을 또렷이 기억하고 싶은데 말이야. 하지만 그게 잘 안되는 것 같다. 그러면 또다시 너에게 미안한 생각이 들곤 해. 세월 앞에 장사 없다는 말이 있잖아. 그래도 너는 나를 이해하리라 믿는다. 너는 내 소중한 친구니까.

내가 이 글을 쓰고 있는 지금 건넌 방에는 사랑하는 아내와 어린 두 딸이 평화롭게 잠을 자고 있다. 돌아오는 네 기일에 너에게 갈 때는 쌍둥이 딸들도 데려갈 생각이다. 데려가서 아빠의 가장 소중한 친구가 거기에 잠들어 있다고 말해줄 생각이다.

네가 떠난 지 12년이 지난 지금도 너와 함께할 수 없어 여전히 아쉽고 그때나 지금이나 변함없이 네가 보고 싶다.

-2022년 여름, 너의 영원한 페인킬러 유하가

해방

*

    이 글은 대학 때 나와 같은 동아리 선배였던 K의 이야기
이다. K는 내가 아는 사람 중에 가장 외모가 출중한 사람
이다. 나는 K가 어떤 영화배우보다도 더 잘생겼고 멋있다
고 생각했다. K는 얼굴만 잘생긴 게 아니었다. 키도 188cm
였는데, 나를 포함해 K와 함께 어울리던 사람들의 평균 키
가 175cm 정도인 것을 감안하면 상당히 큰 키였다. 또 K는
매년 한 차례씩 마라톤에 참가할 정도로 달리기를 사랑했
고 그러면서도 하루에 두 시간씩 땀을 비 오듯 흘리며 강
도 높은 웨이트 트레이닝까지 했다. 그래서인지 그의 몸에
서 군살이라곤 찾아볼 수 없었고 전체적으로 호리호리하
고 균형이 잘 잡힌 체격을 유지했다. 그뿐만 아니라 K는
목소리까지 성우처럼 근사했다. 다만 다소 내성적인 성격
인 K는 여러 사람과 어울리는 것을 좋아하지 않아 만나는
사람들하고만 자주 만났다. 교류하는 사람들이 한정적이

긴 해도 친하게 지내는 사람들과는 신뢰가 두터웠고 그 사람들을 위해서는 간이라도 떼어 줄듯이 헌신적이었다. 그들도 K와 마찬가지로 K의 일이라면 두 팔을 걷어붙이고 나서는 사람들이었다.

올해 나이 마흔일곱 살이 된 K는 얼마 전에 20년간의 결혼 생활의 종지부를 찍고 다시 솔로가 되었다. K는 자신이 다시 솔로가 된 것을 축하하기 위해 파티를 열었다. 나도 그 파티에 초대되었다. 내가 K의 솔로 귀한 파티에 참석하기 위해 K의 아파트에 도착했을 때 먼저 도착한 네 사람이 가볍게 샴페인을 마시며 안부를 묻고 있었다. 한 사람은 대학 때 K의 동아리 친구였고 세 사람은 K의 고등학교 친구들이었다. 나는 이전에도 여러 번 K의 초대로 나간 술자리에서 그들을 만나 함께 술을 마셨기 때문에 서로 잘 아는 사이였다. 우리 말고도 친하게 지내는 사람들이 몇 명 더 있었지만 그 파티에는 우리 다섯 명만 초대되었다. K의 말에 따르면 그 파티는 자신의 솔로 귀환을 축하하는 파티였기 때문에 함께 공감할 수 있는 사람들만 초대했다는 것이었다. 그랬다. 파티에 초대된 사람은 그 당시에 모두 싱글이었다. 그날 K는 마치 오랜 세월 독립을 꿈꾸고 있다가 드디어 해방을 맞이한 것처럼 몹시 감격스럽고 기분이 홀가분하다고 했다. 그렇게 해방을 맛본 K는 홀가분한 기분으로 자신의 지난 이야기를 시작했다.

*

내가 안경을 처음 쓰게 된 것은 아마도 중학교 2학년 때지 싶다. 시력이 좋지 않아서 안경을 쓰긴 했지만 그 원인은 안타깝게도 내가 평소에 책을 많이 읽었기 때문은 아니었다. 학생은 공부를 열심히 해야 한다지만 내가 왜 공부를 해야 하는지, 그리고 공부는 어떻게 하는 것인지에 대해 전혀 알지 못했던 시절이었다. 혹자는 중학생이나 되어서 그런 것도 몰랐다고 하는 것은 창피한 일이라고 말할 수도 있겠지만, 모른 것이 창피한 일은 아니란 생각에서 가벼운 마음으로 밝히는 바이다.

그렇다면 내가 안경을 쓸 정도로 시력이 나빠진 것은 무엇 때문이었을까, 생각해보니 딱히 떠오르는 것은 없었다. 중학교 때에는 자취했던 시절이라 당연히 자취방에 텔레비전이 있을 리 만무했다. 주말에 방영하는 가요 순위 프로그램을 시청하러 가끔 이웃집에 찾아가 텔레비전을 봤던 것이 고작이었기 때문에 텔레비전 과다 시청으로 인한 시력 저하가 아니라는 것만은 분명하다.

그렇다면 책도 아니고 텔레비전도 아니라면 내 시력은 왜 나빠졌던 것일까? 자취생활을 했기 때문에 먹는 것을 제대로 못 먹어서 생긴 영양 결핍이 시력 저하를 초래했던 것일까? 하지만 아무래도 그건 아니지 싶다. 자취생들은 밥을 부실하게 먹을 가능성이 있는 환경이긴 하지만 그 당시 나는 누나와 함께 생활했던 터라 누나가 내 밥만큼은 잘 챙겨주었기 때문이다. 달걀 프라이, 구운 김, 소시지 달걀부침, 멸치조림, 콩자반, 배추김치 등이 내가 자취하면서 자주 먹었던 반찬들이었다. 이런 반찬들만 너무 많이 먹어서 오히려 영양 불균형을 가져왔고 그로 인해 시력 저하에 영향을 미쳤다고 한다면 할 말은 없지만, 그때 나는 이런 유의 반찬들을 나름 맛있고 영양가 있는 음식이라 생각하면서 먹었던 것 같다.

그렇다면 학업 스트레스로 인한 심리적인 요인 때문은 아니었을까? 그것 역시 아니라는 생각이 든다. 집에서 나에게 공부를 열심히 해서 적어도 반에서 1, 2등은 해야 한다고 강압적인 분위기를 조성한 것도 아니었다. 부모님은 학교에서 선생님 말씀 잘 들으라는 말씀은 자주 하셨지만 공부 잘하라는 말씀은 한 번도 하지 않으셨던 것 같다. 부모님이 나에게 관심이 없었던 것은 아니냐고 말하는 사람도 있을 수 있겠지만 부모님이 나에게만 그랬던 것이 아니었다. 부모님은 내 위의 형제들에게도 '공부 잘해라.', '너는 왜 성적을 이것밖에 못 받아왔냐?' 같은 말씀을 전혀 하지 않으셨다. 부모님은 공부는 누가 잘하라고 말한다고 해서 잘해지는 것이 아니라는 생각을 하셨던 것 같다. 그래서 공부는 할 때 되면 자연스럽게 하게 되어 있다고 하셨다. 어떻게 보면 부모님은 주위 사람들로부터 자식들을 방치한다는 비난을 들을 수 있을지 모르지만 당사자인 내 입장에서는 편했던 것이 사실이었다. 사실 그 당시에 나는 그런 생각조차도 하지 않았던 것 같다. 시간이 지나면서 부모님의 강요는 없었지만 나도 공부해야 나중에 내가 하고 싶은 일을 할 수 있을 거란 생각이 들어, 나 나름대로 공부를 열심히 했던 것을 보면 부모님 생각이 옳았다는 것을 알았다.

역시 내 시력 저하의 원인이 될만한 것은 아무리 생각해도 찾을 수가 없다. 그래서 '다중 복합적 원인'에 의해 내 시력이 나빠졌다고 결론 낼 수밖에 없겠다.

누구나 아침에 일어나 욕실에서 세수하고 수건으로 물기를 닦아내며 거울 속에 비친 자기 모습을 보게 된다. 그러면서 누군가는 자신이 잘생겼다고 (여성인 경우에는 자신이 예쁘다고) 생각하며 흐뭇한 표정을 지을 것이다. 미소 지을 때 매력적으로 드러나는 보조개를 보면서, 날렵한 콧대를 보면서, 밝고 깨끗한 피부를 보면서, 호수처럼 그윽한 눈을 보면서, 또는 눈, 코, 입의 조화로움을 보면서 잠시나마 나르시시즘에 빠지는 사람들도 있을 것이다.

그렇다면 내가 거울 속에 비친 내 모습을 보면?

말하기에 조금은 쑥스럽고 민망하지만, 그것을 이겨내고 내 생각을 솔직하게 털어놓으려 한다. 사실 나뿐만 아니라 다른 사람들도 그렇게 하리라 생각하기로 했다. 때로는 '나만 그러는 게 아니라 다른 사람들도 다 그래'라고 평준화 시켜버리는 것이 편한 법이니까.

비웃을 수도 있겠지만, 나는 거울 속에 비친 내 모습에 자주 도취한다. 나는 내 얼굴이 완벽하다고는 생각한 적은 단 한 번도 없지만 나름대로 잘생겼다고 믿고 있는 사람이다. 이런 소릴 들으면 재수 없다고 생각하는 사람도 있겠지만 솔직히 나는 거울 앞에선 그렇게 생각했다. 내가 내 얼굴에 남다른 자부심을 느끼는 건 어렸을 때부터 동네 사람들로부터 잘생겼다는 말을 듣고 자란 영향도 있다. 어린 애가 자기가 잘생겼는지 못생겼는지 어떻게 알겠는가? 이를 고려해 보면 나에 대한 주위 사람들의 평가를 신뢰하는 수밖에 없지 않은가. 아무리 못생긴 아이일지라도 어렸을 때부터 주위 사람들에게서 '참 잘생겼다'란 소리를 듣고 자랐다면 진짜 자신이 잘생겼다고 믿게 될지도 모른다.

사실 나에게도 그런 친구가 한 명 있었다. 내가 봤을 때는 그의 외모는 잘생긴 것과는 거리가 한참 멀었다. 그렇다고 해서 나는 그에게 못생겼다고 진솔하게 말한 적도 없다. 다만 너무 자기애가 강한 그에게 '착각하지 마!', '야, 정신 차려!', '그렇게 생각하면 행복하냐?' 같은 말은 자주 했을 뿐이었다. 그는 화장실에서 볼 일보고 난 뒤에 세면대에서 손을 씻고 거울을 보면서 여러 가지 표정을 지었다. 옆에 누가 있다는 것조차 잊어버리고 자신이 마치 모델이라도 되는 것처럼 한 바퀴 돌면서 포즈를 취하기까지 했다. 같이 화장실에 갔다가 그러고 있는 그를 보면 나 혼자 민망해져서 서둘러 그 자리를 벗어날 때도 있었다.

진짜 잘생긴 사람이 본인이 잘생겼다고 하면 재수 없게 생각할 수 있겠지만 그 친구는 잘생긴 것과는 거리가 한참 먼데도 자신이 잘생겼다고 믿고 있으니 옆에서 보는 사람들은 그저 '세상에 이렇게 재미있는 애도 다 있네!'라고 생각하며 웃음을 터뜨릴 뿐이었다. 친구들도 그에게 질투를 느낄 수도 있을 텐데, 전혀 그러지 않았다. 그건 그 친구의 얼굴이 질투심을 유발할 수준이 아니었다는 증거였다. 친구들은 오히려 그를 재미있게 지켜보기만 했다. 가끔 공공장소에서 그 친구가 그러고 있으면 친구들 얼굴이 화끈거릴 정도로 창피해서 그를 모르는 사람인 척하고 싶을 때가 있기는 했지만 말이다.

시간이 지나면서 그 친구도 자신이 정말 잘생긴 얼굴이 절대 아니라는 것을 알았을 거로 생각한다. 드라마나 영화에 등장하는 잘생긴 배우들을 봤을 테니까 자연스럽게 자기 스스로 외모를 과대평가하고 있었다는 것을 알게 되었을 것이다. 내가 그 친구가 그랬을 거로 생각한 이유는 그 친구의 말 때문이었다. 나는 언젠가부터 그의 말에 약간의 변화가 있다는 것을 알아차렸다. 여전히 거울 앞에서 자신이 잘생겼다고 생각하며 나르시시즘에 흠뻑 빠져 민망한 표정으로 모델 흉내를 내기는 매한가지였지만, 이전과는 다르게 그는 혼잣말을 중얼거렸다. 그의 혼잣말은 일종의 다짐처럼 보였는데 "나는 잘생겼다. 나는 잘생겼다. 누가 뭐라고 해도 나는 잘생겼다. 고로 나는 멋있다." 같은 말이었다. 나는 처음에는 웃고 말았는데 나중에 생각해보니 그 친구가 드디어 자기 외모를 객관적으로 보게 된 것은 아니었을까, 하고 생각했다. 그랬기 때문에 그가 자신감을 북돋기 위해서 그런 말을 마치 마법사가 주문을 외듯이 뇌까렸지 않았을까, 싶었다. 그 결과 그 친구는 30대 중반부터 동기부여 전문가가 되어 전국을 돌아다니며 강연하기 시작했다.

만약 그 친구의 외모가 진짜 잘생겼더라면 과연 여기저기에서 그에게 강연을 요청하기 위해 그를 찾는 기세 좋은 동기부여 강사가 될 수 있었을까, 생각해보았을 때 나는 결코 그 친구가 그렇게 되지 못했을 거란 결론에 도달했다. 그것은 앞에서 언급한 것처럼 누가 봐도 잘생긴 사람이 본인 입으로 '나는 정말 잘생겼어요. 저처럼 잘생긴 사람 보게 된 걸 행운으로 아세요.' 같은 말을 한다면 처음 한 번은 참아 줄 수는 있을지 몰라도 다시 듣게 된다면 기분 나빠할 수 있기 때문이다. 그런데 그 친구가 그런 말을 하면 사람들은 배를 잡고 웃기 바빴다. 너무 웃어 눈가에

맺힌 눈물을 손수건으로 찍어 내면서 그 친구의 자신감 있는 태도에서 긍정 에너지가 나온다는 것을 눈치챘을 것이고 또한 자신들도 그 친구처럼 자신감을 가져야겠다고 마음먹게 될 것이다. 그러고 보면 그 친구는 동기부여 강연자로서 탁월한 외모 자격을 갖추고 있는 셈이었다. 동기부여 강연자로서 잘나가는 그 친구 소식을 들으면 나도 장난삼아 거울에 비친 내 얼굴을 보며 여러 가지 표정을 지어 보기도 하고 그 친구가 했던 것처럼 '참 잘생겼다!' 혹은 '진짜 멋있다!' 같은 말을 마치 주문을 외듯 중얼거릴 때가 있었다.

하지만 나는 나 자신뿐만 아니라 주위 사람도 인정하는 외모의 소유자였으므로 겉으로 표는 내지 않았지만 내심 내 외모에 대한 자긍심만큼은 견고한 편이었다.

길을 걷다가 보면 다정한 커플들의 모습을 자주 볼 수 있다. 간혹 그렇지 않을 때도 있지만 대개는 흐뭇한 마음으로 그들을 바라보게 된다. 요즘에는 고등학생 커플들도 자주 보는데 어쩌면 그렇게 풋풋해 보이고 내 마음이 포근해지는지 모른다. 아마도 나의 학창 시절이 생각나기 때문일 것이다. 때로는 길을 가다가 뽀뽀가 아닌 진한 키스를 나누는 커플들도 보게 되는데 예전에는 '공공장소에서 뭐 하는 짓거리야.' 하면서 인상을 찌푸리며 지나쳐 왔지만 요즘에는 그런 모습 역시 좋아 보였다. 그들이 지금 이 순간의 소중함을 알고 있다는 생각이 들었기 때문이다. 그때 입을 맞추고 싶은 그 순간을 놓치면 그 순간은 영원히 놓치게 되는 법이다. 그런 의미에서 그 커플이 제대로 그 순간을 즐기고 있다고 생각하기 때문에 일종의 동시대를 살아가는 사람으로서 충분히 이해할 수 있는 장면이라고 느꼈던 것 같다.

간혹 있는 일이지만 흐뭇해하기는커녕 인상을 찌푸리게 하는 커플을 보게 될 때도 있다. 그렇다고 관음증이 있어서 일부러 그런 모습을 보려 했던 것은 절대 아니다. 그저 지나가다 우연히 보게 되는 장면 속에 그런 커플이 있었다는 얘기다. 너무 지나친 애정행각을 벌이고 있는 커플을 보게 되면 아름답다는 생각은 고사하고 못 볼 꼴을 본 눈을 원망할 정도로 기분이 상해버린다. 그런 애정행각은 둘만의 은밀한 장소에서 즐기면 누가 뭐라 하겠는가. 자기네도 즐겁고 그런 모습을 보지 않아도 되는 행인들도 인상을 찌푸리지 않아 즐겁기는 매한가지가 아닌가, 싶다.

길거리에서 보게 되는 커플 이야기가 나온 김에 외모에 관해 이야기를 해보려 한다. 공원 벤치나 밖이 잘 보이는 커피숍 창가 자리에 앉아서 지나가는 커플들 외모를 보고 친구들과 이런저런 이야기를 나눈 적이 몇 번 있었다. 사람의 외모에 대해 이러쿵저러쿵 험담하면 좋지 않다는 걸 알지만 그때는 그저 무료한 시간을 죽이고 있었기 때문에 지나가는 사람들의 외모를 가져다가 화제로 삼았던 것 같다.(남의 외모에 대해 말한다는 것은 성숙하지 못한 일이었음을 인정한다.)

커플 중에 남자가 얼굴도 잘생겼고 키도 큰 데 반해 여자는 키도 작고 얼굴도 예쁜 축에 들지 않은 커플을 보면 그 커플을 지켜보고 있던 사람 중에 여성들의 입이 가만히 있지 않았다.

"아마도 여자네 집이 돈이 많은 게 틀림없을 거야. 그렇지 않고서야 저렇게 잘생기고 키까지 큰 남자가 저런 여자를 만날 리가 없잖아."

이런 말을 듣고 있던 남성들은 여성들이 질투심 때문에 그런 말을 하는 거라고 생각했다.

이와 반대로 여자가 예쁘고 몸매까지 늘씬하지만, 남자의 생김새가 흡사 마당쇠 스타일이라면 이를 지켜보는 여성들은 남자가 힘이 좋아 여자를 잠자리에서 만족시켜줄 것 같다고 생각했다. 남녀가 그 커플을 보는 시각은 확연한 차이가 있었다. 먼저 여자 입장에서는 예쁘고 몸매까지 좋은 여자는 안중에도 없고 오로지 근육질의 남자에게만 시선이 쏠렸고, 남자들은 마당쇠처럼 생긴 남자에게는 전혀 관심이 없고 예쁘고 몸매가 좋은 여자만을 아웃포커싱해서 끈적한 시선으로 바라볼 뿐이었다. 그러고 보면 비등비등한 외모를 가진 커플에게는 구경꾼들의 반응이 오히려 시큰둥했다. '끼리끼리 만난다.' 이런 생각을 하면서 체념했던 것 같다. 우리가 텔레비전에서 출중한 외모를 가진 두 남녀 주인공이 드라마가 끝난 후 실제 연인으로 관계가 진척되어 결혼까지 하는 경우를 보게 되더라도 '잘 됐다.', '보기 좋다.'고 생각하지 거기에 대고 질투를 느끼지 않는 것과 같을 것이다.

그렇다면 둘 다 잘생기지도 않고 키가 크지도, 몸매가 미끈하지도 않은 커플을 보게 되면 어떤가? '저 사람들은 진짜 사랑하나 보다.'고 생각할 따름이다. 그리고 그 커플을 존경한다는 의미로 고개를 두세 번 천천히 끄덕이는 것이다. 하지만 이런 생각이 단지 외모지상주의에 입각한 시선이었기 때문에 반성하는 바이다.

외모지상주의라는 말이 나와서 말인데 SNS에서 키도 크고 근육도 근사하게 발달한 남자들의 사진을 보게 되면 같은 남자가 봐도 부러울 때가 종종 있다. 그런 사진을 보게 되면 적지 않게 자극이 되고 운동에 대한 동기유발이 되는 것이 사실이다. 거실 한쪽 구석에서 빨래 건조대로 신세가 전락한 운동기구의 먼지를 닦아내고 다시 사용해서 땀을 흘리게 하기도 한 걸 보면 SNS에서 접하게 되는 이른바 몸짱 사진들이 동기부여 차원에서 어느 정도 효과가 있다는 것을 인정하게 된다.

그런 와중에도 간혹 웃긴 나 자신을 발견할 때가 있다. 몸짱 사진을 보고 나도 운동 좀 해야겠다고 자극을 받는 데 이어 피드에 올라와 있는 그 몸짱남의 다른 사진들도 훑어보게 되는데, 그 사진 중에 얼굴이 또렷이 나온 사진을 한 장 발견하고는 아주 상쾌한 기분이 들 때가 있다. '그럼 그렇지.' 나 갑자기 '세상은 공평하다.' 같은 생각까지 하게 된다. 나를 순간적인 환희에 휩싸이게 한 것은 바로 그 사람의 못생긴 얼굴이었다. 그러면서 내 안에 이런 사악한 생각이 있다는 것에 대해 죄책감도 동시에 느꼈다.

대학생 때에는 소개팅을 뻔질나게 했던 기억이 있다. 내가 하고 싶어서 소개팅을 부탁한 적도 없었다. 단지 친구들이 소개팅하고 싶어서 나를 끼워 넣은 것이었다. 친구들이 나를 소개팅에 데려가려고 했던 것은 딱하나 내가 소개팅 분위기를 주도할 수 있다고 생각했던 것 같다. 그때 나는 댄스 동아리에서 나름 잘나가고 있었기 때문에 대학 내 행사뿐 아니라 대외적인 행사에도 공연하러 자주 나가고 있었다. 심지어 지역방송사에서 주최하는 TV 프로그램에 나온 적도 있었다. 그래서인지 교내에서 나를 알아보는 사람들이 꽤 있었다. 내가 도서관에서 공부하고 있거나 휴게실 벤치에 앉아 커피를 마시고 있을 때 여대생들이 다가와 나에게 연락처가 적힌 쪽지를 건네주고 가거나 동아리방에 선물이 들어있는 쇼핑백을 두고 가기도 했다. 그렇다고 내가 그런 관심을 즐겼던 적은 단 한 번도 없었다.

대학 신입생이었던 어느 날 나는 학교 대강당에서 록 밴드의 공연이 열린다는 소식을 듣고 공연을 보러 갔다. 신나게 공연을 보던 도중에 초대 게스트의 공연을 보게 되었다. 그것은 바로 댄스 동아리의 공연이었다. 열댓 명의 멤버가 마치 한 사람이 움직이는 듯 일사불란하게 군무를 췄는데 내 눈에는 그렇게 멋있게 보일 수가 없었다. 그 당시에 나는 다소 내성적인 성격을 바꿀 생각으로 활동적인 동아리에 가입하고 싶었던 터라 무대에 서서 춤 공연을 하게 되면 내 성격 개조에도 도움이 될 것 같다는 생각이 들었다. 그래서 나는 다음 날 곧장 댄스 동아리에 가입했다. 그곳에서 신기하게도 내가 춤을 추기에 좋은 신체조건을 가지고 있다는 것을 알게 되었다. 공연을 자주 하는 동아리였기 때문에 나는 일주일 내내 어려운 안무를 연습해야 했다. 내가 동아리에 가입하게 된 것은 어디까지나 부차적인 일이고 내 본업은 학생이라는 것을 잊지 않고 있었기 때문에 하루에 두 시간씩 연습을 제외하고는 도서관에서 거의 살다시피 했다. 그래서 나에게 관심을 보이는 여학생들이 그저 신기할 따름이었지 정작 나는 그 여학생들에게 별다른 관심도, 그럴 시간도 없었다.

내가 나름대로 바쁘게 하루하루를 보내고 있던 차에 친구들이 도서관으로 찾아와 소개팅에 함께 나가달라고 부탁을 해왔다. 당연히 나는 거절했다. 공부도 해야 하고 공연 연습도 해야 했기 때문에 소개팅에 나갈 시간도 없었기 때문이었다. 거기다가 나는 내성적인 성격이었기에 그런 자리에 나가는 것을 딱히 좋아했던 것도 아니었다. 하지만 자신이 좋아하는 여학생이 있는데 내가 가서 분위기만 맞춰주면 안 되겠냐며 부탁하는 친구의 간절한 눈빛을 보고 나는 하는 수 없이 소개팅에 잠깐 나가겠다고 했던 것이다. 그렇게 부탁하는 친구들이 계속 이어지면서 나는 그 부탁을 쉽게 거절하지 못해 짬짬이 소개팅 자리에 나가게 되었다.

나는 소개팅에 나가면 될 수 있으면 친구 커플이 잘되도록 최선의 노력을 다했다. 어디서 주워들은 유머도 줄줄이 소시지처럼 풀어놓았고 친구를 띄어줄 속셈으로 너무 과하지 않게 친구의 장점을 피력하기도 했다. 그런 내 노력 덕분에 소개팅 분위기는 좋아졌고 대개 좋은 기억을 갖고 헤어질 때가 많았다.

소개팅에 계속 나가게 된 또 다른 이유가 있었는데 그것은 바로 내가 소개팅에 나가 처음 보는 여학생들 앞에서 전혀 수줍어하지도 않고 이야기를 술술 하는 나 자신을 발견했기 때문이었다. 내성적인 성격 때문에 막상 여학생들 앞에 있으면 말수도 줄어들 것 같았고, 다른 사람들 이야기만 듣다가 올 것 같은 생각이 들었다, 하지만 웬걸 그 자리의 주인공이 내가 아니라 친구라고 생각하고 그 자리에 나가서인지 오히려 마음이 편했던 것이다. 성격을 바꾸기 위해 춤 공연하러 다니는 것처럼 소개팅에 나가서 분위기를 좋게 만드는 것도 내 성격을 변화시키는 데 도움이 된다는 것을 깨달았다. 그래서 바쁜데도 주말에 시간을 비워 여기저기 소개팅에 나간다고 정신이 없었다.

그런데 여러 소개팅을 돌아다니다 보니 한 가지 단점이 있었다. 소개팅에서 만난 여학생들에 대해 그 자리를 벗어나면 깡그리 잊어버린다는 것이었다. 처음에는 만나는 사람이 여러 명이어서 누가 누구였는지 헷갈리기도 했다. 그런데 점차 그 자리에 최대한 몰입하고 돌아서면 마치 마법이라도 걸린 것처럼 상대 여학생들에 대해 잊어버렸다. 길을 가다가 여학생들이 종종 아는 척했는데 대부분 소개팅에서 만났던 여학생들 같았다. 문제는 내가 그 여학생들의 신상에 대해 기억하는 바가 없다는 것이었다. 이름도 그렇고 어디서 만났는지도 아득할 뿐이었다. 나는 그럴 때면 알고 있는 것처럼 웃으며 "안녕. 그동안 잘 지냈어?" 하고 다정하게 인사를 건넸다. 상대 여학생들도 '잘 지내고 있어.' 하거나 '너는 어떻게 지냈어?'라고 물었다. 그러면 '나도 잘 지냈어.' 같은 진부한 표현을 써가며 받아넘겼다. 헤어질 때면 늘 그렇듯이 '그럼 다음에 또 보자.'라고 말한 뒤에 그 자리를 벗어나곤 했다. 이름도 기억이 나지 않은 것에 대해 내심 미안하기도 했지만 그건 어쩔 수가 없는 일이라고 능치고 넘어갔다.

나중에 생각해보니 내가 소개팅에서 만났던 여학생들의 이름을 잊어버렸던 것은 그때 한창 준비하고 있던 자격증 공부 때문이었다는 생각이 든다. 외워야 할 것은 많고, 공부할 시간은 부족해서 공부를 제외한 일은 될 수 있는 한 그 순간에 몰입하고 잊어버리려고 했던 것인데 소개팅에서 그 효력이 발생한 것이었다. 그 순간에 몰입하고 그 자리를 벗어나면 그곳에서의 기억이 깨끗하게 소거되는 효력이었다. 나는 그 덕분에 소개팅했던 여학생과 헤어져 곧장 도서관으로 가서 가벼운 마음으로 다시 자격증 공부에 몰입할 수 있었다.

하지만 '예외 없는 법칙은 없다'라는 말은 나에게도 적용되는 말이었다. 이상하게도 나는 그날의 분위기를 포함해서 사소한 것 하나하나까지도 또렷하게 기억하게 된 것이다. 나는 엔간해서 소개팅에 나온 여학생들의 외모가 이렇고 저렇고 뒷말하지 않았다. 앞에서 말했다시피 그 자리를 떠남과 동시에 그 사람들과 있었던 일들을 깡그리 잊어버리기까지 했기 때문에 더더욱 외모에 관심을 두지도 않았다.

그날도 역시 2 대 2 소개팅이었다. 그런데 흥미롭게도 상대편 두 여학생은 외모가 대조적이었다. 처음 그 두 사람을 봤을 때 '춘향과 향단'이 생각났다.(그래서 편의상 지금부터 그 여학생들의 이름을 춘향과 향단이라고 부르기로 하겠다.) 춘향은 조용한 분위기의 여학생이었고 향단은 입을 잠시라도 가만히 두지 않은 스타일이었다. 춘향은 첫눈에 '아, 미인이다!'라는 말을 내뱉고 싶을 정도로 예뻤고 몸매도 날씬해 보였다. 향단은 통통한 편이었고 얼굴도 둥글고 코도 둥글고 손도 둥글고 모든 것이 '둥글다'란 생각이 드는 아가씨였다. 단 성격은 예외였다. 헤어질 때 그녀가 '성격도 둥글었다면 좋았을 텐데.' 하고 아쉬워했었다.

두 사람은 고등학교 때부터 둘도 없는 친구 사이로 지내고 있다고 했다. 어떻게 보면 두 사람은 전혀 안 어울릴 것 같다는 생각이 들었지만, 서로에게 부족한 점을 보완해 줄 수 있는 친구 사이일 수도 있다고 생각했다. 내성적인 성격을 가진 내 주변에 주로 밝고 쾌활한 친구들이 많았던 것처럼 말이다.

나를 소개팅 자리에 데려간 친구가 관심 있는 아가씨는

당연히 춘향이었다. 그렇다면 내가 할 일은 친구와 춘향이 데이트하도록 내보내고 한 시간 정도 향단과 함께 대화를 나누다가 이제 됐다 싶으면 상대방을 버스정류장까지 데려다주면서 정중하게 '오늘 재미있었어요. 그럼, 안녕히 가세요.'라고 말하고 그녀가 탄 버스가 떠나는 걸 보고 집으로 돌아오면 되는 일이었다.

나는 그 두 사람과 인사를 나누면서 왠지 모르겠지만 오늘 정말 흥미진진할 것 같은 생각이 들었다. 역시나 향단은 서로의 소개가 끝나자마자 장내 아나운서라도 된 듯이 전혀 공감되지도 않은 미적분 이야기를 장황하게 늘어놓았다. 그녀는 수학과 학생이었다. 아마 그녀는 상대방은 전혀 배려하지 않고 오로지 자신이 관심 있는 분야만 계속해서 이야기하는 사람이라는 판단이 들었다. 따분한 미적분 이야기를 할 것 같으면 재미있는 예를 든다든지 아니면 그에 관련된 웃긴 에피소드를 들려준다든지 함으로써 그 자리에 있는 사람들과 함께 어울릴 수도 있었을 것이다. 하지만 그녀는 상대방이 알아듣든지 그렇지 않든 관심이 없어 보였다. 곰곰이 생각해보면 그녀가 나머지 세 사람을 '왕! 따!'시키고 있다는 생각까지 들었다. 참 독특한 아가씨였다. 그리고 더욱 이상했던 것은 그다음 말이었다.

자기는 세상 모든 남자는 늑대라고 생각하기 때문에 자신은 절대로 늑대의 꼬임에 빠지지 않겠다는 말로 분위기를 묘한 쪽으로 몰아갔다.

'어? 이거 뭐지? 여긴 어디? 내가 지금 왜 이곳에?'

내 머릿속에는 이런 생각들이 비눗방울처럼 부풀어 오르기 시작했다.

더 이상했던 점은 춘향이 그런 향단을 보면서 흐뭇하게 바라보고 있다는 것이었다. 춘향은 향단의 말에 동조하기 때문에 저렇게 흥미로운 표정을 지으며 듣고 있는 것인지 아니면 분위기 파악 못 하는 향단이 덕에 가만있어도 자신이 돋보일 수 있어서 그렇게 흡족한 표정으로 향단을 보고 있는 것인지 궁금해졌다. 물론 아닐 거라고 생각은 했지만 헤어지면서도 향단과 어울리는 춘향의 심리에 대해서 다시 한번 생각하게 되었다.

"남자들이 늑대면 여자들은 뭐예요?"

나는 향단에게 물었다. 나는 겉으로는 아무렇지도 않은 표정을 지었지만 내심 발끈한 생태였다.

"여자들은 그냥 여자죠."

향단이 대답했다.

"그동안 늑대 같은 남자들을 많이 만나보셨나 봐요?"

나는 약간 비꼬듯이 다시 그녀에게 물었다.

"제가요?"

"네."

"그랬다고 볼 수 있죠."

"푸하하."

나는 향단의 말이 미처 끝나기도 전에 웃음을 터뜨렸다. 내가 너무 크게 웃어버린 것 같아서 향단에게 미안한 마음이 들었다. 그래서 나는 미안한 마음에 곧장 말을 이었다.

"아, 죄송해요. 나도 모르게 그만."

"별말씀을요. 내가 남자 경험이 좀 많아서 그 정도는 충분히 이해할 수 있어요."

향단은 탁자에 놓인 커피잔을 들어 올리며 말했다.

나는 또다시 웃음이 터질 뻔했으나 허벅지를 꼬집으며 가까스로 그 사태를 막을 수 있었다.

"갑자기 궁금해서 그러는데, 남자 경험이란 게 사귀어 본 남자가 많다는 건가요? 아니면 그냥 아는 남자가 많다는 건가요?"

나는 물을 마시면서 잠시 마음의 평온을 되찾은 후에 향단에게 물었다.

"당연히 내가 사귀었던 남자가 많다는 뜻이죠. 그렇지 않았다면 남자들이 늑대인지 양인지 어떻게 알았겠어요?"

향단은 내가 자신의 이야기를 믿지 못해서 던진 질문이라는 것을 눈치챈 것처럼 보였다.

"아, 네."

나는 조금 큰 동작으로 고개를 끄덕였다. 내가 생각해도 어색한 동작이었다. 그러면서 내가 잘못 생각하고 있을 수도 있다는 생각이 들었다. 단순히 외모가 못생겼다고 해서 남자 경험이 없을 거라고 못 박아 버린다는 것은 다소 편협한 생각이었다. 사실 나 스스로 외모에 대한 자긍심이 있고 다른 여학생들에게 인기가 많지만 그렇다고 해서 내가 여자 경험이 많기는커녕 아예 전무한 것처럼 이성에 대한 경험은 외모와는 상관없는 일일 수 있는 것이었다. 이런 생각이 들면서 그렇다면 향단이도 보기와는 다를 수도 있지 않을까, 한번 알아보고 싶었다.

"죄송한데 그럼 남자는 너나 할 것 없이 모조리 늑대라고 생각하게 한 남자에 대해 좀 말해줄 수 있어요?"

나는 진지한 태도로 향단을 바라보며 말했다.

일순 향단의 얼굴이 벌겋게 달아오르는 것처럼 보였다. 향단은 탁자에서 천천히 커피잔을 들어 올려 입으로 가져갔다. 이미 식어버린 커피를 한 모금, 또 한 모금 아주 느리게 마셨다. 그녀가 커피를 마셨다기보다는 음미했다는 표현이 더 잘 어울릴 것 같았다. 아니면 그녀는 내 부탁에 대해 자신이 어떻게 대처해야 할지를 고민하고 있는지도 모르는 일이었다. 그것은 내 부탁대로 자신이 늑대 본성을 가진 남자와 있었던 에피소드를 순순히 들려줄 것인지 아니면 적당한 핑계를 대고 화제를 다른 쪽으로 돌릴지에 대한 고민일 수도 있었다. 향단은 커피잔을 내려놓은 뒤에도 선뜻 입을 열지 않고 의자에 몸을 파묻은 채 내 얼굴을 빤히 쳐다볼 뿐이었다. 나는 순간적으로 향단이 '남자는 늑대'라느니 '경험이 많다'느니 하는 말은 그냥 허세였다는 생각이 강하게 밀려들기 시작했다. 그래서 이렇게 향단이 어떤 말을 하기를 기다리며 그녀의 입술만 보고 있는 것은 서로에게 못 할 짓이고 분위기를 어색하게 만들 뿐이라는 생각이 들었다. 그래서 나는 자연스럽게 분위기를 바꿀 생각으로 화장실에 다녀오겠다고 말하고 자리에서 일어났다.

나는 화장실에서 손을 씻으면서 내가 자리로 돌아가 춤이나 음악에 관한 이야기를 꺼내면 자연스럽게 화제가 그쪽으로 넘어갈 수 있을 거로 생각했다.

나는 자리로 돌아가 앉으면서 "여기 음악 선곡을 참 잘

하는 것 같아요." 하고 말했다. 내가 생각해도 참으로 자연스러운 멘트였다.

"신나는 노래 좋아하시는가 봐요."

향단이 말했다.

"아, 네. 항상 그러는 건 아닌데 신나는 음악을 듣고 있으면 덩달아 내 기분도 좋아지거든요. 혹시 무슨 노래 좋아하세요?"

"저는 클래식 음악을 좋아해요."

"아, 저도 가끔 클래식 음악을 들으면 마음이 편안해질 때가 있더라고요."

"그래요? 나는 클래식 음악 좋아하는 사람 만나면 동질감이 느껴지던데 내 주위에는 클래식을 좋아하는 사람은 없고 팝송 좋아하는 사람들이 대부분이거든요."

향단이 몸을 앞으로 숙이며 말했다.

"그렇다고 해서 클래식 음악을 잘 알지는 못해요. 그냥 듣고 느낄 뿐이에요."

나는 이렇게 말하며 바라본 향단의 얼굴에서 희미하게나마 환희의 빛이 새어 나오고 있음을 느낄 수 있었다. 나는 내 혀가 입천장에 달라붙어 더 이상 어떤 말도 할 수 없을 것 같은 기분이 들었다. 나는 괜스레 고개를 끄덕거렸다. 나는 생각지도 않은 향단의 표정에 내심 당황했던 것이었다.

"아, 조금 전에 내 경험에 관해 물었잖아요. 사실 그 질문을 듣고 대답을 할까 말까 망설였어요. 자칫 내 말을 듣고 나를 헤픈 사람으로 볼 수도 있다는 생각이 들었거든요. 사실 나는 남자를 그렇게 많이 만나보지는 않았어요. 기껏해야 세 사람인데 내 기준에서는 많다고 생각하거든요. 그런데 하나같이 조금 친해졌다고 생각하면 어떻게 해서라도 같이 잠자리를 가지려고 안달이 나더군요. 그래서 남자들은 너나 할 것 없이 늑대 본성이 있다고 생각한 거예요."

"그런데 그 남자들이 단순히 같이 잠만 자려고 하는 게 아니라 그쪽을 진심으로 좋아해서 그랬던 것은 아닐까요?"

"진짜 그랬다고 생각하세요?"

향단은 내게 '뭘 몰라도 한참 모른다.'라는 표정을 지으면서 말했다.

"그럼 그 남자들이 향단 씨를 좋아하고 있다는 걸 못 느꼈나요?"

나는 향단의 질문을 듣고 대답 대신 다른 질문으로 되돌려주었다.

"물론 그 남자가 나를 좋아하고 있다는 생각은 했어요. 그런데 그건 본능적으로 좋아하는 거지 나를 진심으로 좋아하고 있는 건 아니잖아요. 그 남자들은 상대가 꼭 내가 아니어도 그런 감정을 느꼈을 거예요. 이성에게 느끼는 일반적인 감정쯤 되겠죠."

향단이 대답했다.

향단이 어쩌면 남자인 나보다도 남자들의 심리를 더 잘 파악하고 있을 수도 있겠다는 생각이 들었다. 향단의 말을 듣고 엄지손가락으로 내 턱밑을 매만지면서 나도 그런가, 하고 잠시 생각에 잠겼다. 그러면서 향단과 자고 싶어 안달이 났다는 그 남자들의 사진을 보고 싶다는 생각이 들었다. 과연 어떻게 생긴 남자들일까, 궁금해졌다. 만약 내가 그 남자들의 사진을 볼 수 있다면 그 남자들이 향단을 진짜 좋아했던 것인지 아니면 그냥 치마만 두르면 자동으로 침을 흘리는 늑대들이었는지 쉽게 구별할 수 있을 것 같았다. 이럴 때는 그들의 외모로 판단하는 수밖에 없을 것 같았다. 아니면 그 남자들은 향단이만의 매력을 발견했는지도 모른다. 대체 불가능한 향단이만의 매력? 내가 향단에게서 찾을 수 없는 그 매력을 그 남자들은 쉽게 발견했는지도 모른다. 어쩌면 나도 서로의 외모가 보이지 않는 암흑 속에서라면 향단의 매력을 발견하게 되는 일이 가능할지도 모른다는 생각이 들었다. 이런 생각을 하고 있자니 외모로 판단하려는 내가 속물이 된 것 같았다. 만약에 나만 그런 거라면 말이다.

그날 나를 소개팅에 데려갔던 친구와 춘향은 그날 이후 연인 사이가 되었다. 친구는 모든 것이 내 덕분이라며 고맙다고 했다.(정확히 말해서 친구는 '내 희생 덕분'이라고 했다.) 그날 이후에 나는 향단을 더 이상 만날 일은 없었다.

소개팅하고 나면 깡그리 잊어버린 다른 그녀들과는 달리 이따금 향단이 했던 말과 표정이 생생하게 떠올랐다. 길을 걷다가 우연히 스치는 사람의 못생긴 얼굴을 봤을 때 자동으로 향단과 나누었던 대화와 그녀의 표정이 생각났다. 그리고 텔레비전 개그 프로그램에서 얼굴에 웃긴 분장을 한 여자 개그우먼을 봤을 때도 향단이 생각났다.

그로부터 5년이란 시간이 흘러 친구와 춘향을 만나 결혼식 청첩장을 받던 날 춘향으로부터 향단의 소식도 전해

들을 수 있었다. 향단이 성형수술을 했다고 들었다. 내 기억으로는 전체적으로 둥글둥글했던 그녀의 얼굴이 성형 후에 전형적인 미인의 얼굴로 탈바꿈한 상태라고 했다. 아마 결혼식장에서 얼굴을 마주쳐도 누가 소개해주지 않으면 못 알아볼 거라고도 했다. 나는 그 말을 듣고 향단의 얼굴이 과연 어떻게 변했을지 무척 궁금했다. 그리고 결혼식장에서 꼭 확인하겠다고 마음먹었다. 아주 흥미진진하고 보기 드문 볼거리가 아닐 수 없었다.

결혼식 하는 날이 다가올수록 나는 점점 긴장되기까지 했다. 심지어 꿈도 꾸었다. 내가 결혼식장에서 향단을 만났는데 그녀의 얼굴이 1초마다 변하는 바람에 내가 비명을 지르는 꿈이었다. 한 번은 결혼식장에서 그녀를 마주쳤는데 미인으로 변한 그녀의 얼굴이 갑자기 터미네이터처럼 얼굴이 일그러지기 시작하더니 얼굴에 들어있던 실리콘이 마치 물엿처럼 늘어져 땅바닥에 뚝뚝 떨어지는 꿈이었다. 그런 꿈까지 꾸게 되자 나는 결혼식장에서 너무 놀라지는 말아야겠다고 생각했다. 내가 그녀의 얼굴을 보고 놀란다면 그녀가 당황할 수 있겠다는 생각도 들었다. 아마도 첫 만남에서 그녀의 못생긴 외모에 대한 선입견으로 그녀를 진지하게 대하지 않았다는 일말의 죄책감 같은 것도 작용

했던 것 같다.

드디어 결혼식 당일이 되었다. 마치 내가 결혼할 신랑인 것처럼 긴장되기 시작했다.

나는 결혼식장에 도착해서 신랑과 신부에게 축하 인사를 전하고 함께 간 친구와 함께 식장 앞쪽에 자리를 잡고 앉았다. 결혼식이 진행되는 동안 나는 얼굴을 돌려 혹시 향단이 왔는지 확인했다. 물론 성형한 얼굴을 본 적이 없었기 때문에 내가 둘러본다고 한눈에 그녀를 찾을 리는 만무했다. 그걸 알면서도 나도 모르게 주위를 둘러보게 되었다.

결혼식이 끝나도록 나는 그녀를 발견하지 못했다. 무슨 사정이 있어서 결혼식에 오지 않았나 보다, 생각하고 나는 친구 몇 명과 함께 맥주 한잔하기 위해 결혼식장 밖으로 나가고 있었다. 그때 저쪽에서 걸어오는 한 여성이 내 눈에 띄었다. 내 시선은 계속해서 그녀에게 머물렀다. 그 여성은 무릎까지 내려오는 베이지색 원피스에 하늘색 긴 스카프를 목에 두르고 있었다. 머리카락은 어깨에 닿을 정도로 길었고 전혀 과하지 않고 수수하게 화장한 얼굴은 더욱 아름답다는 생각이 들었다. 나는 순간적으로 넋을 잃고 그녀를 바라보고 있었다. 그런데 그 여성이 미소를 지으며 나에게 다가오는 것이었다. 문득 그녀가 향단일지 모른다는 생각이 들었다. 그녀가 나에게 한 발짝씩 더 가까워질수록 그녀일지도 모른다는 나의 추정은 확신 쪽으로 기울어갔다. 마침내 그녀가 내 앞에 멈춰 섰다. 나는 그녀의 아름다운 외모에 순간적으로 숨이 쉬어지지 않았다. 나는 그저 놀란 눈으로 그녀를 바라볼 뿐이었다.

그녀는 자신을 알아보겠냐고 했다. 나는 첫눈에 알아봤다고 뻥을 쳤다. 하지만 어느 정도는 맞는 말이었다. '세상에 이렇게 매력적인 여성이 되다니!' 놀라운 일이었다. 내가 몇 년 전에 봤던 향단의 얼굴은 영원 속으로 묻혔다. 이제 나는 결혼식장에서 그녀와 처음 만난 것이었다. 그리고 나는 그녀를 본 순간 그녀에게 반해버렸다. 사랑에 빠져버린 것이다. 내가 '금사빠(금방 사랑에 빠지는 사람)'란 걸 확인한 순간이었다.

그녀는 나에게 손을 내밀었다. 나는 마치 아리따운 공주의 손등에 존경과 사랑을 담아 키스라도 하려는 기사가 된 것처럼 아주 공손하게 그녀의 손을 잡았다. 그녀의 매끈한 손이 그렇게 부드러울 수가 없었다. 그녀의 손에서 전해지는 온기가 순식간에 내 온몸으로 퍼져나갔다. 그녀의 손을 놓고 싶지 않았지만, 몹시 아쉬워하며 그녀의 손을 돌려보냈다. 얼마 전에 춘향에게서 그녀가 아직 애인이 없다는 말을 들었다. 문득 그 생각이 떠올라 나는 어린아이처럼 마냥 좋았다. 나는 친구들에게 사정이 생겨서 맥주 마시러 같이 갈 수 없다고 하면서 작별 인사를 전하고 우리 둘만 있을 수 있는 곳으로 옮겨갔다.

그로부터 6개월 후에 우리는 초스피드로 결혼식을 올렸다. 나도 그녀에게 빠져있었지만, 그녀 역시 나에게 빠져있었기 때문에 결혼을 서두를 수 있었다.

*

K의 이혼 사유는 각자 이루고자 하는 꿈을 찾아 인생의 제2막을 펼치기 위해서라고 했다. 하지만 그것은 명목상의 사유일 뿐. 그 내막을 들여다보면 이혼의 원인은 생각지도 못한, 매우 원초적인 것에 있었다. 그것에 대해 누군가는 피식거리며 웃을 수도 있고, 누군가는 '뭐 그런 걸 가지고 이혼까지 하느냐.'며 혀를 찰 수도 있겠으나 만약 자신이 K처럼 그렇게 긴 세월 동안 수많은 번민 때문에 무기력한 삶을 살았다고 생각해보면 그냥 웃거나 혀를 차지는 못

할 것이었다.

K 부부의 이혼의 전조가 되었던 것은 바로 K의 조루증이었다. 참으로 원초적인 사유가 아닐 수 없다. 영화배우처럼 생긴 완벽한 외모를 가진 K가 잠자리에서 자신의 의도와 다르게 조루증이 있었다는 것은 참으로 슬픈 일이 아닐 수 없다. K는 신혼 때부터 그 증세가 나타났다. 그래도 아이도 낳고 아내도 K를 이해했기 때문에 겉으로 문제없이 살아올 수 있었다. 하지만 K 자신은 시간이 갈수록 위축되어 점차 불행하다는 생각까지 하게 되었다. 밤에 아내를 만족시킬 수 없는 남자의 자격지심이었다. K에게 있어서 밤은 무력하고 괴로운 시간일 수밖에 없었다. 그래도 딸을 생각해서 꾹 참고 지내다가 딸이 대학에 들어가자마자 두 사람은 이혼에 합의한 것이었다. K도 구속이었지만, K의 아내도 역시 구속이긴 마찬가지였다. 그래서 두 사람은 웃으면서 헤어질 수 있었다.

K는 이혼 후에 며칠 동안 같은 꿈을 꿨다. 꿈이 현실보다 더 슬펐다. 꿈인즉슨 K는 이혼하고 아내와 잠자리를 갖게 되는데 신기하게도 그 증세가 없어졌던 것이다. 그날 두 사람 모두 20년 만에 처음으로 극한의 환희를 맛보고는 '이럴 줄 알았다면 진즉에 이혼할 걸 그랬다.'는 농담을 주

고받으며 호탕하게 웃다가 깨어나는 꿈이었다. 내가 여태 껏 들어본 꿈 중에서 가장 슬픈 꿈이었다.

K는 다시 싱글의 세계로 귀환한 후에는 더 이상 밤이 무 섭지 않다는 것만으로도 세상을 다 얻은 기분이라고 했다. 우리는 20년 만에 찾은 K의 자유와 해방을 위해 쉬지 않고 축배를 들었고 그로 인해 K의 솔로 귀환 축하 파티는 다음 날까지 지속되었다.

디엠(DM)

한밤중에 날카롭게 울린 핸드폰 소리가 어둠을 사정없이 난도질했다. 벨 소리에 잠이 깬 민수는 혼곤한 상태에서 손을 뻗어 핸드폰이 놓여있는 침대 옆 탁자 위를 더듬거렸다. 사람들은 가끔 습관적이고 반복적인 일을 미처 하지 않았는데도 불구하고 당연히 했을 거로 생각하고 태연하게 있다가, 불현듯 진실이 불쑥 깨어나 신호를 보낼 때야 비로소 '아차!' 하고 탄식을 내뱉으며 그 기억의 부재를 깨닫곤 한다. 민수는 잠들기 전에 핸드폰 무음 설정을 깜박한 것이었다. 이런 일에 다른 사람이라면 그럴 수도 있을법한 일로 치부할 수 있을 것이다. 하지만 자못 세심한 민수가 핸드폰 무음 설정을 잊었다는 것은 정신이 다른 어딘가에 쏠리지 않고서는 있을 수 없는 일이었다. 민수의 정신을 산란하게 만든 건 지난밤 SNS를 통해 받은 한 통의 디엠이었다. 그 디엠을 받은 뒤로 민수는 마치 마법에 걸리기라도 한 것처럼 과거의 어디론가로 달려가 열심히 기억을 파헤치기 시작했다.

석 달 전까지만 해도 민수의 SNS 계정은 비공개였다. 그런데 SNS 계정을 공개로 전환하고 3개월 만에 팔로워가 만 명이 넘어섰다. 키 185cm, 몸무게 70kg인 민수는 평상시 운동을 좋아해서 호리호리하면서도 탄탄한 근육으로 무장하고 있었고, 얼굴은 연예인 못지않게 잘생긴 편이었다.

계정을 공개로 전환한 민수는 디카시에 매료되어 디지털카메라로 찍은 사진과 함께 짧은 글을 SNS에 꾸준히 올리고 있었고 최근에는 헬스클럽에서 운동하는 사진과 얼굴 사진도 올렸다. 갑작스럽게 팔로워가 늘어나면서 디엠을 보내는 사람들이 많아졌다. 대부분은 민수의 외모 칭찬과 만나고 싶다는 내용이었다. 어떤 사람들은 자기 사진과 프로필을 보내기도 했다. 민수는 받은 디엠을 대충 훑어보지만, 어떤 디엠에도 답글을 달지 않았다. 그런 무가치한 메시지가 많아지면서 민수는 계정을 다시 비공개로 할지 생각 중이었다. 그러던 중에 한 통의 디엠을 받은 것이다. 거기에는 '한민수! 너는 잘살고 있구나. 세상 참 불공평하다.'라고 쓰여 있었다.

민수는 메시지를 읽고 순식간에 표정이 얼어붙었다.

얼마 전 매스컴에서 유명인들에 대한 학창 시절 폭력 의혹을 제기하는 기사들이 쏟아져 나왔다. 스포츠계와 연예계에서 좋은 이미지를 얻고 있던 유명인들이 학창 시절에 친구들에게 폭력을 행사해 신체적, 정신적 피해를 줬다는 제보들이었다. 10년이 지나고 20년이 지나도 그때의 트라우마로 우울증과 불안장애를 겪었고 그 고통은 아직도 진행 중이라는 피해자들의 제보도 있었다. SNS에 올라온 제보의 대부분이 사실로 밝혀지면서 이른바 잘나가던 몇몇 스타들은 끝도 없이 추락하고 말았다. '저렇게 좋은 이미지를 가진 사람이 그렇게 악한 짓을 했을 리가?' '믿어지지 않는다.' '겉만 보고 사람을 판단해서는 안 된다.' 등등의 수천 개의 댓글이 줄줄이 달릴 정도로 대중의 반응은 실망과 분노로 들끓었다.

이러한 학교폭력 제보를 빠르게 퍼 나르는 것은 다름 아닌 SNS였다. SNS가 있는 한 떳떳하지 못한 과거로부터 더이상 자유로울 수 없는 세상에 우리는 살고 있었다. 그런 와중에 민수가 받은 한 통의 디엠은 민수의 과거를 헤집어 놓기에 충분히 위력이 있었다.

중학교에 막 입학했을 때 민수를 괴롭힌 놈이 하나 있었다. 그때 민수는 가해자가 아닌 피해자라고 할 수 있다. 그 친구의 이름은 최호열이었다. 호열은 될 수 있으면 민수와 많은 것들을 같이하고 싶어 했다. 호열이 민수를 친구로서 좋아한 것은 분명했다. 하지만 받아들이는 민수의 입장에서는 호열은 벗어나고픈 굴레였다. 호열이 민수를 데려가는 곳은 민수와는 전혀 어울리지 않는 곳이었고 만나는 사람들도 관심 밖 딴 세상 사람들이었다.

호열은 중학생인데도 키도 크고 몸도 건실했다. 성에 빨리 눈을 뜬 상태였고 여고생들과 주로 어울려 놀았다. 호열의 집에는 옥탑방이 있었는데 호열은 그곳을 놀이터처럼 사용하고 있었다. 옥탑방 한 면에는 무협지와 일본 성인 만화가 탑처럼 쌓여있었다. 시험 기간이면 호열은 민수를 집에 데리고 가서 함께 공부하자고 했다. 하지만 호열은 시험공부를 시작한 지 한 시간도 채 안 지나서 성인 만화를 꺼내 보기 시작했다. 그러면 민수는 호열에게 핀잔을 주곤 했다. "미친놈! 시험공부하자는 말을 말지." 사실 호열은 학교에서 '짱'을 먹고 있었다. 그 덕분에 다른 양아치들이 민수를 건들지 못했다. 호열은 만능 스포츠맨이었지만, 공부라는 말만 들어도 졸음이 쏟아져 10분도 채 되기 전에 코까지 골아대며 잠들어 버렸다. 그래서 호열은 성적이 전교에서 1% 안에 드는 민수와 어울리면서 공부의 내공이라도 저절로 생기기를 기대하고 있었다. 사실 처음에 호열은 부모의 성화에 못 이겨 공부 잘하는 민수와 어울리게 되었다. 호열의 부모가 담임선생에게 호열의 공부에 도움이 될만한 친구를 추천해달라고 했고 담임선생은 민수를 소개해줬다.

하지만 공부는 습관이 중요한데 호열은 공부하는 습관이 들기도 전에 부정행위 할 생각부터 했다. 호열은 과학시험 중에는 과감하게 민수의 답안지를 가져가서 그대로 베끼기까지 했다. 문제는 호열이 민수가 틀린 주관식 문제까지도 그대로 베꼈다는 것이다. 결국 이 일은 과학 선생에게 발각되고 말았다. 과학 선생이 호열의 답안지를 채점하면서 민수와 호열의 부정행위를 확신하고 둘을 상담실로 불렀다. 현장에서 잡은 게 아니었기 때문에 선생은 별다른 조치 없이 경고만 주고 지나가겠다고 했지만 민수에게 남긴 한마디는 두고두고 민수의 마음을 아프게 했다.

"난 너를 믿었는데, 실망스럽다."

민수가 가장 좋아하는 과목이 과학이었기 때문에 민수

에게 과학 시간은 가장 흥미로운 시간이었다. 하지만 이 일로 인해 민수는 고개도 제대로 들지 못한 채 수업을 들어야 했다. 민수는 속으로 호열에게 멍청한 놈이라고 쏘아붙였지만, 시간이 지나면서 멍청한 것은 바로 자신이었다는 것을 깨달았다. 민수는 부정행위 하려는 호열에게 확실하게 거절했어야 했는데 거절의 표현조차 하지 않았던 것이다. 민수는 그런 자신이 한없이 부끄러웠다. 결국 자신이 호열의 방종을 못 본 체했기 때문에 일어난 일이란 생각이 들었다.

민수는 호열과 있으면 불편했다. 그럼에도 민수가 호열과 어울려 다녔던 것은 호기심 때문이었다.

민수는 어머니와 단둘이 살고 있었다. 민수의 아버지는 민수가 어렸을 때 교통사고로 돌아가셨다. 민수네 집은 경제적으로 여유롭지 못했다. 반면에 호열의 집은 대를 이어 탄탄한 기업을 운영하는 부잣집이었다. 민수가 여유롭지 못한 자신의 가정형편에 대해 생각이 많던 시기에 호열이 민수와 친구가 되고 싶다며 민수에게 다가온 것이었다. 울타리 너머 이웃집에 대한 호기심 때문에 민수는 호열이 자신에게 다가오는 것을 냉정하게 거부하지 못했다.

호열은 참으로 별난 놈이었다. 학교 수업 시간에 주로

책상에 엎드려서 잠자는 날나리들과는 달리 호열은 야한 잡지나 무협지를 교과서나 공책으로 가리고 침을 흘리며 탐독하곤 했다. 가끔 같은 부류끼리 서열 싸움을 하기도 했는데 호열이 늘 승자였다. 그의 큰 주먹은 돌처럼 강력했다. 그는 어렸을 때부터 태권도를 해온 터라, 그의 발차기는 환상적이었다. 호열은 선 채로 발을 180도까지 들어 올릴 수도 있었다. 한 번은 발을 들어 올려 상대의 등을 찍어 내리자 상대는 단발성 비명과 함께 땅바닥에 고꾸라지고 말았다. 그는 자신이 즐겨 보던 무협지의 한 장면을 재현하며 쾌감을 느꼈다. 그렇게 살벌한 그 녀석이 민수의 짝지였다. 부자인 부모 밑에서 망나니 생활하던 호열은 성실해 보이는 민수와 친구가 되고 싶어 했다. 사람은 원래 자신과 완전히 다른 사람에게 끌리는 법이었다. 그것 또한 호기심이었다.

호열의 아버지는 친절하고 멋진 사업가였고, 호열의 어머니는 믿음이 충실한 가톨릭 신자였다. 호열에게는 3살 위 누나가 한 명 있었다. 집에 갈 때마다 호열의 가족들은 민수를 반갑게 맞아 주었다. 호열의 어머니는 항상 밥 먹고 가라며 맛있는 음식을 만들어주었다. 호열의 아버지는 아주 소탈했고 민수를 편안하게 대했다. 호열의 누나는 친

동생인 호열보다 민수를 더 좋아했다. 처음에 민수에게 호열은 상당한 스트레스였다. 하지만 민수가 호열의 가족들과 친분이 쌓이게 되면서 처음에 호열에게서 느꼈던 거부감은 점차 누그러졌고 점차 호열의 집 분위기가 부럽기까지 했다. 민수는 이토록 화목한 집에서 살면서도 난잡하게 생활하는 호열을 도무지 이해할 수 없었다. 시간이 지날수록 민수는 호열의 집을 자기 집처럼 드나들게 되었다. 민수는 집에 있으면 혼자서 지내야 하지만 호열의 집에 가면 사람 사는 온기가 느껴지기 때문에 호열의 집에 가는 것을 좋아했다.

민수는 밤새 잠을 설쳐서인지 아침에 일어나기가 무척 힘들었다. 하룻밤 사이에 물먹은 솜이불처럼 몸이 무거워졌다. 침대 끝에 걸쳐 앉아 한참 동안 앉아있어도 자몽한 정신은 쉽게 회복되지 않았다. 민수는 욕실로 들어가 차가운 물로 샤워한 후에야 비로소 혼곤한 상태에서 빠져나올 수 있었다.

출근 준비를 마친 후, 민수는 핸드폰을 집어 들어 SNS를 확인했다. 혹시 다른 디엠이 와 있지나 않은지 궁금해서였다. 여러 페이지가 넘어가도록 아직 확인하지 않은 메시지

들이 대기하고 있었지만, 하나같이 민수에게 관심을 보이는 사람들이 보낸 것들이었다. 민수는 계정을 비공개로 설정하려고 설정 창에 이르렀을 때 문득 비공개로 한다면 디엠을 보낸 사람을 영영 알 수 없게 될 거란 생각이 들었다. 한편으로는 누가 디엠을 보내는지 모른 채 살아가는 것이 오히려 좋을지도 모른다는 생각도 들었지만, 자신은 그렇게 할 수 없다는 것을 이미 알고 있었다. 민수는 어젯밤에 이미 그 디엠을 보낸 사람이 누구인지를 밝혀야겠다고 마음먹었다. 그러면서 민수는 밤새 과거를 뒤적거리느라 잠을 놓쳐야 했다. 받은 디엠에 답글을 달아 누구인지 물어볼 수도 있었지만, 민수는 그렇게 하지 못했다. 아이디를 눌러 이동한 상대의 계정은 아무런 단서도 없는 깡통 계정이었기 때문이다. 상대의 계정에 아무런 단서가 없다는 것을 확인했을 때 민수는 왠지 상황이 안 좋은 쪽으로 흘러가고 있는 예감이 들었다. 이제 다음 디엠이 올 때까지 기다리든지 아니면 그전에 과거의 기억을 파헤쳐서 실마리를 찾아내는 수밖에 없었다.

민수는 엘리베이터 버튼을 누르고 기다리는 그 짧은 순간에도 메시지에 적힌 문장들을 반복해서 떠올리며 누가 그런 디엠을 보냈을지를 추론했다. '내 이름이 한민수라는 것은 SNS 피드에 공개된 정보다. 그리고 '너는 잘살고 있구나.'라는 말은 누구라도 피드 사진을 보고 말할 수 있을 것이다. 그렇다면 '세상 참 불공평하다.'는 어떤가? 이 문장은 자신이 잘살고 있지 않다는 의미였다. 또한 단순 비교할 수 없는 두 사람의 삶을 불공평이라는 단어로 비교하고 있다. 그렇다면 그 사람은 나로 인해 어떤 불이익을 당했다는 것인가?'

땡! 엘리베이터 문이 열렸다. 민수는 1층 버튼을 누르고 벽에 살짝 기대어 잠시 눈을 감았다.

'아무 일도 아닌데 지금 내가 너무 과민하게 반응하는 것은 아닐까? 그래, 그럴 수도 있다. 내가 조금 예민했을 뿐이야. 사람은 보통 별일 없이 잘살다가도 가끔 마음이 약해질 때 스치는 바람에도 휘청거릴 수 있는 거니까. 그래, 그렇게 생각하고 잊어버리자.'

엘리베이터가 1층에 도착해 문이 열리자, 민수는 벽에 걸린 거울을 보며 가슴을 펴고 미소도 지어본 다음 출근길에 올랐다.

민수는 이태원에 있는 한 주차장에 차를 세우고 바로 옆 5층짜리 건물로 들어갔다. 그 건물에는 1층에는 디저트 카페, 2, 3층에는 유명 의류매장, 4층에는 헬스클럽, 5층은 사무 공간이었다. 민수는 5층에 있는 한 사무실로 향했다. 사무실에 들어가서 몇 명의 직원들과 인사를 나누고 대표 이사라고 쓰인 문으로 들어갔다. 민수는 유통업과 헬스 관련 사업을 하고 있었다. 회사 수익이 점점 늘어가면서 최근에는 사무실 직원만 하더라도 30명으로 늘어난 상태였다. 거기에 더해 사무실이 입주해 있는 건물도 민수의 소유였다. 민수는 조물주보다 위라는 건물주였다. 일반적인 시선으로 봤을 때 민수는 확실히 젊은 나이에 성공한 케이스였다.

잘나가는 청년 사장인 민수는 오후 5시까지 사무실에서 업무를 보고 아래층에 있는 헬스클럽에 내려가서 한 시간 넘게 운동하는 것이 하루의 루틴이었다. 운동 후에는 주로 여자친구나 지인들을 만나 저녁 시간을 즐겼다. 아파트로 돌아와서는 컴퓨터로 업무 관련 메일을 확인하고 클래식 음악을 들으며 책을 읽었다. 여행을 좋아하는 민수는 가을에 한 달간 해외여행을 다녔다. 여행지를 선택해서 한 달 동안 현지에서 살면서 다양한 체험을 여유 있게 즐기는 것을 좋아했다. 여자친구와 일정이 맞으면 함께 여행을 떠나기도 하고 그렇지 않으면 혼자서 떠나기도 했다. 민수 여자친구 역시 부모에게서 물려받은 사업체를 운영하고 있었기 때문에 어떻게 보면 민수보다 더 바쁜 사람이었다.

민수가 만나는 친구들은 대부분 대학교 때 친구들이었고 그 이전의 친구들 중에는 연락하고 지내는 사람이 없었다. 민수의 어머니는 남해에서 펜션을 운영했다. 그 펜션에서 내려다보이는 경치가 무척 아름다웠다. 물론 그 펜션은 민수가 어머니를 위해 마련한 것이었다. 어머니는 자신처럼 혼자 사는 이모와 함께 펜션을 운영하고 있는데 추운 겨울을 제외하고 손님들이 끊이질 않았다. 겨울철은 어머니와 이모에게는 휴가 기간이나 마찬가지였다. 사실 겨울에도 남해의 절경을 감상하기 위해 찾는 관광객들이 있으나 일부러 손님을 제한적으로 받아 여유 있게 보냈다.

민수는 아버지가 죽고 난 후 혼자되어 거친 세상을 헤쳐 나오느라 고생한 어머니를 생각할 때마다 마음이 아팠다. 그래서 어머니가 편안하게 여생을 즐기며 살아갈 수 있도록 펜션을 마련한 것이었다. 민수는 지금까지 한 일 중에서 그 일이 가장 잘한 일이라고 생각했다. 그런 민수를 볼 때마다 이모는 "세상에 너 같은 효자 없다. 네가 최고다." 라고 말하며 칭찬을 아끼지 않았다.

그렇다면 민수는 어떻게 해서 지금의 위치에 이르게 되었을까. 어떻게 해서 민수는 이제 갓 서른의 나이에 서울 이태원에 자리한 5층짜리 건물을 소유하고 있으며 유통업체뿐만 아니라 헬스클럽까지 운영할 수 있었단 말인가. 민수는 집안의 도움을 받은 것도 아니었다. 그렇다고 로또복권에 당첨된 것도 아니었다. 그렇다면 누군가로부터 상당한 재산을 상속받지 않고는 민수가 지금의 위치에 서게 된 것을 설명할 수 없을 것이다.

요즘 인터넷에 떠도는 농담 중에 청년세대의 장래 희망이 건물주가 되는 것이라는 말이 있다. 언제나 세상은 만만치 않았지만, 유달리 요즘 청년세대가 더 힘들게 느껴지는 이유는 청년들이 느끼기에 사회가 공정하지 않기 때문이다. 열심히 준비하면 이루고자 하는 목표를 달성할 수 있도록 기회가 공평하게 주어져야 하는데 지금의 사회는 그렇지 못하다고 그들은 느끼는 것이다. 여유롭지 않은 집안 출신의 청년들은 학자금 융자로 대학을 다니고 그것도 모자라서 갖가지 아르바이트를 해야 생활비를 충당할 수 있는 형편이다. 졸업한 후에도 융자금을 상환하느라 몇 년 동안은 허리띠를 졸라매고 빠듯한 생활을 해야만 한다. 그것도 취직한 청년에 해당하는 이야기다. 취직에 계속해서 실패하는 청년들은 융자금을 상환하는 것이 막막하기만 하다. 여유 있는 집안 출신 청년들은 해외로 유학 가서 기업체에서 선호하는 스펙을 쌓거나 국내에서 영향력 있는 부모의 후원으로 손쉽게 그럴싸한 스펙을 쌓는다. 그래서 많은 청년들은 출발선부터 다르다고 말한다.

이렇게 힘들게 오늘을 살아가는 청년들에게 민수가 그들의 '워너비'가 되는 것은 당연했다. 그래서 민수 주위에는 민수의 멘티가 되고 싶어 하는 젊은이들이 많았다. 민수가 5시 이후에 헬스클럽에 내려가기 때문에 같은 시간에 운동하며 친분을 쌓으려고 헬스클럽에 등록한 젊은이들도 꽤 많았다. 민수도 여유로운 집안 출신이 아니라서 그들의 입장을 잘 이해할 수 있었다. 또한 민수는 평상시에 사회에 대해 부채 의식이 있었다. 민수는 자신이 사회로부터 특별한 혜택을 받았기 때문에 지금 이 자리에 닿을 수 있었다고 생각하고 있었다. 그렇지 않았다면 민수 자신도 암울한 현실에 눌려 찬란함이 무엇인지도 모르고 헉헉대며 살아가는 가엾은 청춘에 불과했을 것이다. 그런 생각이 들 때마다 민수는 더욱더 그들에게 조금이라도 도움을 줘야겠다고 다짐하곤 했다. 그래서 민수는 동생들이라고 생각하고 될 수 있으면 그들에게 필요한 조언을 해주려고 하는 편이었다. 최근에는 스타트업에 관심이 있는 청년들에게 실질적인 조언을 해주고 있었다.

6월로 들어서자 따가운 햇볕과 후텁지근한 공기는 무더운 여름이 다가오고 있음을 알렸다. 민수는 여느 날과 다름없이 일과를 마치고 집에 와서 음악을 들으며 한동안 들어가지 않았던 SNS를 확인했다. 그동안 민수 자신은 들어오지 않았어도 팔로워는 꽤 늘어나 있었다. 디엠도 많이 와 있었다. 하지만 민수는 디엠을 확인할까 말까 잠시 망설였다. 그러다 민수는 뭔가 결심한 것처럼 디엠함을 열어 하나씩 훑어내렸다. 끝까지 확인해봐도 굳이 답글을 남길 필요가 없는 내용들이었다. 민수는 SNS를 확인한 후 마음이 한결 가벼워졌다. 민수는 냉장고에서 캔맥주 하나를 꺼내 딴 다음 유리컵에 얼음 두 개를 넣고 맥주를 부었다. 가볍게 시원한 맥주를 마시고 잠잘 생각이었다. 맥주를 다 비우고 컵을 씻고 찬장에 올려놓은 다음 불을 끄고 침대에 누웠다. 유튜브에서 수면에 도움이 되는 잔잔한 음악을 찾았다. 조용한 산사에서 들리는 새소리, 풍경소리, 바람 소리가 담긴 백색소음을 들으며 잠을 청했다.

민수가 한참 잠에 빠져들고 있을 때, 핸드폰이 울렸다. 늦은 밤 자칫 폭력과도 같은 전화벨은 민수의 평화로운 시간을 순식간에 앗아가 버렸다. 민수는 핸드폰을 들고 일단 발신자를 확인했다. 하지만 발신자 정보가 뜨지 않았다. 순간 민수는 받을지 말지 갈등하다가 급한 일일 수도 있다는 생각이 들어서 전화 수신 버튼을 눌렀다.

"여보세요?" 전화 거는 사람이 아무런 대답이 없자 민수는 다시 한번 "여보세요?"라고 말했다. 하지만 상대는 한참 동안 듣고만 있다가 아무런 말도 없이 끊어버렸다. 민수는 너무 황당했다. 민수는 핸드폰을 내려놓고 다시 잠을 청했다. 잠시 끊겼던 자연의 소리도 다시 재생되었다. 눈을 감고 조금 전에 느꼈던 그 기분을 다시 느끼려고 노력했다. 하지만 민수는 이미 마음이 산란해진 상태라서 오래도록 뒤척여야 했다.

토요일 아침이 밝았다. 아침에 여유로운 시간을 보내고 있는데 갑자기 초인종이 울렸다. 비디오 폰으로 확인할 수 없어서 나가보니 아무도 보이지 않았다. 한 시간쯤 지나서 다시 초인종이 울렸고 이번에도 밖에는 아무도 없었다. 두 번째 초인종이 울린 후부터 민수는 급격히 초조해졌다.

민수의 머릿속에서는 수많은 생각들이 들끓고 있었다. '한 번이면 그냥 지나칠 수 있는 일인데, 두 번이나 벨을 누르고 사라지다니, 누가 나를 놀리려고 그런 걸까? 아니면 환청인가? 아니야, 그럴 리가 없다. 내가 두 번씩이나 환청을 들을 리가 없다. 그럼 누굴까? 혹시 그 메시지를 보낸 사람이 집을 찾아낸 것일까. 아니다, 그럴 리는 없다. 집 주소는 공개되지 않았다. 만약 다른 방법으로 집 주소를 찾았다면? 내가 잘 다니는 장소에서 나를 기다리고 있다가 미행한 후에 집을 알아낸 거라면? 아니야, 그건 확률적으로 가능성이 희박하다. 아주 가능성이 없는 것은 아니지만……'

민수는 다소 비장한 마음으로 현관문을 열고 나가 계단을 타고 천천히 1층까지 내려갔다. 혹시라도 무슨 단서라도 얻을 수 있지 않을까 해서였다. 아파트단지를 천천히 살피면서 한 바퀴 돌았지만 아무런 단서도 얻을 수 없었다. 그냥 지나가는 사람들뿐이었다. 누군가 차 안에서 민수를 보고 있을 수도 있다는 생각에 주차장을 지나며 주차된 차 안에도 유심히 보고 지나갔다. 그렇게 민수는 30분 정도 아파트단지를 돌아다니다가 다시 집으로 올라왔다.

집에 오자마자 갑자기 피곤이 몰려와 침대에 쓰러지듯 누웠다. 민수는 아무런 생각도 하고 싶지 않았다. '내가 너

무 예민한 건지도 몰라. 그래, 별일 아니야.'

민수가 침대에서 눈을 떠 시계를 봤을 때는 오후 3시가
지나고 있었다. 민수는 며칠 동안 잠을 제대로 자지 못했
다. 이렇게라도 잠을 자고 나니 몸이 한결 가벼워진 것 같
았다. 민수는 그동안 자신을 휘감았던 생각들을 날려 보내
고 싶어 베란다 창문을 활짝 열고 로봇청소기를 작동시켰
다. 민수도 걸레로 구석구석 청소하기 시작했다. 욕실 청소
까지 끝내니 기분이 훨씬 후련했다.

민수와 호열은 중학교를 졸업하고 고등학교에 들어가
서도 함께 어울려 다녔다. 학교는 다르지만 학교가 끝나면
민수는 항상 공공도서관에 가서 책도 읽고 학교 공부도 했
다. 민수는 집안 형편이 여유롭지 않아서 지금 공부를 열
심히 할수록 자신의 장래가 밝아진다고 생각했다. 도서관
은 민수의 꿈이 자라는 인큐베이터나 마찬가지였다.

호열은 친구들과 어울려 놀다가 두 시간 정도 후에 민수
가 있는 도서관으로 왔다. 도서관에서 호열은 공부에는 관
심이 없었고 민수 옆자리에서 귀에 이어폰을 꽂고 유튜브
를 보거나 게임을 했다. 민수는 그런 호열에게 이럴 거면

도서관에 오지 말고 차라리 집에 가서 편안하게 쉬라고 말했다. 하지만 호열은 막무가내였다. 호열은 공부에는 관심이 없었지만 공부하는 민수 옆에 있는 건 좋았다. 무엇보다도 호열의 부모가 호열이 방과 후에 민수와 함께 도서관에 있는 것을 좋아했다.

민수는 고등학교에서도 성적이 상위권을 유지했다. 호열의 부모는 과외나 학원에 다니지도 않고 혼자 공부하면서도 상위권을 유지하고 있는 민수를 무척 대단하게 생각했다. 한편 호열의 부모는 호열에게 과외를 받도록 했지만 호열의 거부로 무산되고 말았다. 그래서 호열의 부모는 호열이 민수와 함께 과외를 받을 수 있도록 했고 영어 회화 학원에도 등록해주었다. 호열은 민수랑 함께 과외를 받는 것에 대해 좋게 생각하고 있었고 같이 영어 회화 학원에 다니는 것도 재밌어했다. 민수는 아무리 호열의 부모가 아들을 위해 한 것이지만 혜택을 입게 되어 호열에게 고마워했고 호열의 부모에게도 아들처럼 잘 대하려고 노력했다. 과외도 그냥 과외가 아니라 고액 과외였고 영어 학원도 자격을 갖춘 원어민 강사가 가르쳤기 때문에 수강료가 꽤 비쌌다. 민수는 호열 덕분에 자신의 가정형편으로는 도저히 생각조차 못 할 혜택을 누리며 실력을 쌓아갔다. 고등학교 2학년이 되자 민수는 전교에서 1등을 놓치지 않았고 그로 인해 학교 선생님들의 관심도 커졌다. 학교에서는 민수가 모교를 빛내줄 수 있다고 판단하고 세심한 관리에 들어갔다.

호열은 영어 회화에 관심을 보였지만 그것을 제외한 과외 시간에는 그냥 지루한 시간일 뿐이었다. 호열은 자신이 영어에 관심을 두고 조금씩 실력이 나아지고 있는 것은 순전히 민수 덕이라고 생각했다. 고등학교 3학년 1학기가 끝날 무렵, 호열의 부모는 호열의 장래를 위해 호열을 미국으로 유학 보내기로 했다. 호열의 영어 실력이 늘고 있었기 때문이었다. 호열의 부모는 유학이 호열을 변화시켜줄 것이라고 믿는 수밖에 없었다. 호열의 부모는 호열이 먼저 랭귀지 스쿨에 다니다 보면 자신이 공부하고 싶은 분야가 생길 거로 생각했다. 다행히 미국 뉴욕에 호열의 외삼촌이 살고 있었기 때문에 보다 적극적으로 호열을 설득하게 되었다.

호열도 고등학교를 졸업하고 한국에서 대학에 들어간다 해도 자신이 하고 싶은 게 딱히 없었기 때문에 대학에 다니는 것 자체가 시간 낭비라고 생각하던 참이었다. 많은 생각 끝에 호열은 고등학교를 졸업하자마자 미국으로 떠나기로 했다. 호열의 마음에 걸리는 것은 단 하나, 민수와 헤어지는 것이었다. 처음에 호열에게 민수는 호기심 대상이자 무료한 시간을 같이 보내 줄 대상 정도였는지 모르지만 6년 가까이 시간을 함께 보내다 보니 떨어진다는 것이 오히려 실감 나지 않을 정도로 각별한 사이가 되어 있었다. 호열의 부모로부터 호열에 대한 계획을 듣고 민수도 마음 한구석이 휑한 기분이 들었다. 2학기에도 여전히 둘은 함께 과외를 받고 영어 학원도 다녔다. 얼마 지나지 않아 민수는 수능을 보기도 전에 서울대 수시 입학이 확정되었고, 호열도 미국에 사는 외삼촌의 도움으로 입학 준비가 끝나자 미국으로 떠나게 되었다.

호열이 미국으로 떠나고 난 후에도 민수는 호열의 부모에게 자주 연락하고 호열의 집을 방문해 식사도 하면서 호열의 자리를 메웠다. 민수에게 호열의 부모는 자신의 꿈을 이루는 데 큰 도움을 준 은인이었다. 그래서 민수는 더욱 호열의 부모에게 잘하려고 했다.

여름방학 때는 호열의 부모와 함께 뉴욕으로 호열을 보러 가기도 했다. 호열은 부모가 마련해준 고급 아파트에서 생활하고 있었다. 하지만 호열은 미국 생활에 적응하지 못했고 자주 같은 부류의 한국 유학생들과 어울리며 화려한 파티를 열면서 술과 여자에 빠져 살았다. 호열은 민수에게 미국 생활에 대해 솔직하게 털어놓았다. 호열은 돈은 있고 공부에는 관심 없는 학생들끼리 어울려 다니며 방탕한 삶을 살고 있지만 딱히 재미 붙일 일이 없어서 그러는 거라고 했다. 민수는 호열이 걱정돼 도울 방법을 생각해 봤지만, 호열이 한국으로 돌아가고 싶어 하지 않았기 때문에 한 학기 정도 더 지켜보기로 했다. 민수는 호열의 부탁으로 호열의 부모에게 이 사실을 털어놓지 못했다.

시간이 지나면서 호열의 알코올 의존도는 더 심각해져서 급기야 외삼촌이 호열의 부모와 상의 끝에 호열을 알코올 중독 치료를 위해 뉴욕 근교에 있는 병원에 입원시키게 되었다.

민수는 호열이 알코올 중독 치료를 위해 병원에 입원했다는 사실을 그때 곧장 알지는 못했다. 호열의 부모가 다른 사람들에게 알리고 싶지 않았기 때문이다. 한 번은 민수가 호열의 아버지에게 전화해서 호열과 전화 연락이 안 되는데, 혹시 집에는 연락이 오는지 물었을 때도 호열의 아버지는 호열이 여행 간다고 했다면서 당분간은 연락이 안 될 거라고 했다. 하지만 지난번 뉴욕을 방문했을 때 호열에게 직접 들었던 말이 생각나 뭔가 말하고 싶지 않은 일이 있는 거라고 생각했다. 그렇다고 호열과 약속 때문에 호열이 말했던 것을 그대로 호열의 아버지에게 말할 수는 없었다. 민수는 그렇게 호열의 행방을 한동안 모른 채로 지내야 했다. 호열의 상황이 궁금했지만, 알려주는 사람이 없었기 때문에 어쩔 수 없이 연락을 기다릴 수밖에 없었다.

그 후로 1년이 흘렀다. 여름방학 동안에도 민수는 도서관에서 다양한 책을 읽고 스터디 모임을 주관하며 알차게 보내고 있었다. 그러던 어느 날 민수는 호열 아버지의 연락을 받고 호열의 집을 방문하게 되었다. 저녁 식사 초대였지만 민수는 왠지 호열에 관한 소식을 들을 수도 있겠다는 예감이 들었다.

민수가 호열의 집에 도착한 것은 오후 5시경이었다. 민수는 호열의 어머니가 좋아하는 녹차 케이크를 선물로 사갔다. 늘 그렇듯이 호열의 부모는 민수를 아들처럼 반겨주었다. 평상시처럼 식사하면서 민수의 일상에 관한 이야기가 오갔다. 식사를 끝낸 후에 민수는 호열의 이야기를 먼저 가볍게 꺼냈다.

"방학이니까 호열이도 한국에 들어왔다가도 좋을 텐데, 지금도 바쁜가 봐요. 아직도 연락이 안 돼요."

"그러게 말이다. 그럴 수 있다면 얼마나 좋겠니?"

호열의 어머니가 아쉬운 표정을 지으며 말했다.

식사가 끝난 뒤에 거실에 앉아 민수가 가져간 케이크를 먹으면서도 호열에 대해 별다른 말이 없어서 민수는 이번에도 호열에 대한 소식을 듣지 못하겠다고 생각했다. 그런데 민수가 자리를 막 일어서려고 할 때, 호열의 아버지가 조심스럽게 말을 꺼냈다.

"민수야, 호열이 소식 궁금하지?"

"네, 연락이 통 없어서 걱정되네요."

"사실은 호열이에게 사정이 생겼다. 근데 가족 말고는 아무에게도 알리지 않았어. 하지만 민수 네가 호열이에게 계속 연락하려고 애쓰면서 호열이를 걱정하는 너를 보니 차마 계속해서 모른 척할 수가 없더구나. 그래서 오늘은 너에게만은 사실을 알려야겠다고 생각했다."

"아, 그러셨군요." 민수는 더 이상 말을 덧붙이지 않고 큰일이 아니길 바라며 호열의 아버지 말에 귀를 기울였다.

"사실은 호열이가 알코올 의존증이 심해져서 뉴욕 인근에 있는 요양병원에 입원했었다. 잘 치료받고 나왔는데 몇 달 못 가서 또 술에 빠져 사는 바람에 다시 병원에 입원하게 되었단다. 그리고 몇 개월이 지나서 퇴원했는데 이번에는 마약까지 손을 댔더구나. 그렇게 해서 지금도 병원에서 치료받고 있다. 그런데 호열이는 장기적인 치료가 필요하다고 의사가 말하더구나. 의사의 조언도 있고 우리도 호열이가 가까운 곳에 있으면 자주 병원에 들여다볼 수도 있고 해서 호열이를 한국으로 데려와 치료받게 했으면 좋겠는데, 호열이가 절대 한국에 안 들어올 거라고 버티고 있단다. 그래서 민수 네가 미국에 가서 호열이를 설득해보면 어떨까 하는 생각이 들더구나. 호열이가 네 말이라면 들을지도 모르니 말이다."

"아, 그랬군요. 그동안 저는 그것도 모르고 연락 한 번 안 한 호열이한테 서운한 마음이 들더라고요. 호열이에게 되려 미안한 마음이 드네요. 저도 호열이가 한국에 돌아오는 것이 좋을 것 같은데, 아무튼 제가 호열이랑 얘기해 볼게요."

"그래, 고맙다. 지금이 방학이라 다행이구나. 언제 출발할 수 있는지 알려주면 비행기 표를 준비하마. 고맙다, 민수야."

"별말씀을요, 아버님. 호열이 일이 제 일이나 마찬가진

데요. 저는 방학이라 언제든지 출발할 수 있어요."

"그럼. 다음 주 월요일에 같이 가는 걸로 하자."

며칠 후, 민수는 호열의 아버지와 함께 뉴욕으로 가서 병원에 입원해 있는 호열을 만났다. 지난해에 미국에서 호열을 본 이후로 1년 만의 재회였다. 호열은 살이 많이 빠진 상태였다. 호열은 민수를 보자마자 눈에 눈물이 고이기 시작했다. 민수가 호열의 손을 잡으며 말했다.

"그동안 힘들었지? 왜 말 안 했어?"

호열은 민수가 등을 다독이자 주체할 수 없이 눈물을 흘렸다. 민수도 울긴 마찬가지였다. 호열이 가엾게 느껴졌기 때문이었다. 지금까지 민수가 호열에게 가졌던 편견이 와르르 무너져 내렸다. 여유로운 집에 태어나 모든 것을 갖추고 있는 호열에게 세상은 장난감 다루는 것처럼 쉬울 거라고 생각했다. 거기다가 호열의 부모까지 좋으신 분들이었다. 호열은 다 가진 것이었다. 그래서 호열은 자기가 하고 싶은 일은 무엇이나 하면서 자유롭게 살 거라고 생각했다. 민수는 그런 호열이 무척 부러웠다. 자신의 처지와 너무 다른 호열을 보면서 부러움을 삼켜야 했다. 호열의 부모가 민수를 아들처럼 잘 대해주었기 때문에 민수가 호열을 부러워하는 마음은 점차 사그라들었다.

"지금 방학이지?" 호열은 눈물을 닦으며 민수에게 말했다.

"그래. 안 그래도 방학 때 너랑 연락되면 너 보러 올까 생각도 했었어." 민수가 말했다.

"미안하다. 너에게 먼저 말했어야 했는데……"

"괜찮아. 힘들면 힘들다고 말하지 그랬어."

"내가 뭐에 홀린 기분이야. 내가 이렇게 망가질 줄 몰랐어."

호열은 그동안 마음에 담고 있었던 말을 민수에게 털어놓았다. 민수는 호열의 이야기를 듣고 호열도 나름대로 힘든 상황이었음을 알게 되었다. 민수는 호열을 보면서 겉으로 보이는 것이 전부가 아니라는 것을 다시 한번 깨달았다.

민수는 호열과 진솔한 대화를 나누며 호열에게 한국으로 가서 치료받는 게 어떠냐고 물었다. 호열이 한국에 있다면 민수가 자주 방문할 수 있고 호열도 속마음을 털어놓을 수 있는 친구가 있어서 의지가 되고 치료에도 도움이 될 것이라고 설득했다. 호열은 이런 상태로 한국으로 돌아간다는 것이 두렵다고 했다. 호열은 죄책감이 드는 것이었다. 자신의 삶을 소중하게 여기지 못한 것에 대한 죄책감이었다. 호열이 죄책감이 있다는 것은 호열도 한국으로 돌아가고 싶다는 말이라고 민수는 생각했다. 민수는 호열의 아버지와 3일 동안 호열을 찾아가서 대화를 나눈 끝에 한국에 가서 치료받겠다는 호열의 대답을 들을 수 있었다. 그로부터 한 달 후 호열은 한국으로 돌아오게 되었다. 호열은 경기도에 있는 요양병원에 입원해 약물치료와 상담치료를 받으면서 하루라도 빨리 병원에서 벗어나기 위해 노력했다.

민수는 주말이면 호열을 방문해서 같이 시간을 보냈다. 몸이 많이 약해진 호열을 위해 가까운 산에 오르기도 하고 가끔 근처 호수에서 낚시도 하면서 여유로운 시간을 보냈다. 민수는 호열에게 도움이 된다는 사실이 무척 기뻤다. 그것은 민수가 호열의 도움으로 지금의 위치에 왔다고 생각했기 때문이었다. 호열도 민수와 시간을 보내면서 민수에 대한 신뢰가 더욱 커졌다. 민수가 3학년을 마칠 즈음에 호열은 다행히 병원에서 퇴원하게 되었다. 호열의 부모는 1년 넘도록 호열을 응원해주고 마음의 안정을 찾게 도와준 민수에게 말할 수 없이 고마움을 느꼈다. 호열은 다시 미국으로 돌아갈 것인지에 대해 고민했지만, 다시 미국에 가면 도저히 빠져나올 수 없는 늪에 빨려들 것 같은 두려움 때문

에 당분간 한국에 있기로 했다. 민수는 호열이 퇴원한 후에
도 계속해서 호열이 사회에 적응하도록 도왔다.

호열은 미국에서 학교에 제대로 다닌 것도 아니라서 자
신의 미래에 대해 진지하게 고민하기 시작했다. 호열의 아
버지는 호열이 회사에 들어와 업무를 익히기를 바랐지만
호열은 회사 일에는 관심이 없었다. 다행히 호열의 누나가
회사에서 아버지를 돕고 있어서 호열이 부담감을 덜 수 있
었다. 호열은 생각 끝에 자신이 운동에 일가견이 있음을
깨닫고 헬스클럽을 운영하면서 다이어트 보조제와 식품을
온라인 매장에서 판매할 계획을 세웠다. 호열은 먼저 헬스
트레이너와 사무직원 모집 공고를 인터넷에 올렸다. 헬스
클럽은 아버지의 도움으로 차근차근 오픈 준비에 들어갔
다. 이와 함께 헬스 관련 보조제와 닭가슴살, 샐러드 등을
판매하는 온라인 매장도 준비했다. 건물의 2개 층을 임대
해서 한 층은 헬스클럽으로, 한 층은 온라인 매장 사무실
로 운영하기로 했다.

민수는 호열이 열정적으로 사업을 준비하는 것을 보고
어린 나이에 사업을 시작하는 호열이 걱정도 되었지만 호
열의 아버지가 도와주고 있었기 때문에 잘 해낼 거라고 생
각했다. 장비, 인테리어, 직원 등의 준비가 모두 끝나자 곧

장 헬스클럽과 온라인 매장을 오픈했다. 유명 헬스 트레이너들을 섭외해서 그들의 SNS를 통해 온라인 매장과 헬스클럽을 홍보하자 헬스클럽은 회원가입이 줄을 이었고 다이어트 식품과 보조제 주문도 꾸준히 늘어갔다. SNS에 운동하는 사진을 찍어 올리는 젊은 사람들이 많은 것에 착안해서 헬스클럽을 사진 촬영하기에 편리하도록 조명이나 실내 인테리어에 신경을 많이 썼다. 그러한 세부적인 아이디어가 사업 성장에 핵심적인 역할을 했다. 시간이 갈수록 온라인 매장의 매출도 놀라울 정도로 성장했고 호열은 헬스클럽 체인점을 개설할 준비에 들어갔다. 호열의 사업은 매우 성공적이었다. 호열의 사업이 안정되어 갈수록 호열의 삶 역시 안정되어 갔다.

우리는 동전의 양면처럼 기쁨 그 뒷면에 슬픔이 자리하고 있다는 것을 나중에야 비로소 알게 되는 경우가 있다.

호열이 안정된 삶을 살게 되면서 혹시라도 호열이 다시 예전 중독자로 돌아갈지도 모른다는 호열의 부모가 가졌던 불안과 걱정도 깨끗하게 사라졌다. 호열의 부모는 호열이 자랑스러웠다. 그동안 호열로 인해 신경을 많이 써왔던 부모는 그동안 누적된 피로를 해소하기 위해 유럽 여행을 계획했다. 호열의 부모는 이전부터 가지고 있었던 유럽 박물관 투어에 대한 로망을 이제라도 실현하고픈 마음이 들었기 때문이었다. 호열은 근심을 부모에게 안겨 드린 것 같아서 마음에 늘 죄책감이 있었다. 그래서 호열은 부모의 여행을 누구보다도 더 기뻐했다. 호열은 자신이 번 돈으로 부모의 모든 여행을 준비했다. 여행을 준비하는 시간이 호열과 호열의 부모에게는 최근 몇 년 중에서 가장 행복한 시간이었다. 호열의 부모는 매우 행복한 마음으로 유럽 여행을 떠났다.

민수가 호열의 부모 사고 소식을 들은 것은 여행을 떠난 지 5일 후였다. 프랑스에서 스페인으로 차를 타고 이동하던 중에 맞은편에서 과속으로 질주하던 차가 균형을 잃고 중앙선을 넘어 호열의 부모가 타고 있던 차와 정면으로 충돌한 것이었다. 이 사고로 호열의 부모는 병원 응급실로 보내졌지만 결국 둘 다 목숨을 잃고 말았다.

갑작스러운 사고로 부모를 잃게 된 호열은 정신적 충격에서 쉽게 빠져나오지 못했다. 자신은 늘 부모에게 걱정만 끼쳐드린 존재였다는 것에 죄책감이 들었다. 호열은 사업에 신경 쓸 여력이 없었다. 호열은 다시 술에 빠져 살았다.

옆에서 민수가 말려봐도 호열은 지금껏 생각 없이 살아온 자신을 도저히 용서할 수가 없어 하루도 맨정신으로 견딜 수 없었다. 또다시 호열은 알코올에 절어 살았다. 호열은 민수에게 당분간 일을 맡아달라고 부탁했다. 민수는 호열을 위해 그러겠다고 하고 당분간 대표직을 맡게 되었다. 민수에게 일을 맡겨두고 호열은 여행을 다녀온다면서 미국으로 떠났고 그 이후로 연락이 끊겼다.

민수는 강의를 들으면서 사업까지 신경 쓰느라 아주 바쁜 일상을 보냈다. 민수가 대학을 졸업할 즈음엔 사람들의 건강에 관심 증가로 헬스 관련 사업 매출이 날개 달린 듯 고공 행진을 거듭했다. 민수는 헬스클럽이 있는 건물을 매입한 후 유통업을 추가해서 운영하기 시작했고 또 유튜브 사업팀을 만들어 동기부여, 건강, 책 소개, 컨설팅 등의 콘텐츠로 다양한 채널도 운영하기 시작했다. 민수는 졸업 후 본격적으로 사업에 몰두하게 되었다. 처음에 민수는 사업을 잘 운영해서 성장시키는 것이 호열을 위하는 길이라고 생각했다. 언젠가 돌아올 호열을 위해 최선을 다해 호열의 사업을 키우겠다고 다짐했다.

민수는 평상시처럼 여유롭게 출근할 준비를 하고 있었다. 바로 그때 핸드폰에서 SNS 디엠 알람이 연달아 울리기 시작했다. 핸드폰을 들고 SNS를 열었다. 민수가 SNS 디엠 창을 열고 있는 순간에도 디엠은 계속 늘어가고 있었다.

민수는 어리둥절한 상태에서 첫 번째 디엠을 열었다. 그 순간 민수의 얼굴은 창백해지고 말았다. 모두 같은 내용이었다. 누군가가 SNS에 올린 글을 퍼 날라 민수에게 전달하면서 사실 여부를 확인하는 내용이었다. 전달된 디엠을 보면서 민수는 다리에 힘이 풀려 털썩 주저앉고 말았다. 링크된 메시지는 다음과 같았다.

'나에게는 중학교 때부터 소중한 친구가 있었다. 그 친구의 이름은 M. 공부에 영 흥미가 없는 나에게 M은 내가 갖지 못한 영역을 가진 존재였다. 친구 M은 공부도 잘하고 성실한 학생이었으니까. 그는 내가 부족한 부분을 채워주는 존재였다. 그러면서 나도 그의 부족한 부분을 채워줄 수 있는 존재이길 바랐다. M은 내가 방황할 때도 인내심을 갖고 늘 내 곁에서 기다려준 친구였다.

그는 내가 방황하며 길을 잃었을 때 나를 이끄는 북극성과도 같았다. 미국으로 유학 왔을 때 나는 술과 파티에 빠져서 제정신이 아닌 삶을 살다가 결국 술과 마약의 유혹에 넘어가고 말았다. 미국에서 병원에 입원해 치료받았지만 머지않아 다시 술과 마약의 늪에 빠지고 말았다. 그러다가 M의 설득으로 한국으로 돌아와 치료받게 되었다. 나는 M의 도움으로 중독에서 빠져나올 수 있었다. 나는 퇴원한 후에 내가 하고 싶었던 사업을 시작했고 운 좋게도 성공 가도를 달리게 되었다. 하지만 내가 행복한 삶에 도취 되어 있을 때 불행의 그림자도 거기에 와 있다는 것을 그때는 알지 못했다. 유럽 여행 가셨던 부모님은 꿈에도 생각 못 할 어이없는 교통사고로 돌아가시고 말았다. 나는 부모님에게 불효자였다. 학교 다니면서 공부는 안 하고 긴 세월 동안 방황하고 사느라 부모님께 걱정만 끼쳐드렸다. 긴 암흑의 터널을 지나 이제 겨우 성실한 삶을 살기 시작했는데 부모님은 어이없는 교통사고로 돌아가시고 말았다. 부모님의 죽음은 나를 몹시 견디기 힘들게 했다. 나는 '내가 왜 더 빨리 정신 차리지 못했을까' 하고 죄책감에 휩싸여 살았다. 하던 일도 제대로 할 수가 없어서 내가 가장 의지하는 친구 M에게 모든 것을 맡기고 한국을 떠나야 했다. 한국에서는 아무것도 할 수 없었기 때문이었다. 삶의 의미가 사라진 나는 심한 우울증에 시달려야 했다. 미국에 와서도 내 생활은 전혀 나아지지 않았다.

　극심한 우울증으로 술과 마약 없이는 견딜 수 없을 정도
였다. 나는 나 자신을 도저히 용서할 수가 없었다. 다행히
내 친구 M은 사업을 잘 성장시키고 있었다. 하지만 나는
일에는 흥미가 사라진 상태였기 때문에 멀리서 지켜만 볼
뿐이었다. 내가 한국을 떠나기 전에 친구 M은 나를 걱정하
면서 삶을 포기하지 말라고 격려해줬다. 친구 M은 내게 정
말 소중한 친구라고 믿었다. 적어도 그가 나를 강제로 정
신병원에 입원시키기 전까지는. 친구 M은 사람을 시켜 나
를 위한다는 명목으로 나를 강제로 정신병원 폐쇄병동에
가두어버렸다.

　내겐 자유의지가 있다. 나를 망치는 것은 온전히 나의
권한이어야 한다. 누구도 나의 자유의지를 무시하고 나를
막아서는 안 된다. 설령 그것이 나를 위한다고 생각한 끝
에 내려진 행위일지라도. 나는 친구 M에게 그냥 내버려 두
는 것이 나를 도와주는 것이라고 편지를 썼지만, 그는 내
의견을 무시했다. 나의 심장은 분노로 들끓었다. 도저히 내
의사와는 무관하게 나를 가둬버린 친구 M을 용서할 수 없
었다. 나는 반드시 병원을 걸어서 나가겠다고 다짐했다. 반
드시 병원을 걸어 나가서 M에게 맡겨둔 사업도 다 돌려받

겠다고 다짐했다. 그것만이 M에게 복수하는 길이라고 생각했다. 하지만 정신병원은 멀쩡한 사람도 미쳐버리게 만드는 곳이었다. 내 정신은 점점 몽롱해졌다. 시간이 흐를수록 친구 M에 대한 분노도 흐려졌다. 아무래도 내가 먹는 약 때문일 거라고 생각한다. 안정제와 수면제는 야금야금 내 이성을 지우고 있었다. 나는 친구 M에게 도저히 이곳에서 살 수가 없으니 내가 완전히 미쳐버리기 전에 병원에서 벗어나게 해달라고 계속해서 편지를 썼다. 하지만 친구 M은 완전히 치료되기 전까지는 나올 생각하지 말라는 답장만 보낼 뿐이었다.

나는 이제 그를 저주한다. 친구 M은 나를 병원 밖으로 내보낼 생각이 없었다. 그는 내가 죽을 때까지 병원에 갇혀 지내길 원하는 것이 틀림없다. 내가 돌아가면 사업체를 돌려달라고 할까 봐 이러는 것이 분명했다. 내가 M에 대한 믿음이 사라진 것은 나를 병원에 입원시켰으면서도 주위 사람들에게는 내 행방을 몰라 여기저기 수소문해서 나를 찾아다니는 척하고 있다는 것을 알았을 때였다. 이제 나는 누구도 믿을 수 없다. 나는 오래 견디지 못할 것 같다. 나는 매일 아침 기도한다. 오늘이 나의 마지막 날이 되게 해달라고 말이다. 지금 이 글도 몽롱한 정신으로 내게 남은 모든 에너지를 끌어모아 써 내려가고 있다. 이 글은 지인을 통해 공개될 거라 믿는다. 이 글이 읽힐 때 어쩌면 나는 더 이상 이 세상 사람이 아닐지도 모른다. 내가 이 글을 쓰는 이유는 그 누구도 인간의 자유의지를 빼앗을 수 없다는 것을 말하기 위함이다. 설령 스스로 파괴하는 것조차도 온전히 개인의 몫이어야 한다.'

민수가 넋을 잃고 바닥에 앉아있을 때 핸드폰이 울렸다. 민수의 여자친구였다.

"어, 누나!"

"이제 누나라고 하지 말아 줘, 내가 호열이 누나지 내가 사랑하는 자기 누나는 아니니까."

민수는 호열의 누나이자 자기의 여자친구에게 자신이 받은 디엠에 대해 말하고 그동안 호열이 병원에 입원해 있던 거였냐고 물었다.

파도타기

서울행 KTX를 타고 가던 문숙은 가방에서 꺼낸 손거울을 들여다보고 있다. 문숙은 지난밤 통 잠을 자지 못했다. 그래서였을까. 손거울에 비친 자신의 피부는 푸석하고 눈에는 실핏줄이 나뭇가지처럼 뻗어 있다. 문숙은 왠지 모를 쓸쓸함을 느낀다. 이윽고 손거울을 가방에 넣고 몸을 눕혀 의자 깊숙이 묻은 채 창밖을 멀거니 바라본다. 문숙이 바라보고 있던 창밖으로 쏜살같이 지나가는 풍경들이 아득히 흐려지면서 2020년 크리스마스가 오버랩되었다.

*

　문숙은 뉴욕에서 디자인 스쿨을 졸업하고 뉴욕 타임스 디자인팀에 취직해 뉴요커로서의 삶을 만끽하고 있었다. 그녀는 출근길에 항상 스타벅스에 들러 아메리카노 한 잔을 샀다. 그런 다음 고층 건물들이 즐비한 8번가 뉴욕 타임스 건물로 들어가 도시 뷰가 내다보이는 자리에 앉아 맥북을 열어 업무를 시작했다. 퇴근 후에는 애인인 홍석을 만나 데이트를 즐긴 후 늦은 밤 아파트로 돌아왔다. 문숙은 뉴욕에서의 이런 일상을 사랑하고 있었다.

문숙과 홍석은 같은 디자인 스쿨에서 만나 사귀게 되었다. 홍석은 어렸을 때 가족 모두 미국에 이민 온 영주권자였다. 현재 홍석의 부모는 뉴저지에서 살고 있고 홍석은 뉴욕에서 살면서 디자인 회사에 다니고 있었다. 홍석의 아파트에서 문숙이 사는 아파트까지는 도보로 10분 거리였다. 문숙은 친구와 함께 아파트를 쓰고 있어서 주로 주말이면 홍석의 아파트에서 지내는 때가 많았다.

문숙은 가끔 뉴저지에 사는 홍석의 부모를 방문해 홍석의 가족들과 함께 식사했다. 가족들도 구체적인 날짜가 정해지지 않았을 뿐 언제가 됐든 둘의 결혼을 기정사실로 받아들이고 있었다. 92년생 동갑인 문숙과 홍석은 현재의 생활에 만족하고 있어서 결혼은 될 수 있으면 삼십 대 중반에 했으면 좋겠다고 생각하고 있었다. 그러나 문숙에게 생각지도 않은 일이 일어나면서 문숙이 사랑하던 뉴욕 생활에 금이 가버렸다.

크리스마스이브에 문숙은 홍석과 데이트하고 함께 홍석의 아파트로 돌아와 잠을 잤다. 크리스마스 아침에 문숙이 홍석의 품 안에서 눈을 떴을 때 온몸이 땀에 젖어 있었고 심한 두통이 몰려와 어지럽기까지 했다. 문숙은 홍석을 흔들어 깨웠다. 잠에서 깨어난 홍석은 자기 옷까지 땀이 밸 정도로 땀범벅이 된 문숙을 발견하고 깜짝 놀랐다.

"어, 왜 이래? 온몸이 불덩이 같은데. 당장 병원에 가야겠어."

"홍석아, 나 시원한 물 좀 마시고 싶어."

홍석은 냉장고에 있는 차가운 물을 컵에 따라 문숙에게 가져갔다.

"자, 천천히 마셔봐."

문숙은 침대에서 힘겹게 일어나 물을 마셨다.

"아, 내가 왜 이러지? 내 몸이 내 몸 같지 않아. 오늘 휴일이라 병원 문 닫았을 텐데."

"오늘은 일단 응급실로 가보자. 몸이 엄청 뜨거워. 옷만 갈아입고 출발하자."

그렇게 문숙은 홍석의 부축을 받아 병원 응급실로 향했다. 다행히 문숙은 응급실에서 주사를 맞고 열이 내려 홍석의 아파트로 돌아왔다. 하지만 밤이 되면서 다시 고열에 시달렸고 연휴가 끝나고 병원에서 받은 검사 결과 의사로부터 갑상선 종양이 발견되었다는 전혀 생각지도 못했던 말을 듣게 되었다.

문숙은 처음에 실감 나지도 않았을뿐더러 자신이 암이라는 말을 믿을 수도 없었다. 문숙은 한국에 있는 부모에게 알렸다. 문숙은 부모와 의논한 끝에 한국으로 돌아가 검사를 다시 받기로 했다. 만약 수술하게 되더라도 부모가 있는 한국에서 하는 게 여러모로 더 좋을 것 같았다. 홍석과 홍석의 부모도 의료기술이 믿을만한 한국에서 치료받는 게 좋겠다며 문숙의 결정에 찬성했다. 홍석은 자신도 회사에 휴가를 내서라도 한국에 문숙과 같이 가고 싶어 했지만, 문숙은 한국에 있는 부모가 도와줄 테니 걱정하지 말라고 홍석을 말렸다. 그렇게 해서 문숙은 잠정적으로 뉴욕 생활을 중단하고 한국으로 귀국했다.

경남 양산에 거주하는 문숙의 부모는 문숙의 검진을 위해 미리 서울성모병원에 예약한 상태였다. 문숙의 부모는 공항에서 문숙을 픽업해서 서울로 올라와 병원 인근에 있는 호텔에서 하룻밤을 보냈다. 다음 날 문숙은 병원에서 정밀검사를 받았다.

일주일 후에 나온 검사 결과에서 갑상선 암뿐만 아니라 자궁에서도 종양이 발견되었다. 갑상선 암만 생각했던 문숙은 뒤통수를 얻어맞은 기분이었다. 그러면서 어디선가 들었던 것 같은 '대개 안 좋은 일은 연달아서 들이닥친다'라는 말이 떠올랐다. '나이 서른도 안 돼서 암이라니, 도저히 믿을 수 없는 일이다. 그것도 종양이 두 군데서나 자라고 있다니, 그럼 이제 내 인생은 끝나는 건가. 그럴 리가 없다. 뭔가 잘못된 것이 틀림없다. 검사 결과가 다른 사람의 검사 결과와 바뀌었을 수도 있다. 영화에서 보면 종종 그런 일이 일어날 수 있다고 했다. 아니면 꿈일지도 몰라. 꿈이 다소 길고 생생하다 싶지만 자고 일어나면 뉴욕에 있는 아파트일지도 모른다. 그것도 아니면…… 말도 안 되는 일이다. 그럼 내 인생은 어떻게 된단 말인가!'

문숙의 불안을 더욱 부채질한 것은 그녀의 엄마도 자궁암 때문에 자궁을 들어냈다는 사실이었다. 하지만 아직 결혼도 하지 않은 문숙이 자궁을 들어내야 한다는 것은 큰 형벌이었다.

문숙은 수술받기 일주일 전에 병원에 입원했다. 의사로부터 종양을 제거하고 재발만 되지 않으면 다시 정상적으로 생활할 수 있다는 말을 듣고 어느 정도 안도할 수 있었다. 문숙은 홍석에게도 이 사실을 알렸다. 홍석이 한동안 말없이 있는 걸로 봐서 상당히 충격을 받은 것 같았다. 오히려 문숙이 수술만 하면 괜찮다고 한 의사의 말을 전하며 홍석을 위로했다.

"조만간에 휴가받아서 한국에 갈 생각이야. 일단 수술 잘 받고 있어. 최대한 빨리 갈 수 있도록 해볼게."

"그럴 것까지 없어. 수술 잘 되면 조금 있다가 다시 미국에 갈 건데, 뭐."

"그래 일단 마음을 편안하게 생각하고 있어. 사랑해, 문숙아."

"나도 사랑해."

수술을 앞둔 문숙은 점점 불안감에 휩싸였다. 혹시나 살아서 수술실을 나오지 못할 수도 있다는 생각에서부터 수술하는 도중에 의사가 차마 손을 쓸 수도 없을 정도로 암세포가 퍼져 있어 그대로 덮어버리는 생각에 이르기까지 불안이 꼬리에 꼬리를 물고 꿈틀거렸다. 홍석을 두 번 다시 볼 수 없을지도 모른다는 생각에 홍석의 얼굴을 세세히 떠올려 보고 함께 보낸 시간을 마치 슬라이드를 재생하는 것처럼 되돌려 보기도 했다. 그러다가 다시 정신을 차리고 담당 의사의 말 대로 수술이 잘 될 거란 희망을 품고 더 이상 걱정하지 말자고 마음을 고쳐먹었다.

마침내 문숙은 종양 제거 수술을 받았다. 먼저 자궁 내에 있는 종양을 제거하고 다음으로 갑상선 종양을 제거했다. 의사의 예견대로 수술은 무사히 잘 끝났다. 회복실에서 문숙이 의식을 차렸을 때 수술 결과를 모르는 상태였기 때문에 일순간 혼란스러운 감정이 들었지만 의사로부터 수술이 잘 되었다는 말을 듣고 금세 안도감을 되찾았다.

문숙은 병원에 입원한 지 한 달 만에 퇴원해서 양산 부모 집으로 내려왔다. 그 집은 문숙이 미국에서 공부하고 있을 때 정년퇴직한 아버지가 전원생활을 위해 마련한 집이었다. 졸업하고 한 달간 귀국했을 때 양산에 머물면서 느꼈지만 붐비는 도시에서 동떨어진 전원풍경이 마치 비밀의 커튼에 가려져 있는 평화로운 낙원 같았다. 마을 앞 뒤로 푸른 산이 병풍처럼 펼쳐있고 앞산 발치에는 저수지가 있었다. 그 저수지 위로 새벽에 피어오르는 안개는 마치 발레 '백조의 호수'를 연상케 할 정도로 신비스럽고 아름다웠다. 뒷산은 가볍게 산책할 수 있기에 적당한 높이라서 매일 습관적으로 그곳을 오르는 마을 사람들이 많았다. 대도시의 텁텁한 공기와는 사뭇 다른 신선하고 청량한 공기를 마시며 문숙은 몸을 회복하기에 더할 나위 없이 좋은 곳이라고 생각했다.

문숙은 수술만 끝나면 미국으로 돌아갈 생각이었다. 하지만 의사가 그것은 좋지 않은 생각이라고 하면서 잠복한 암세포는 항상 기회를 노리고 있다가 심신이 허약해지는 낌새가 보이면 다시 꿈틀대는 특성이 있다는 말과 함께 당분간 일을 쉬면서 몸을 회복하는 데 신경 써야 한다고 신신당부했다. 결국 문숙은 서둘러 미국으로 돌아가려는 생각을 접고 당분간 몸을 보살피는 데에만 전념하기로 했다.

문숙은 전화로 홍석에게도 자신의 상황을 알렸다.

"홍석아, 나 의사 말 대로 당분간 여기 있으면서 몸 좀 돌봐야 할 것 같아."

"그래, 수술을 두 가지나 받았으니 당분간 몸을 회복하는 데에만 신경 써야 하는 게 당연해. 거기 있기로 한 건 잘한 결정이야. 미국에 있으면 돌봐 줄 사람도 없이 혼자 있는 시간이 많잖아. 내가 옆에서 보살핀다고 해도 한계가 있을 거고, 지금으로서는 부모님과 함께 지내는 게 가장 좋은 선택인 것 같다."

"그럼, 일단 내 아파트 짐을 챙겨서 자기 아파트에 보관 좀 해줘. 내가 룸메이트에게 연락해 놓을게. 회사에는 일단 휴직서를 낼 생각이야."

"그래, 아파트 정리는 내가 알아서 할 테니까 걱정하지 마."

"홍석아, 고마워, 그리고 사랑해."

"고맙기는, 나도 사랑해."

집에 온 다음 날 문숙은 산책 삼아 마을을 천천히 돌아보기로 했다. 자궁 종양 제거 수술한 이후에는 잠깐 걷는 것도 조심스러웠다. 의사는 문숙에게 한꺼번에 무리하지 말고 걷는 것을 서서히 늘려가라고 조언해 주었다. 그날 역시 마을은 한적하고 평화로워 보였다. 매일 아침 스타벅스 커피를 마시는 것을 즐겼던 문숙은 저수지 근처에 새로 생겼다는 카페에 가서 커피 한 잔 마실 생각이었다. 카페의 이름은 '아이리스' 그러니까 우리말로는 '붓꽃'이었다. 문숙은 아이리스의 꽃말이 소식과 사랑이라는 걸 알고 그곳에 가면 왠지 좋은 소식을 들을 수 있을 것 같은 막연한 생각이 들었다. 그리고 미국에 있는 홍석이 보고 싶을 때 그곳에 가면 홍석에 대한 그리움과 사랑을 더욱더 자라게 할 수 있을 것 같았다.

문숙은 아이리스에 들어가 저수지가 내다보이는 큰 창을 마주하는 자리에 앉았다. 초록 식물이 심어진 화분이 군데군데 놓여 있고 벽에는 갖가지 붓꽃 사진이 담긴 액자가 장식되어 있었다. 내부에는 월넛으로 만든 둥근 테이블이 8개가 놓여 있었고 저수지 쪽 테라스에도 3개의 테이블이 놓여 있었다. 날씨가 따뜻한 날에는 테라스에 앉아 책을 보며 차를 마시는 것도 좋겠다고 생각했다.

"어서 오세요. 처음 뵙는 분 같은데 혹시 이 마을 사세요?" 카페 사장으로 보이는 여자가 다가와 말을 건넸다.

"아, 부모님이 이곳으로 몇 년 전에 이사 오셨어요."

"아, 그러시구나. 그럼 집에 다니러 오신 거예요?"

"네, 그런 셈이죠."

문숙은 처음 본 카페 사장의 질문 공세에 약간 꺼림한 생각이 들려는 참에 카페 사장이 화제를 돌렸다.

"사실 저도 카페 오픈한 지 얼마 안 돼서 이 마을 분들을 잘 몰라요. 그래서 만나는 분마다 인사드리고 있어요."

"아, 네. 실내 장식에 신경을 많이 쓰신 것 같아요."

누가 봐도 실내 장식은 전문가의 솜씨와는 거리가 멀어 보였다. 그렇다고 해서 허술해 보이지도 않았다. 정성이 많이 들어간 것처럼 보였고 그만큼 주인의 생각을 반영한 흔적들을 곳곳에서 볼 수 있었다. 벽 페인트칠에서도 주인이 의도한 투박함을 느낄 수 있었다.

"그렇게 봐줘서 고마워요. 사실 비용을 줄일 생각으로 실내는 동생과 둘이 거의 다 하다시피 했어요. 어딘지 허술한 티가 날 거예요. 그래도 그만큼 정성을 들였다는 데에 저 나름대로 뿌듯하게 생각하고 있어요."

첫 방문인데도 문숙과 카페 사장은 마치 오랜 지인을 만나 이야기하듯 아주 편안한 마음으로 한 시간 가깝게 대화를 나눴다. 처음에는 커피를 마실 생각이었지만 카페 벽에 걸린 꽃 사진을 보면서 왠지 커피보다는 차를 마시고 싶어졌다. 문숙은 카페 사장의 추천으로 캐모마일 티를 주문했다. 캐모마일 티도 아름다운 경치를 보면서 마셔서인지 더욱 향기롭고 은은하게 느껴졌다. 그날 이후로 카페 아이리스는 문숙이 산책길에 들르는 필수 코스가 되었다. 문숙은 커피나 차를 마시지는 않더라도 잠깐 들러 카페 사장과 담소를 나누기도 했다.

사장의 이름은 은미였다. 삼십 대 중반인 은미는 부산에서 살다가 작년에 의사인 남편과 이혼했다. 스스로 치유가 필요했던 참에 친척이 살고 있는 이 마을에 왔다가 경치가 너무 맘에 들어 결국 카페까지 오픈하게 되었다. 은미는 문숙을 마치 친동생처럼 잘 챙겨주었다. 문숙도 속에 있는 말을 은미에게 숨김없이 털어놓으며 많은 위로를 받았다. 은미는 커피와 차에 관심을 보이는 문숙에게 특색 있는 커피를 만드는 방법이나 차의 특성에 대해서도 알려주었다. 가끔 은미가 급한 일이 생겨서 외출할 때면 문숙이 카페를 봐주기도 했다.

　문숙의 부모는 문숙의 몸에 좋다는 건강보조식품이나 한약재를 구해서 먹도록 했고 될 수 있는 한 편안하게 생활할 수 있도록 신경 썼다. 문숙도 처음에는 빠르게 변화하는 디자인 세계에서 손을 놓고 있는 자신이 자꾸 아웃사이더가 되어가는 기분이 들어 불안하고 초조했다. 그것뿐 아니라 홍석과의 관계도 불안하기는 마찬가지였다. 자신은 자궁에서 종양을 제거했기 때문에 결혼하게 되더라도 임신에 어려움을 겪게 될 것이 자명했다. 의사의 말로는 인공수정을 통해서 아기를 가질 수 있을 거라 했지만 적지 않은 부위를 돌려낸 상태라서 그것 또한 장담할 수 있는 일은 아니었다. 문숙과 홍석이 서로 사랑하고 있지만 이런저런 미래를 고려했을 때 과연 둘의 관계가 해피 엔딩일지 고민할 수밖에 없었다. 문숙은 홍석만 아니라며 굳이 결혼하지 않고 혼자 살아도 괜찮을 것 같았다. 하지만 홍석이 자신의 짐을 함께 져야 한다고 생각하면 적지 않은 피로감이 몰려왔다. 홍석과 서로 얼굴을 보고 속에 있는 이런저런 이야기를 나누고 서로의 온기를 나누며 사랑을 키워가다 보면 해결될 문제 같기도 했다. 하지만 지금처럼 페이스타임으로 통화하는 것으로는 도저히 채울 수 없는 공허함이 존재한다는 것만 확인할 뿐이었다. 시간이 갈수록 문숙은 홍석의 온기를 느끼고 싶은 마음이 커졌다.

홍석도 문숙에 대한 그리움이 커지고 있었고 미래에 대한 불안감이 드는 것이 사실이었다. 수술이 한 번으로 끝나면 다행인데 검색해 보면 5년 이내에 재발하지 않은 사례도 있었지만 그렇지 않은 사례들, 예를 들어, 한두 해 지날 때까지 재발하지 않아 한동안 안심하고 있다가 그다음 해에 갑자기 재발해서 더 이상 손쓸 수 없는 상황에 놓인 환자의 사례도 있었다. 그래서 지금 문숙의 수술이 잘 됐다고 해서 쉽게 마음 놓아서는 안 된다고 생각하면 자신의 미래에 먹구름이 몰려오기로 예정되어있는 듯한 불길한 기운에 휩싸였다. 하지만 멀리 떨어져 있는 지금으로서는 홍석도 할 수 있는 일이 얼굴 보며 통화하는 것 말고는 아무것도 없어서 자신들의 운명을 시간에 맡기는 수밖에 없다고 스스로를 설득했다.

수술받은 지 5개월이 되었을 때 문숙은 아이리스에서 은미와 이야기하고 있던 은미의 남동생과 인사를 나눴다. 그러면서 은미에게서 사진 동호회에 들어갈 생각이 있는지 질문을 받았다. 은미의 남동생 우진이 사진 동호회 운영자였다. 포토그래퍼이자 서핑 강사이기도 한 우진은 사진 동호회뿐만 아니라 서핑 동호회도 운영하고 있었다. 우진은 사람들과 어울리는 것을 워낙 좋아하는 사람이라 초면인 사람에게도 친근감 있게 대화를 이끄는 매력을 지니고 있었다. 사실 문숙은 디자인을 공부하면서 자연스럽게 사진에 관심이 생겼다. 그래서 사진 촬영을 하는 일이 과도하게 체력 소모가 있는 것도 아니고 동호회를 통해 다양한 사람들과 알고 지내는 것도 좋을 것 같았다.

"저도 디자인을 공부해서 사진에 관심이 많아요."

"디자인을 공부하셨으면 사진에도 일가견이 있으시겠는데요? 저는 언제든지 환영입니다. 우리 동호회는 20대부터 60대에 이르기까지 다양한 연령대의 회원들이 있어요. 평상시에는 블로그를 통해 소통하고 한 달에 한 번씩 출사를 나가고 있어요."

"잘됐다. 동호회에 들어가면 사진도 찍고 경치 좋은 곳 구경도 할 수 있으니 문숙 씨에게 딱인 것 같은데." 옆에서 은미가 문숙을 보며 동호회 가입을 권했다.

"생각만 해도 좋겠는데요. 저도 동호회에 가입하고 싶어요."

"잘 생각했어요. 우리 우진이가 잘 챙겨줄 거예요."

"잘됐습니다. 가입 신청은 블로그에서 하시면 되고, 회원들은 서서히 알게 될 거예요."

이윽고 우진은 문숙의 핸드폰 번호를 물어본 후 카톡으로 블로그 주소 링크를 보냈다.

문숙은 사진 동호회에 가입하면서 우진과 만날 기회가 많아졌다. 우진은 아이리스에서 문숙을 만나 자기 작품을 보여주면서 사진 촬영 기법에 대해 알려주었고, 은미는 문숙을 데리고 우진이 서핑을 강습하는 송정 해수욕장을 종종 방문했다. 그러면서 문숙은 우진에게서 삶의 활력을 느꼈다. 특히 사진이나 서핑에 몰입하는 우진의 모습은 불확실한 미래 때문에 불안해하지 않고 현재에 몰입하고 싶은 문숙에게는 상당히 매력적이었다.

얼마 지나지 않아 동호회에서 일출 사진을 찍기 위해 포항으로 출사를 나갔다. 그때도 우진은 문숙과 함께 이동하며 사진을 촬영했다. 그뿐 아니라 출사를 마치고 뒤풀이로 술 한잔하러 가서도 우진은 문숙을 세심하게 챙겼다. 문숙은 그런 우진의 배려에 고마움을 느꼈다. 그러면서 미국에 있는 홍석이 떠올랐다. 홍석도 다정한 성격이라 무슨 일이든 문숙에게 맞추려고 하는 편이었다. 그런 홍석을 7개월째 못 만나고 있었다. 물론 페이스타임으로 통화를 자주 하고 있었지만 떨어져 있는 거리만큼 채울 수 없는 틈이 있었다. 홍석도 한 번 한국에 오려고 했지만 생각만큼 쉬운 일이 아니어서 문숙에게 늘 미안해했다. 문숙이 사랑하는 홍석을 생각하면서도 가까이에서 자신에게 잘해주는 우진에게 마음이 기우는 건 자연스러운 일이었다. 하지만 문숙은 자신의 몸에서 종양을 두 개씩이나 떼어냈다는 사실과 머지않아 미국으로 돌아갈 예정이란 걸 잊지 않으려고 했다. 사실 우진도 문숙에게 점점 마음이 기울고 있었다. 누나인 은미로부터 문숙에 대해 들었기 때문에 남자친구가 미국에 있다는 걸 알고 있었지만 그러면서도 문숙이 자꾸 마음에 들어왔다.

어느 날 우진은 문숙에게 전화를 걸었다.

"문숙 씨, 혹시 서핑해보고 싶지 않아요? 제가 가르쳐 드릴게요."

"서핑이요? 저같이 운동신경이 둔한 사람도 탈 수 있을까요?"

"당연하죠. 바다에 들어가기 전에 해변에서 조금만 연습하면 금방 감을 익힐 수 있을 거예요. 저만 믿고 오늘 한 번 해보세요."

"괜히 우진 씨만 고생시키는 건 아닌지 모르겠네요."

"저는 원래 강습생들을 가르치는 사람이니까 걱정 안 하셔도 돼요. 그럼 제가 차로 데리러 갈게요."

문숙은 우진의 차를 타고 30분을 달려 송정해수욕장에 도착했다. 서핑하기 위해 몰려든 국내외 서퍼들로 인해 송정해수욕장은 다소 이국적인 정취가 느껴졌다. 최근에 송정해수욕장이 서핑의 메카로 알려지면서 점점 많은 서퍼들이 찾고 있었다.

먼저 문숙은 우진이 준비해준 서핑용 슈트로 갈아입고 모래사장에서 우진으로부터 기본 동작을 배웠다. 우진은 문숙이 쉽게 따라 할 수 있도록 하나하나 세심하게 가르쳤다. 한 시간 가까이 연습한 후에 우진은 문숙에게 바다에 들어가 실제로 타보자고 했다. 우진은 문숙이 탈 서핑보드를 들어 바다로 옮겼다. 그리고 우진은 문숙이 보드 위에 엎드렸다가 일어서서 균형 잡는 연습을 도왔다. 그 과정에서 문숙은 여러 번 균형을 잃고 바다에 빠졌다. 그때마다 우진이 와서 문숙이 다시 보드 위로 올라갈 수 있도록 도와주었다. 보드 위에 서서 파도를 타는 기분은 짜릿했고 보드에 앉아서 먼바다를 보고 있는 것도 아주 황홀할 지경이었다. 우진이 그만 타고 물 밖으로 나가자고 해도 문숙은 조금만 더 타자고 하면서 보드에 오를 정도로 서핑의 매력에 빠져들었다.

그날 이후로 문숙은 거의 매일 우진의 차를 타고 송정해수욕장에 가서 파도를 탔다. 문숙은 슈트를 입고 해수욕장에 있을 때는 마치 다른 세상에 와 있는 기분이 들었다. 몸에 균형을 잡으려다 보니 자연스럽게 몸이 탄탄해지고 있는 느낌이 들었다. 우진과 서핑을 하면서 신체 접촉도 자연스러워졌다. 보드에 오르도록 도와주다 보면 어쩔 수 없이 손을 잡아야 하고 몸에 손이 닿아야 했다. 그러면서 둘은 더욱 친밀한 사이가 되어갔다.

"이렇게 좋은 걸 내가 왜 이제야 알게 됐을까요? 우진 씨 덕분에 서핑의 매력을 알게 됐으니 우진 씨에게 어떻게 감사해야 할지 모르겠어요."

"문숙 씨가 이렇게 좋아하실 거라고는 미처 생각하지 못했어요. 문숙 씨가 행복하게 타는 모습을 보게 돼서 제가 오히려 기분이 좋은걸요."

"우진 씨가 내 눈높이에 맞게 잘 가르쳐준 덕분이에요. 고마워요, 우진 씨."

둘은 서핑을 끝내고 샤워를 한 후 옷을 갈아입고 해변 벤치에 잠시 앉아있다가 밥도 같이 먹고 차도 마신 후에 우진이 차로 문숙을 집까지 데려다주었다. 이런 시간이 문숙과 우진에게는 매우 즐겁고 행복한 시간이었다.

겨울이 시작될 무렵 여느 날과 같이 우진은 문숙을 차로 데려다주는 길이었다. 땅거미가 내려앉기 시작하는 풍경을 보면서 운전하던 우진이 노을을 감상하고 가자며 차를 한적한 공터에 세웠다. 잔잔한 팝송을 들으며 노을을 감상하던 우진은 살며시 문숙의 손을 잡았다. 문숙은 처음에는 약간 당황스러웠지만 왠지 모르게 온기가 전해지는 우진의 손을 뿌리치고 싶지 않았다. 문숙은 우진의 손에서 맥박이 느껴졌다. 문득 자신이 살아 있다는 생각이 들었다. 문숙이 그런 생각을 하고 있을 때 우진은 문숙에게 서서히 다가와 입맞춤했다. 그 순간 문숙은 잠들었던 모든 세포가 깨어나는 것 같았다. 문숙도 우진과 입을 맞추고 있는 그 순간이 아주 황홀했다. 둘은 한참 후에 입을 떼고 서로를 안았다. 문숙은 우진의 가슴에 얼굴을 묻고 있을 때 우진의 심장이 뛰는 것을 느낄 수 있었다.

"문숙 씨, 제가 얼마나 문숙 씨를 좋아하는지 아세요? 처음 아이리스에서 문숙 씨를 봤을 때부터 문숙 씨를 좋아하는 감정이 하루가 다르게 커졌어요. 사진을 찍으면서도 그랬고 서핑하면서도 그랬죠. 혼자만 마음으로 좋아하는 감정을 쌓아오다가 이제는 더 이상 나 혼자만 담아두기에는 너무 벅차서 오늘 이렇게 고백하는 거예요."

"저도 우진 씨가 무척 고마워요. 하지만 제가 우진 씨의 마음을 받을 자격이 있는지 잘 모르겠어요. 그리고 사실 우진 씨도 알고 있겠지만 저는 얼마 있지 않아 미국으로 돌아갈 거예요. 그러면서도 이렇게 우진 씨의 손을 잡고 있는 나 자신이 혼란스러워요."

"일단 복잡하게 생각하지 말고 지금 감정에 충실하기로
해요. 미래가 불확실하다고 해서 그때까지 죽은 사람처럼
살 수는 없잖아요. 우린 아직 살아 있으니까요. 산 사람은
산 사람답게 사랑하며 살아야 하지 않겠어요?"

그러면서 우진은 문숙을 더욱 꼭 끌어안았다. 문숙은
'산 사람은 산 사람답게 살아야 한다'는 우진의 말에서 지
금 어떻게 해야 하는지 답을 찾은 느낌이었다. 그렇게 둘
은 차 안에서 말없이 안고 있다가 우진이 입을 열었다.

"우리 오늘 밤 같이 있을래요?"

문숙은 말없이 고개를 끄덕였다. 우진은 차를 돌려 다시
송정해수욕장으로 향했다. 우진은 송정해변이 내려다보이
는 아파트에서 살고 있었다. 둘은 우진의 아파트로 들어가
사랑하며 긴 밤을 함께 보냈다.

다음 날 이른 아침 홍석이 전화했을 때 문숙은 전화를
받지 못했다. 문숙이 10시가 넘어 잠에서 깨어났을 때 우
진은 문숙을 위해 브런치를 준비해 놓고 문숙이 일어나기
를 기다리고 있었다.

"일어났어요?"

"아, 내가 늦잠 잤나 봐요. 시간이 이렇게 지난 줄 몰랐어요."

"괜찮아요. 문숙 씨가 편안하게 잔 것 같아 기분이 좋은걸요. 그럼 간단하게 씻고 와서 같이 브런치 먹어요."

문숙이 옷을 입고 화장실에 들어간 사이에 우진이 커피 머신의 버튼을 누르자 머그잔에 커피가 조르르 채워졌다. 욕실에서 나온 문숙은 식탁에 앉아 우진과 함께 브런치를 먹으며 행복하고 여유로운 시간을 보냈다.

오후에 집에 돌아온 문숙은 홍석의 부재중 전화를 확인했지만 별다른 문자를 보내지 않았다. 그 시간은 홍석이 한참 자고 있는 시간이었기 때문에 다음에 얼굴을 보며 통화하기로 했다. 무엇보다도 다른 남자와 밤을 보낸 다음 날 아무 일도 없었던 것처럼 남자친구와 통화할 수는 없었다. 문숙에게도 앞으로 홍석을 어떻게 대해야 할지 생각할 시간이 필요했다. 하지만 자신의 감정을 속이고 싶지는 않았다.

'다른 남자와 잠 한 번 잤다고 죄책감을 느끼지도 말자. 나는 그 순간의 감정에 충실했을 뿐이야. 우진의 말대로 나는 살아 있으니까, 산 사람이 하는 일을 하며 사는 거야.'

다음 날 새벽에 문숙은 홍석에게 전화를 걸었다. 보통은 홍석이 먼저 전화를 했던 터라 홍석은 문숙의 전화를 받으며 놀라면서도 좋아하는 눈치였다.

"이 시간에 먼저 전화하다니, 웬일이야? 혹시 잠 못 잔 건 아니지?"

"아니, 그런 게 아니라, 어제 전화한 걸 못 받아서 오늘은 먼저 해봤어."

"아무튼 기분이 새로운데. 이렇게 일찍 일어나도 몸은 괜찮아?"

"그래, 괜찮아."

"다행이다. 이제 수술 전보다 더 건강해진 것 같은데. 조금 있으면 1년이 다 되어간다. 정기 검진받아 봐야 재발했는지 알 수 있다고 했지?"

"그래, 두 달만 지나면 벌써 일 년이라니 믿어지지 않아. 처음에는 일 년이란 기간이 까마득하게 느껴졌는데 말이야."

"이제 걱정 안 해도 될 것 같은 예감이 든다. 조금만 참아. 좋은 소식 들을 수 있을 거야."

"나 정기 검진 결과 보고 이상 없다고 하면 다시 미국에 들어갈 생각이야. 물론 결과가 나와봐야 알겠지만."

"걱정 안 해도 돼. 잘 될 거라고 믿고 있어. 아무튼 너랑 통화하니까 좋다. 사실 오늘 온종일 좀 우울했거든."

"무슨 일 있었어? 홍석이 넌 좀처럼 우울해하는 성격이 아니잖아."

"오늘 회사 동료한테서 인종 차별성 말을 들었거든."

"대개 보면 열등감에 찌든 인간들이 인종차별을 하더라. 시대가 어느 땐데 정말 성숙하지 못한 인간들이야."

"네 이야기 듣고 나니까 속이 뻥 뚫리는 것 같다. 역시 나는 너 없이는 안돼."

문숙은 둘의 관계에 대해 생각해 보자는 말을 하려고 했지만 전화로 할 이야기가 아니라는 생각이 들어 다음으로 유보하기로 했다. 더군다나 홍석이 지금 막 기분이 좋아졌다고 하는 데 거기에 대고 다시 걱정거리를 안겨줄 수는 없는 일이었다. 앞으로 둘의 관계가 어떻게 되든 상관없이 문숙은 계속해서 홍석이가 잘되기를 바라고 있었다. 문숙은 자신의 영혼이 가리키는 쪽으로 나아가기로 했다.

12월에도 여전히 우진과 함께 사진을 찍으러 다녔고 송정해수욕장에서 파도를 탔다. 그러면서 우진과도 많은 이야기를 나누었다. 우진은 자유로운 영혼을 가진 사람이란 생각이 들었다. 그는 어디에 얽매여 살아갈 수 없는 사람, 만약 어떤 의무감에서 자신을 얽매어야 하는 상황에 놓인다면 서서히 자신의 밝은 빛을 잃어버리고 말 것 같은 사람이었다. 그래서 문숙은 우진을 더욱 편하게 생각하고 있었는지도 모른다. 만약 우진이 지금의 감정을 책임지기 위해 어떤 약속을 하려고 하든지 스스로 어떤 틀에 가두려는 사람이었다면 아마 문숙은 우진을 멀리했을지도 모른다. 때로는 이성에 대한 좋은 감정에 책임감이 끼어들면 좋은 감정을 금세 희석하고 말 것이기 때문이다. 그렇다고 해서 두 사람의 감정이 결코 가벼운 것은 아니었다. 내일을 생각하지 않고 지금 이 순간에 충실한 만큼 그 감정은 솔직하고 진정성 있는 것으로 해석될 수 있었다. 우진도 문숙이 정기 검진 결과에서 긍정적인 결과를 받게 되면 미국으로 갈 거라는 것을 처음부터 알고 있었다. 그리고 그런 문숙의 결정을 우진은 받아들이고 있었다.

문숙은 1월 말이면 수술했던 병원에 가서 정기 검진을 받아야 하기에 그때까지는 자신의 앞날을 예측도 할 수 없는 처지였다. '만약 수술한 두 곳 중 한 군데에서라도 재발의 흔적이 있다면 그때는 내 생명은 언제 꺼질 줄 모르는 위기에 처할 것이고, 그 반대라면 나는 예정대로 미국으로 돌아가 예전처럼 생활하게 될 것이다. 아니 이전과는 전혀 다르게 하루하루를 살게 될 것이다. 내 영혼의 떨림을 신봉하면서 살아 있는 사람이 하는 일을 하면서 살아갈 것이다.'

*

문숙이 타고 있던 KTX가 서울역에 도착했다. 곧장 택시를 타고 병원으로 향했다. 병원에서 5시간에 걸쳐 각종 검사를 받고 결과는 다음 날 나온다고 해서 병원을 나왔다. 인근 호텔에서 밤새 잠을 제대로 자지 못한 문숙은 아침에 스타벅스에 들러 따뜻한 커피를 한 잔 마시며 마음을 가라앉혔다. 이윽고 예약된 시간에 맞춰 병원에 도착한 다음 긴장된 마음으로 담당 의사와 마주했다.

"일 년이 참 빨리 지나갔네요. 그동안 고생하셨어요. 검사 결과는 아주 깨끗합니다. 수술한 두 곳 모두 아무런 흔적을 찾을 수 없어요. 일단 다음 정기 검진 때까지는 걱정 안 해도 됩니다. 축하합니다."

"감사합니다. 선생님 덕분입니다."

문숙은 눈물이 핑 돌았다.

병원을 나오면서 의사가 말한 마지막 문장을 떠올렸다. '다음 정기 검진 때까지는 걱정 안 해도 된다.' 그렇다면 그녀 자신의 수명이 일 년, 그러니까 365일이 늘어났다고 의사가 전해 준 셈이었다. 다음 검사가 있을 때까지는 걱정 없이 살아도 된다는 모종의 증명서와 같은 것이었다.

이제부터 문숙은 인생의 파도타기를 제대로 즐기면 되는 것이었다. 그렇게 365일을 영혼의 떨림을 따라 살아 볼 생각이었다.

새

'픽- 퍼드덕 퍼드덕'

일요일 아침 베란다에서 난데없이 퍼드덕대는 소리가 들렸다. 방에서 매트를 깔고 요가하고 있던 나는 서둘러 베란다로 갔다. 새 한 마리가 들어온 것이다. 아침에 집안 공기를 환기할 생각으로 베란다 문을 열어 놓았는데 닫는 것을 깜박 잊고 방에 들어와 요가를 하고 있던 것이었다. 참새보다는 조금 더 큰 새였다. 새소리는 병아리 소리와 흡사했다. 새는 열린 베란다 문으로 날아 들어와 안쪽 창문에 부딪혔던 것으로 보였다. 새는 그 충격에 정신을 못 차리고 갈팡질팡하는 모습이 역력했다.

나는 그대로 서서 어떻게 새를 밖으로 내보낼 것인지 생각했다. 일단 반쯤 열린 베란다 문을 끝까지 밀어서 활짝 열었다. 그리고 베란다에서 거실과 방으로 연결된 창문을 모조리 닫았다. 내가 자리를 피해 주면 새는 알아서 밖으로 날아갈 거라고 생각했다. 나는 요가하던 방으로 돌아와 매트에 앉았다. 그런데 새가 무사히 밖으로 나갈 수 있을지 궁금해졌다. 나는 옆 방으로 가서 베란다와 연결된 창문을 통해 잠시 새를 지켜보았다. 전체적으로 갈색인 새는 가슴 부분만 목화솜처럼 하얀 털이 돋아나 있었다. 새는 고개를 조금씩 돌려가며 여기저기를 둘러보았다. 새의 눈을 보자 문득 연민이 느껴졌다. 이를테면 길 잃은 어린아이를 보고 느낄 수 있는 감정 같은 것이었다. 아니면 혼자서 만만치 않은 삶을 헤쳐 나가야 하는 존재로서 느낄 수 있는 일종의 동질감이라고도 말할 수 있겠다. 다행히 10분 정도 지나자 새는 안정을 되찾은 것처럼 보였다.

방으로 돌아와 음악을 들으면서 책을 읽다가 다시 베란다로 나가보았다. 새가 들어온 지 한 시간이 지나서였다. 새는 여전히 그 자리에 있었다. 베란다 한쪽에는 화분에 물을 주기 위해 물을 받아 놓은 양동이가 보였다. 새가 목이 마르면 통에 담긴 물을 마실 거란 생각을 하니 다소 안도감이 들었다.

그나저나 저 새는 지금 무슨 생각을 하고 있을지 궁금했다. 새가 잘못 날아든 것인지, 아니면 일부러 찾아온 것인지도 궁금했다. 옛날에는 비둘기가 전령 역할을 했다는 데 혹시 저 새도 어떤 메시지를 전하기 위해 왔을 수도 있다는 생각이 들었다. 만약 그렇다면 전하려고 한 메시지는 무엇이었을까. 새의 다리에는 쪽지는 고사하고 마른 풀 하나도 붙어 있지 않았다. 일순간 새가 날아올랐다. 그런데 새는 열린 문으로 나가지 않고 베란다에서만 날아다닐 뿐이었다. 새의 비행을 보는 동안 내 공상은 행방을 감추고 말았다. 새는 나의 공상을 멈추게 하려고 일부러 좁은 베란다를 날았는지도 모르는 일이었다.

나는 욕실에 들어가 샤워를 하고 나와 다시 베란다를 내다봤다. 새는 보이지 않았다. 베란다에 나가서 구석구석을 살펴보았지만, 어디에서도 새는 보이지 않았다. 밖으로 나간 것이라고 판단했다. 다행이었다. 2019년 3월 어느 일요일 이름 모를 새 한 마리가 아파트 7층 열린 베란다 문으로 들어와 두 시간 가까이 머물다가 날아간 것이다.

사실 나는 어렸을 때부터 조류에 대한 공포심이 있었다, 좀 더 구체적으로 말하자면 새의 부리에 대한 공포였다. 그 이유를 정확히 알 수는 없지만 언젠가부터 나는 닭이나 새의 부리를 보면 나를 쪼아댈 것 같은 기분이 들었다. 특히 눈을. 내 짐작으로는 어떤 영화에서 매나 독수리 같은 맹금류가 동물의 사체를 쪼아 먹는 장면을 봤던 것 때문이라는 생각이 들었다. 거기에 어려서 닭장에 달걀을 꺼내러 갔다가 암탉이 내 손등을 쪼았던 기억이 더해져서 이따금 조류에 대한 공포를 느끼는 것이라고 짐작했다. 하지만 다행스럽게도 작은 새들에게는 그런 공포가 느껴지지 않았다. 예전에 싱가포르에 출장 가서 새 공원을 방문한 적이 있었다. 그곳에서 새 공연이 펼쳐졌는데 방문객이 특수장갑을 끼고 손을 뻗고 있으면 새들이 날아와 손에 잠시 앉았다가 날아갔다. 나는 동료들처럼 맹금류를 손에 앉게 하지는 못했고 참새만큼 작은 새들을 내 손에 앉게 했었다. 그때 작은 새들은 무섭다는 생각은 전혀 들지 않고 오히려 귀엽다는 생각이 들었다.

오늘 집으로 날아들어 왔던 새도 귀여웠다. 이럴 줄 알았다면 핸드폰으로 사진을 찍어두었더라면 좋았겠다는 생각이 들었다. 만약 그랬다면 새의 종류라도 찾아볼 수 있지 않을까, 하는 생각에서였다.

며칠 후 나는 친구와 술을 마시면서 집에 새가 들어왔던 이야기를 들려주었다. 그런데 내 이야기를 듣고 있던 친구의 표정이 굳어졌다. 내가 그 친구를 알고 지낸 지가 10년이 넘었기 때문에 그의 생각이 표정에 그대로 드러난다는 것쯤은 이미 알고 있는 바였다. 나는 친구에게 왜 그런 표정을 짓는지 물었다. 친구가 말하기를 집에 새가 날아 들어오면 불길한 징조라는 것이었다. 나는 금시초문이었다. 나는 웃고 말았다. 그 이유는 나름 신앙심이 깊다는 친구가 미신이나 믿는 사람들이 할 성싶은 말을 자못 진지하게 말하고 있기 때문이었다.

"야, 교회 다니는 사람도 그런 거 믿냐?"

나는 웃으면서 친구에게 말했다.

"내 말 들어봐. 아버지한테 들은 얘긴데 말이야. 아마 너도 들어보면 생각이 달라질걸."

친구는 자기 아버지에게서 들었다는 얘기를 들려주었다.

"아버지 어렸을 때 집에 새가 들어온 적이 있었어. 시골에서 제비가 집에 들어와 벽이나 처마 밑에 집을 짓는 것은 흔했으니까 그때도 그러려니 생각하셨대. 그런데 그 새는 집을 짓기 위해 들어왔던 게 아니라는 것을 알게 되었어. 집에 들어온 새는 여기저기 날아다니다가 안방으로 날아 들어가 나오지도 못하고 갇혀버린 거지. 문을 다 열어

놓아도 나갈 줄을 모르고 여기저기 날아다니면서 벽에 부딪혀 바닥에 떨어지기를 반복했다는 거야. 보고 계시던 할머니께서 방바닥에 떨어진 새를 조심스럽게 들어다가 마당에 있는 평상 위에 신문지를 펴고 올려두셨어. 그리고 오목한 그릇에 물을 가득 담아서 새 옆에 두셨지. 혹시나 해서 할머니는 밥에 놓아먹는 조도 한 움큼 접시에 담아 물그릇 옆에 두셨대. 할머니는 한참 있다가 새가 물도 먹고 조도 몇 알 쪼아 먹는 모습을 보고 이제 걱정 안 해도 될 것 같아서 볼일 보러 외출하셨어. 물론 할머니께서 집에 돌아왔을 때는 새는 날아가고 없었어. 할머니는 다행이라고 생각하셨대. 그런데 갑자기 할머니 어렸을 때 어른들이 했던 말이 생각이 나셨던 거야. 그건 바로 새가 집에 잘못 들어오면 집안에 불길한 일이 생긴다는 말이었어. 일종의 계시(啓示)라고 생각했던 거지. 그래도 할머니는 그냥 미신일 뿐이라고 치부하고 넘기셨어. 그날 이후로 이상한 일도 일어나지 않았고 말이지. 그래서 그날 일은 그렇게 잊힐 뻔했던 거야. 다음에 일어난 일만 없었다면 말이야."

"뭐 안 좋은 일이라도 생긴 거야?"

나는 그 뒷얘기에 대한 호기심이 발동해서 친구에게 물었다.

"그러니까 새가 할머니 집에 들어온 건 5월이었어. 그런데 그해 12월 할아버지께서 갑작스럽게 뇌출혈로 쓰러져 결국 돌아가셨던 거야."

"세상에!"

일순 나는 온몸에 소름이 돋고 등골이 오싹했다.

"할아버지 장례를 다 치르고 할머니 혼자 마루에 앉아 있는데 문득 5월에 집으로 날아 들어왔던 새가 생각나셨대. 할머니는 그 새가 올해 안에 집안에 안 좋은 일이 일어날 것을 알려주러 왔다고 생각하신 거지. 할머니께서 어렸을 때 들었던 대로 말이야."

"그런데 그게 우연일 수 있잖아. 우연히 일어난 일에다 사람들이 괜히 그럴 거라고 의미를 붙인 거 아닐까?"

"그럴지도 모르지. 하지만 새가 집안으로 날아 들어오면 불길한 징조라는 말이 옛날부터 전해져왔다는 건 어느 정도 입증됐기 때문이 아니겠어?"

나는 우연이라고 말했지만 친구의 말을 듣고 나서는 약간 흔들렸던 것이 사실이다. 하지만 집에 새가 들어온 당사자로서 나는 끝까지 우연일 뿐이라고 믿고 싶었다.

그해 여름 발신 번호가 061로 시작하는 전화가 걸려왔다. 나는 낯선 번호란 걸 확인하고는 보험에 들라거나 보이스피싱 같은 전화일 거라고 생각하고 받지 않았다. 그런데 또다시 같은 번호에서 전화가 왔다. 나는 그때도 받지 않았다. 5분 정도 후에 다시 전화가 왔다. 같은 번호였다. 그때는 광고나 보이스피싱은 아니라는 생각이 들어 통화 버튼을 옆으로 밀었다.

"여보세요."

나는 다소 건조한 목소리로 말했다.

"여보세요? 혹시 김민수 씨 핸드폰인가요?"

전화 저편에서 여자 목소리가 들렸다.

"네, 제가 김민수 맞는데요. 어디시죠?"

"여긴 순천 중앙병원이에요."

"네? 병원이요? 그런데 무슨 일로?"

나는 병원이라는 말에 순간 긴장했다.

"아, 박상민 씨가 형님 되시죠?"

박상민, 참 오랜만에 들어본 이름이었다. 형님? 그래 한 때 한집에서 형제로 지냈던 적이 있기 때문에 형님이라고 해도 달리 할 말은 없었다.

"그런데 왜 그러시죠?"

"박상민 씨가 우리 병원 중환자실에 입원해 있어요."

"왜요? 아니, 어디가 아파서 입원한 건가요?"

"자세한 얘기는 직접 와서 들으시고 간단하게 말씀드리자면 박상민 씨가 방에서 며칠 동안 거동도 못 하고 누워있는 걸 집주인이 발견해서 병원 응급실로 오게 된 거예요. 응급실에 있다가 건강 상태가 너무 안 좋아서 중환자실로 올라왔고요."

나는 병원 직원의 말을 듣는 순간 머릿속이 백지상태가 되어 버렸다.

"여보세요?"

병원 직원의 목소리를 듣고서야 나는 정신을 차릴 수 있었다.

"그럼 지금 상태는 어떤가요?"

"형님께서 병원에 실려 온 지 일주일 됐는데 지금은 처음보다 좋아져서 말도 하고 밥도 먹고 있어요, 하지만 당분간 병원에 더 있어야 해요. 한동안 식사는 거의 안 드시고 술만 마셨던 것 같아요. 집주인 말로는 형님이 한 달 가까이 보이지 않아서 이상하다고 생각했대요. 그래서 방문을 열어보니 혼자 끙끙 앓고 있어서 119를 불렀다고 해요."

"아 네. 그런데 제 연락처는 어떻게?"

"형님께 누구 부를 사람 없냐고 물었더니 처음에는 없

다고 하시다가 핸드폰에 동생 번호가 저장되어 있다고 해서 전화드린 거예요."

"아 네. 그럼 제가 가봐야겠네요. 거기 병원 이름이 뭐라고 하셨죠?"

"순천 중앙병원이에요. 2층 중환자실로 오시면 됩니다."

다음 날 아침 일찍 나는 순천으로 가는 고속버스에 몸을 실었다. 어제 갈 수도 있었으나 중환자실 면회는 식사 때만 할 수 있다고 해서 어제 곧장 내려갔다고 해도 할 수 있는 일이 아무것도 없었다. 부산에서 순천까지는 고속버스로 2시간 30분 거리였기 때문에 점심시간에는 면회할 수 있을 거라고 생각했다.

서류상 박상민과 나 김민수는 엄연한 타인이다. 우리가 형제라고 굳이 말하지 않는다면 누구도 눈치채지 못할 관계가 바로 나와 상민과의 관계다. 상민은 나보다 2살 위다. 내가 초등학교 4학년 때 어머니께서 암으로 돌아가셨다. 그 뒤로 아버지는 혼자서 나를 키우셨다. 내가 초등학교 6학년 때 아버지는 재혼하셨다. 어느 날 갑자기 어머니께서 돌아가신 것처럼 새어머니란 분도 그렇게 어느 날 갑자기 들어오게 되었다. 중학교 2학년인 상민은 새어머니가 데리고 들어온 아들이었다. 아버지는 그날부터 우리는 형제라고 말씀하셨다. 나는 그때까지만 해도 어머니에 대한 그리움이 컸다. 그렇다고 해서 내가 새어머니나 상민을 싫어했던 것도 아니었다. 그저 무덤덤하게 받아들였을 뿐이었다.

무덤덤한 나와는 다르게 상민은 나를 친근하게 대해주었다. 물론 아버지도 잘 따랐다. 아버지도 그런 상민을 맘에 들어 하셨다. 상민도 어렸을 때 아버지가 돌아가셨기 때문에 그 점에 있어서 우리는 같은 부류였다. 나도 시간이 갈수록 상민에게 마음을 열었고 학교에서 돌아오면 제일 먼저 상민을 찾을 정도로 상민을 잘 따르게 되었다. 내가 중2병에 걸려 엇나가지 않았던 것도 상민의 역할이 컸다. 상민은 항상 내 말에 귀 기울여주고 나를 믿어줬다. 한번은 내가 부모님에게 거짓말한 적이 있었다. 그런데 상민은 끝까지 내 편을 들어주었다. 그때 나는 상민에게 몹시 미안하면서도 고마웠다. 그 일 이후로 상민에 대한 나의 신뢰는 더욱 두터워졌다.

그렇게 우리는 진짜 형제가 되어버렸다. 적어도 부모님이 갈라서기 전까지는 그랬다. 부모님이 헤어지게 된 것에 대해서는 정확하게 아는 바 없다. 그렇게 우리는 어느 날 갑자기 가족이 된 것처럼 어느 날 갑자기 남이 되어 버린 것이다. 나는 부모님의 이혼에 대해서는 어떠한 감정이 없었다. 그래도 상민과 헤어져야 한다는 것을 받아들이는 데는 시간이 필요했다. 하지만 내 의사와는 상관없이 상민은 새어머니와 함께 집을 떠났다. 두 사람은 서울로 이사 간다고 했다. 상민이 서울로 이사 간 후 연락이 끊겼다.

그러다 내가 대학교 졸업하고 막 직장에 다니기 시작했을 때 밤늦게 집으로 걸려 온 전화를 받았다. 거의 10년이 지나 상민에게서 온 전화였다. 오랫동안 잊고 있었던 상민의 목소리를 들었을 때 묘한 기분이 들었다. 사춘기 때 내 곁에서 든든하게 나를 지켜주었던 상민에 대한 좋은 기억이 떠올랐다. 상민이 전화한 것은 내가 한때 어머니라고 불렀던, 그러니까 상민의 어머니가 돌아가셨다는 것을 알리기 위해서였다. 장례식장에 올 사람이 아무도 없는데 혹시 나에게 와줄 수 있는지 물었다. 나는 가겠다고 했다. 하지만 나는 아버지에게는 알리지 않았다. 그 이유에 대해서는 지금도 이렇다고 말할 수는 없다. 다만 나 나름의 복수가 아니었을까 생각한다. 상민과 나를 하루아침에 형제가 되게 했다가 또다시 하루아침에 남이 되게 했다는 것에 대한 복수 같은 것 말이다.

내가 장례식장에 도착했을 때 상민은 상민의 아내와 둘이서 빈소를 지키고 있었다. 상민은 1년 전에 결혼했다고 했다. 나는 장례가 끝날 때까지 상민 곁을 지켰다. 장례식이 끝나고 집으로 내려오면서 생각해 보니 장례를 치르는 동안 나와 상민은 별다른 대화를 하지 않았다는 것을 알게 되었다. 그저 옆에 앉아 있을 뿐이었다. 그래도 우리는 예전 형제일 때로 되돌아간 느낌이었다. 우리는 비록 말은 하지 않았지만, 무언의 대화를 나눈 기분이 들었다. 나는 상민과 헤어지면서 내 핸드폰 번호를 알려줬다. 다음에 연락하자고. 하지만 그 뒤로 우리 둘 중 누구도 먼저 연락한 일은 없었다. 또 한 번 강산이 변할 만큼의 시간이 흘러 내가 30대 후반에 들어선 지금까지도.

그런데 서울에서 아내와 살고 있던 상민이 순천에는 왜 내려간 것일까? 그리고 순천에서 혼자 지냈다고 들었는데 아내와는 어떻게 된 것일까? 순천에 내려가서 상민을 대면하기 전에는 어떠한 답도 얻을 수 없는 질문들이었다.

고속버스가 섬진강 휴게소에 도착했지만 나는 버스에서 내리지 않았다. 잠시 눈 좀 붙이고 싶었기 때문이다.

내가 순천이란 도시에 온 것은 그때가 처음이었다. 순천은 대도시와는 다르게 나름의 여유가 느껴지는 한적한 소도시였다. 시내에서 가까운 곳에 습지가 있고 잘 조성된 공원이 있었다. 나는 고속버스터미널에서 택시를 타고 병원으로 향했다. 도로에는 차들도 그다지 많지 않았기 때문에 10분도 되기 전에 내가 탄 택시는 병원 입구에 들어섰다. 면회 때까지는 한 시간 정도가 남아있었다. 나는 병원 뜰에 놓인 벤치에 앉아서 마음을 가라앉히고 있었다.

나는 면회 시간이 되자 중환자실 입구에서 손을 소독하고 슬리퍼로 갈아 신은 다음 중환자실로 들어갔다. 넓지 않은 중환자실에 7개의 침대가 놓여 있었다. 나는 입구 쪽부터 차례대로 환자 얼굴을 보며 상민을 찾았다. 하지만 7명을 다 확인했지만 상민은 보이지 않았다. 나는 간호사에게 가서 물었다.

"실례하지만 박상민 환자는 어디에 있나요?"

간호사는 그것도 못 찾냐는 표정으로 맨 끝에 있는 침대를 가리켰다.

"저기 제일 안쪽 침대예요."

나는 간호사가 가리키는 곳으로 걸어갔다. 하지만 환자의 얼굴을 봤지만 상민은 아니었다. 침대 앞에 붙어 있는 이름을 확인했다. 분명히 '박상민'이라고 쓰여있었다. 이게 어떻게 된 일일까. 순간 당황스러웠다. 그때 환자가 몸을 일으켜 세우며 나에게 손짓했다.

"민수야!"

환자는 힘없는 목소리로 내 이름을 불렀다. 나는 그 환자에게 다가가 얼굴을 자세히 들여다봤다. 다소 무안할 정도로 자세하게. 이럴 수가. 환자 얼굴에서 내가 알고 있는 박상민의 얼굴이 드러났다. 상민은 몰라볼 정도로 살이 빠져있었다. 상민은 언젠가 TV에서 방영된 난민 돕기 프로그램에서 봤을 법한 모습이었다. 어떻게 하면 사람 몰골이 이렇게 변할 수 있단 말인가. 내게는 다소 충격이었다.

"상민이 형?"

나는 놀란 눈으로 상민의 손을 잡았다.

"여기까지 와줘서 고맙다, 민수야."

상민의 눈에는 이미 눈물이 고여있었다. 나는 그런 상민을 보면서 몹시 속상했다.

"형, 어쩌다 이렇게 된 거예요? 순천에는 무슨 일로 온 거예요?"

상민을 만나기 전까지 나 혼자 궁금했던 것들이 한꺼번에 입 밖으로 쏟아져 버렸다. 힘이 하나도 없어 보이는 상민을 보니 내가 너무 서둘렀다는 생각이 들었다. 일단 식당에서 가져다 놓은 식판을 간이 테이블 위에 올려주고 상민이 식사하도록 했다. 식탁에는 밥과 말간 된장국, 작게 자른 깍두기, 요구르트 하나, 바나나 한 조각이 올려 있었다. 상민은 내 점심을 걱정했으나 내 걱정하지 말고 어서 식사하라고 했다. 상민이 힘들게 숟가락질하는 모습이 내겐 너무 낯설었다. 그러면서 나는 이 사람이 확실히 내가 알고 있던 상민이 맞는지 자세히 살폈다. 분명히 상민이었다. 상민은 장례식장에서 봤을 때 70kg은 족히 넘어 보였다. 그런데 지금은 50kg도 될까 말까 해 보였으니 내가 못 알아보는 게 당연했다.

상민이 식사를 마치자 나는 상민에게 어떻게 된 일인지 물었다.

상민은 5년 전에 이혼했다. 이혼 사유는 아내가 다른 남자가 있었다는 것이었다. 나는 그 말을 듣자 장례식장에서 봤던 그녀의 모습을 떠올려 보았다. 그녀는 아담한 키에 복스러운 얼굴을 가진 여자였다. 말도 차분하게 하고 행동도 정갈하다는 느낌을 받았었다. 지금 생각해도 그녀가 다른 남자와 바람피웠을 거라고는 연결 지을 수가 없었다. 하지만 상민이 나에게 거짓말할 이유도 없었기 때문에 나는 상민의 말대로 그녀를 바람피운 여자라고 믿을 수밖에 없었다. 그래서 겉만 보고 판단하지 말라는 말이 있나 보다고 생각했다.

상민은 믿을 수 없다는 내 표정을 읽었는지 자신이 목격한 장면을 덧붙였다. 상민은 회사에서 외근을 나왔다가 회사에 들어가지 말고 곧장 퇴근하라는 과장의 말을 듣고 이른 시간에 집으로 향했다. 도어 록에 비밀번호를 입력하고 집 안으로 들어갔더니 아내는 보이지 않았다. 상민은 아내가 잠시 외출했다고 생각하고 그동안 거실 소파에 누워 잠한숨 자려고 했다. 그런데 잠이 막 들려고 하는 순간 안방에서 무슨 소리가 들렸다. 그래서 상민은 이상하다고 생각하고 안방 문을 열었다. 그곳에서 그는 침대 위에서 발가벗고 낯선 남자 위에 올라타고 있는 자신의 아내를 발견했다. 빼도 박도 못한 불륜 장면을 목격해버린 것이었다. 자신의 아내가 설마 대낮에 외간 남자를 침실로 불러들여 아랑곳하지 않고 성행위를 한다는 것은 너무나 충격적인 장면이 아닐 수 없었다. 외도를 할 것 같으면 차라리 모텔에 가서 하는 것이 남편에 대한 예의가 아닌가 생각되었다.

하지만 남편에게 예의를 지킬 사람 같았으면 애초에 바람 같은 것은 피우지 않았을 것이었다.

상민이 뒤늦게 안 것은 자신의 아내가 자신의 침대에서 보기 민망한 표정을 지으며 나체로 뒤엉켜있던 남자는 다름 아닌 마트 배달원이었다. 그렇다. 상민의 아내는 주문한 물건을 배달해주는 젊은 배달원에게 반한 것이었다. 그래서 마트 배달원을 유혹했을 것이고 그 배달원은 그녀의 유혹에 넘어갔던 것이었다. 그것은 어디까지나 상민의 추측이었다. 하지만 누가 먼저 유혹했건 간에 두 사람의 낯 뜨거운 장면을 상민의 눈으로 직접 목격했기 때문에 그의 아내는 어떠한 평계도 대지 못하고 사실대로 인정할 수밖에 없었다.

그렇게 해서 상민은 아내와 헤어졌다. 아이가 없었던 게 다행이라는 생각이 들었다. 그러면서 상민은 의문이 들었다. 아내가 혹시 일부러 아이를 갖지 않고 있었던 것은 아닌가에 대해. 하지만 다 부질없는 짓이었다. 설령 아내가 일부러 아이를 갖지 않았다고 해도 지금 와서 할 수 있는 일은 없었다. 그렇다고 이미 이혼한 아내를 찾아가 그런 게 맞냐고 물을 수도 없는 일이었다. 그렇지만 상민이 느낀 배신감은 쉽게 사그라지지 않았다. 그때부터 상민은 술에 빠져 살았다. 마치 알코올 중독자처럼 말이다. 그러다가 상민은 회사도 그만둬야 했다. 상민은 전셋집을 정리하고 순천으로 내려왔다. 순천에는 상민의 친할머니가 혼자서 살고 있었다. 어려서 아버지가 돌아가신 후에도 상민은 할머니와 연락을 주고받고 있었다. 순천에 내려와 할머니를 모시고 살면서 지난 일은 다 잊고 새 출발 할 생각이었다.

내가 여기까지 상민의 이야기를 들었을 때 면회 시간이 끝나버려 곧장 나는 중환자실을 나와야 했다.

"그럼 쉬고 있어요, 형."

"부산에 가봐야 하지 않아?"

사슴 같은 눈망울로 상민이 내게 말했다.

"이 근처에 있다가 저녁 면회 때 다시 올게요. 그때 봐요."

"그래도 되니?"

"그럼요. 여기까지 왔다가 이대로 갈 수는 없잖아요."

저녁 면회 시간은 5시 30분이었다. 그때까지 4시간 30분이 남았다. 나는 병원 밖으로 나와 밥을 먹기 위해 가장 먼저 눈에 들어온 식당으로 들어갔다. 곰탕집이었다. 내가 자리에 앉아 물수건으로 손을 닦고 있을 때 곰탕과 깍두기가 나왔다. 나는 그다지 입맛이 없어서 먹는 둥 마는 둥 하고 숟가락을 내려놓았다. 사장은 내가 거의 먹지 않은 걸 보고 곰탕이 입맛에 맞지 않는지 물었다. 나는 병원에서 면회하고 나와서인지 배는 고픈데 밥이 안 넘어간다고 말했다. 사장은 면회 온 사람들은 입맛이 없을 거라고 이해해 주었다. 나는 사장에게 가볼 만한 곳이 있는지 물었다. 사장은 기분도 전환할 겸 습지에 가볼 것을 권했다.

나는 사장이 알려 준 대로 버스를 타고 습지에 가서 한 시간가량 머물다가 다시 버스를 타고 병원으로 돌아왔다. 습지 주변에 있는 산책로를 걸으면서도 기분이 썩 동하지 않았다. 한때 형제로 지냈던 상민이 말 그대로 얼굴이 반쪽이 된 모습을 보고 나왔기 때문에 아무리 좋은 절경이 눈 앞에 펼쳐진다고 하더라도 온전히 몰입하기는 어려운 일이었다.

병원에 일찍 도착한 나는 병원 뜰을 거닐면서 시간을 보냈다.

저녁 면회를 위해 내가 중환자실에 들어갔을 때는 그래도 점심때처럼 상민의 얼굴이 낯설게 보이지는 않았다. 상민은 내 얼굴을 보자 애써 미소 지어 보이려 했다. 나는 상민이 밥을 다 먹기를 기다렸다가 식판을 밖으로 내놓고 약 먹을 수 있도록 물을 컵에 따라 간이 테이블에 올려놓았다. 그러자 상민은 조금 전에 하다만 이야기를 이어갔다.

상민은 할머니를 모시고 잘살아보려고 순천에 내려왔지만 얼마 못 가 여든이 넘었던 상민의 할머니가 돌아가시고 말았다. 상민에게 또 하나의 시련이 찾아온 것이었다. 지금까지 할머니를 잘 챙겨드리지도 못했는데 허망하게 할머니를 떠나보낸 상민은 이루 말할 수 없이 큰 상실감을 느껴야 했다. 할머니의 죽음은 또다시 상민을 술독에 빠져 살게 했다. 상민의 표현을 빌리자면 유령처럼 살았다고 했다. 해가 질 때면 평상에 앉아 간간이 강소주를 마시면서 넋을 놓고 먼 산만 쳐다보고 있는 유령. 그 산에 죽은 할머니 묘가 있었다고 했다. 이젠 세상에 상민이 알고 지내는 혈육은 한 명도 없었다. 세상에 믿고 의지할 구석 하나 없는 고아가 되어 버린 것이었다. 원래 사람은 이 세상에 혼자 와서 혼자 살다가 결국 혼자 가는 것이 인생이라고 말한다면 다른 할 말은 없지만 나이가 들어도 혼자 남는다는 것은 극한의 외로움을 느끼게 하는 일인 것만은 분명했다.

상민이 삶의 의욕을 잃고 매일같이 술에 의존해서 살고 있던 어느 날 상민이 앉아있는 평상에 새 한 마리가 내려앉았다. 새는 얼핏 보면 까마귀처럼 보였으나 몸집은 참새보다 약간 커 보였다. 하지만 보통의 새들처럼 짹짹거리는 새의 울음소리를 들을 수는 없었다. 그 새는 일부러 울지 않는 새이거나 원래 울지 못하는 새일 수도 있다고 생각했다. 만약 분위기 때문에 울지 않는다면 참을성이 대단한 새일 것이고, 만약 세상에 태어날 때부터 우는 법을 몰라 울지 못한다면 참으로 애처로운 새라고 생각했다. 새는 까마귀처럼 옆으로 깡충깡충 뛰지도 않고 병아리처럼 아장아장 걷지도 않았다. 그저 한 번 내려앉으면 그대로 서서 고개만 조금씩 돌리며 주위를 바라볼 뿐이었다.

상민이 말없이 술을 마시며 먼 산을 바라보고 있을 때 새는 평상 한쪽에서 조용히 있다가 날아가곤 했다. 그다음 날도 새는 상민의 옆에 내려앉아 있다가 어디론가 날아갔다. 그다음 날도, 또 그다음 날도.

상민은 매일같이 찾아오는 새가 어쩌면 돌아가신 할머니가 자신에게 보내준 선물일지도 모른다는 생각이 들었다. 그렇지 않고는 매일같이 같은 새가 자신을 찾아온다는 것은 있을 수 없는 일이었다. 그런 생각이 들자 상민은 새를 위해 물도 떠주고 모이도 주었다. 그러면서 상민은 마치 친구에게 말하듯이 새에게 말하기 시작했다. 상민이 새에게 나지막한 목소리로 말을 하면 새는 날아가지도 않고 가만히 듣고 있었다. 상민은 새가 단순히 자신의 말을 듣고만 있는 것이 아니라 자신에게 말을 하는 듯한 기분이 들었다. 그때부터 상민은 새를 대화 상대이자 영혼의 친구라고 생각하기 시작했다. 그러면서 술도 더 이상 마시지 않았다. 자신이 믿을 수 있는 영혼의 동반자가 생긴 마당에 술에 의존해서 살 수만은 없다는 생각이 들었기 때문이었다.

상민은 새에게 어린 시절부터 그때까지 자신의 살아온 이야기를 들려주었다. 아버지의 죽음, 어머니의 재혼과 새로운 가족과의 만남, 그 가족과의 이별, 사랑과 배신 그리고 좌절, 할머니의 죽음 등에 관한 이야기를 들려주고 새의 눈을 바라보면 세상에 자신을 이해해 줄 존재가 있다는 생각이 들어 마음이 든든하고 위로받는 기분이 들었다.

그렇게 한 계절이 흘렀다. 상민의 삶은 어느 때보다도 활기를 띠었고 하루하루가 평화로웠다. 이 모든 것이 새

덕분이라고 생각했다. 그런 생각을 할수록 상민은 새가 자기 곁에서 항상 있어 주면 좋겠다고 생각했다. 상민은 새에게 자신의 속마음을 털어놓았지만 새는 여지없이 밤이 되면 어둠 속으로 날아갔다가 다음 날 어스름이 내릴 때 다시 찾아왔다.

상민은 새가 24시간 자신과 함께 지낼 방법을 궁리하다가 큼지막한 새장을 만들어 그 속에 살게 하면 되겠다고 생각했다. 그래서 상민은 필요한 재료를 사 와서 새장을 직접 만들었다. 상민이 만든 새장의 높이는 상민의 키보다 훨씬 높았고 너비는 2평 남짓이었다. 새장 안에는 그네를 만들어 그 위에 물통과 모이 접시를 올려두었다. 상민은 자신이 만들어 놓은 새장을 보고 매우 흡족했다.

새가 같은 시각에 날아와 평상에 앉자 상민은 조심스럽게 새를 잡아서 자기가 만든 새장에 넣어주었다. 새는 새장 안을 한 바퀴 날더니 상민이 만들어 놓은 그네에 내려 앉았다. 상민은 더 이상 새가 날아가지 않고 항상 자신과 함께 할 생각을 하니 가슴이 벅찰 정도로 기뻤다.

여전히 상민은 새에게 자신의 속마음을 털어놓으면서 위안을 얻었다. 하지만 그때부터 상민이 새를 바라보면 이전처럼 마음이 포근해진다거나 든든함을 느낀다거나 하지 않았다. 상민이 느끼기에 새는 시간이 갈수록 상민에게 마음을 닫아버리고 무감해진 것처럼 보였다. 어떨 때는 새의 눈에서 냉기가 느껴질 때도 있었다. 상민은 잠자리에 들면서 자신이 너무 욕심을 냈던 것 같다고 생각하고 아쉽지만 날이 밝으면 새장을 치워야겠다고 생각했다.

그 다음날 아침에 상민은 일어나자마자 새장을 치우기 위해 새장으로 갔다. 그런데 새는 보이지 않았다. 새가 새장 밖으로 날아간다는 것은 불가능했다. 바닥에 깔아 둔 마른 풀을 모조리 헤집어봐도 새를 발견할 수 없었다. 마치 증발이라도 해버린 것처럼 새는 감쪽같이 사라지고 만 것이다. 상민에게는 도무지 믿을 수 없는 일이었다. 그러면서 자신의 행동을 후회했다. 그리고 자신에게 희망을 준 새를 새장에 가둬버린 것에 대해 죄책감이 들었다. 또다시 상민은 외톨이가 된 기분이었다. 그래서 상민은 예전처럼 다시 술에 취해 살았다. 그러면서도 혹시나 새가 다시 날아올지도 모른다는 일말의 기대를 품었다. 하지만 새는 두 번 다시 돌아오지 않았다.

상민은 너무 괴로워 할머니와 함께 살던 집을 나와 시내 모텔에서 머물기 시작했다. 모텔에서 지내면서 술에 취해 잠이 들면 꿈속에서 간간이 새가 날아와 상민의 오른쪽 어깨 위에 내려앉았다. 그러면 상민은 다시 평온을 되찾을 수 있었다. 더 이상 외톨이가 아니라는 생각이 들었다. 상민은 그 상태로 영원 속에 묻히고 싶었다. 그러나 잠에서 깨어나면 꿈도 사라지는 법. 상민은 또다시 꿈을 꾸기 위해 술을 마셨다. 그러면 다시 새를 만날 수 있었다. 새는 항상 꿈속에서 상민을 기다리고 있었다. 그래서 상민은 자신이 있어야 할 곳은 새와 함께 있을 수 있는 꿈속이라고 생각했다. 그렇게 상민은 한 달 가까이 술, 잠, 꿈, 새, 이렇게 네 단어로 지은 집에서 살았던 것이다. 모텔 사장이 방문을 열어보지 않았다면 상민은 그대로 미라가 되고 말았을 것이었다.

나는 상민의 면회를 마치고 병원에서 나와 고속버스터미널로 가기 위해 택시 승강장 쪽으로 걸었다. 상민은 어느 정도 회복한 상태였고 영양상태를 보충하는 일은 하루아침에 될 일이 아니었기 때문에 당분간 병원에서 지내는 길밖에 없었다. 그래서 나는 주말에 다시 병원을 방문하겠다고 상민에게 말하고 병원을 나온 것이었다.

나는 택시를 기다리면서 상민이 말했던 새에 대해 생각

했다. 계속 생각해봐도 그 새는 현실적으로 다가오지 않았다. 혹시 새는 상민의 무의식에 잠재되어 있던 상실의 기억들이 만들어낸 허상일지 모른다는 생각이 들었다. 사람은 절망 속에서도 희망을 갈구하는 법이니까. 그렇다. 사람이 깊은 슬픔에 잠겨 있는 것은 어쩌면 삶에 대한 희망을 발견하기 위한 것일지도 모른다. 아무리 기다려도 희망을 발견할 수 없을 때 사람은 스스로 희망의 대상을 만들어내서라도 희망을 품으려고 하는 것이 아닐까, 그리고 그것이 본능이지 않을까, 생각했다. 하지만 나는 상민에게 그 새는 상민이 만들어 낸 허상이라고 말하지는 않을 것이다. 그것은 상민에게 희망을 주지는 못할망정 삶의 의욕마저 잃게 할 수 있는 일이기 때문이다.

나는 주말에 병원에 가지 못했다. 그것은 아버지가 산책길에서 자전거를 피하려다가 넘어져 팔이 부러졌기 때문이었다. 아버지는 왼팔을 통으로 깁스했다. 그런 아버지를 두고 상민에게 갈 수가 없어서 나는 병원 중환자실로 전화해 사정 이야기를 상민에게 전해달라고 했다.

일주일 후 나는 상민을 보러 순천에 가려고 준비하고 있던 중 병원에서 걸려 온 전화를 받았다. 상민이었다. 많이 좋아져서 일반병동으로 옮겼으니 걱정하지 않아도 된다고 했다. 내가 안 그래도 순천에 가려고 집을 막 나서려는 참이라고 말하자 상민은 오늘은 일이 있어서 잠시 외출할 생각이니 다음에 오라고 했다. 나는 상민이 외출할 수 있을 정도로 건강이 좋아졌나 보다고 생각하고 그럼 그렇게 하겠다고 했다.

일주일 후에 내가 병원을 찾았을 때는 10월에 접어들어서인지 기온이 한결 시원해졌다는 걸 느낄 수 있었다. 나는 상민의 입원실을 묻기 위해 1층 원무과에 들렀다. 상민의 이름을 컴퓨터에 입력하던 원무과 직원은 상민이 이미 퇴원했다는 말을 전했다. 퇴원한 날짜를 보니 지난 토요일이었다. 상민이 외출한다고 했던 날이 퇴원일로 기록되어 있었다. 하루 전 금요일에 퇴원비도 다 낸 상태였다.

나는 병원에서 나와 상민의 핸드폰으로 전화를 걸었다. 신호는 갔지만 받지 않았다. 음성메시지를 남겼다. 지금 순천에 내려왔으니 빨리 연락 달라고. 하지만 상민으로부터 어떠한 연락도 받지 못했다. 나는 다시 병원 원무과로 가서 사정 이야기를 하고 상민의 주소를 알아냈다. 상민이 병원에 실려 오기 전에 머물렀다는 모텔 주소였다. 나는 병원 앞에서 택시를 타고 그 모텔로 갔다. 하지만 모텔에서도 상민을 만날 수 없었다. 모텔 사장의 말에 따르면 일주일 전에 와서 밀린 방값을 계산하고 나갔다는 것이다. 그렇다면 이제 상민은 어디에 있는 것일까. 죽은 할머니와 살았다던 집으로 갔을까. 하지만 나는 그곳을 알지 못했다. 경찰서에 가서 도움을 요청했지만 소용이 없었다. 연락이 안 된다고 무조건 행방불명이라고 신고할 수도 없었다. 결국 나는 상민의 안위나 소재도 확인하지 못하고 부산으로 돌아와야 했다. 부산에 돌아와서도 계속 전화를 걸어보고 음성이나 문자 메시지를 남겼다. 하지만 이러한 나의 노력은 모두 무위로 끝나고 말았다.

12월에 접어들자 기온이 영하로 떨어지는 날이 점점 늘어갔다. 나는 거실에서 TV로 뉴스를 시청하고 있었다. 다른 지방에는 첫눈이 내렸다는 소식도 있었다. 지구촌 어딘가에는 코로나바이러스가 발생해서 감염이 점점 퍼지고 있다는 뉴스도 있었다. 아직은 바이러스가 우리나라까지 미치지는 못했다. 하지만 국경을 봉쇄하는 국가들이 점점 늘고 있는 것을 볼 때 지구촌에 바이러스로부터 안전한 곳은 없을 거란 생각이 들었다.

전화가 울렸다. 061로 시작하는 번호였다. 곧장 통화버튼을 밀었다.

"여보세요?"

"여보세요? 김민수 씨 되세요?"

굵은 목소리를 가진 남성이었다.

"네, 제가 김민수입니다만, 무슨 일이죠?"

"여긴 순천 경찰선데요, 혹시 박상민 씨 아세요?"

"네. 알아요."

"박상민 씨가 돌아가셨습니다."

"예? 어떻게? 아니 언제요?"

충격인 소식이었다. 사실 나는 연말이 다가올수록 불안감이 점점 커졌다. 그러면서 얼마 남지 않은 12월만 잘 넘기면 모든 일은 원점에서 다시 시작할 수 있다고 생각했다. 그리고 새에 대해서는 철저히 잊을 거라고 생각했다. 그런데 오늘 상민의 부고(訃告)를 듣게 된 것이다.

상민은 자신이 만들어 놓은 새장 속에서 죽어있었다고 했다. 아마도 상민은 아무리 기다려도 새가 돌아오지 않자 차라리 자신이 새가 되기로 한 것인지도 모른다. 상민은 오랫동안 새장 속에서 새처럼 물로 입을 적시면서 그렇게 새가 되어갔던 것이다. 어쩌면 새는 상민 자신이었는지도 모른다. 결국 상민은 잃어버린 자기 자신을 찾으려 했던 것이다.

　나는 전화를 끊은 뒤 검은 양복을 찾아 입고 상민의 장례를 치르러 순천으로 출발했다.

하늘을 나는 별들처럼

담벼락 위로 가시철조망이 설치된 회색 건물 밖으로 일시에 열댓 명의 사람들이 저벅저벅 걸어 나온다. 그들 중에 롱코트 차림의 상현도 끼어있다. 상현은 어렸을 때부터 형제처럼 자랐던 현수를 부산구치소에서 면회하고 나오는 길이다. 먹먹한 심정으로 버스정류장으로 걸어가는 상현의 입에서는 하얀 입김이 연거푸 뿜어져 나온다. 1월의 부산은 서울에 비해 훨씬 따뜻하지만, 구치소의 차가운 콘크리트 건물에서 냉기가 스며들어서인지 상현은 코트 깃을 세우고 어깨를 움츠린 자세로 걷고 있다.

복개천을 가로지르는 다리를 건너자 상현은 코트 안주머니에서 담배 한 개비를 꺼내 입에 물고 바지 주머니에서 꺼낸 라이터로 담배에 불을 붙인다. 상현은 담배를 깊게 빨아들인 다음 마치 속에 엉켜있던 답답한 상념들을 내보내기라도 하려는 듯 연기를 길게 내뱉는다. 그러다 뭔가 생각이라도 난 것처럼 호주머니에서 종이 한 장을 꺼내 펼친다. 그가 조금 전 현수를 면회하면서 자신이 현수를 위해 해야 할 일을 적어두었던 종이였다. 한참 동안 종이를 바라보며 담배를 피우던 상현은 쓰레기통 위에 있는 재떨이에 담뱃불을 비벼 끈 후 바로 옆 버스정류장으로 들어선다. 상현은 버스정류장 벤치에 앉아 스마트폰으로 거제동행 버스를 검색한다. 버스정류장에 설치된 전광판에 68번 버스가 곧 도착한다는 표시가 들어온다. 68번 버스를 타면 거제동 법조타운에 갈 수 있다. 상현은 현수의 부탁으로 담당 변호사를 만나러 가는 길이다.

현수는 재판을 앞두고 있다. 그러나 변호사만 선임했을 뿐 밖에서 일 봐줄 사람이 아무도 없다. 일가친척이 없다는 것을 알고 있는 현수의 회사 동료들이 변호사를 선임한 것이다. 변호사를 선임한다고 해서 모든 일을 변호사가 맡아서 해결해주지는 않는다는 사실을 알고 현수는 변호사를 통해 서울에 있는 상현에게 도움을 청한 것이다. 처음 상현이 변호사로부터 현수의 소식을 전해 들었을 때 도무지 믿을 수가 없어서 혹시 뉴스에서 들었던 보이스피싱이 아닌지 의심했다. 차라리 보이스피싱이었다면 끊어버리면 될 일이었다. 하지만 현수가 과실치사로 부산구치소에 수

감되어 있다는 것을 사실로 받아들이기까지는 그다지 오랜 시간이 걸리지 않았다. 변호사가 현수가 처한 상황을 설명하면서 현수 아니면 알 수 없는 세세한 일을 간간이 말했기 때문이다. 다음 날 상현은 현수가 수감된 부산구치소에 가기로 하고 전화를 끊었다.

현수와 상현은 종교단체에서 운영하는 아동양육시설에서 함께 자랐다. 현수는 갓난아기였을 때 파출소 앞에 버려져 시설에 보내졌고, 상현은 7살 때 부모가 교통사고로 사망하면서 돌봐줄 사람이 없어 결국 시설에 들어오게 되었다.

고등학교를 졸업하면서 현수는 시설을 책임지고 있는 원장 수녀가 추천해준 덕분에 원양어선 선원으로 취직할 수 있었다. 곧이어 현수는 원양어선 기지가 있는 괌으로 출국해 자신이 꿈꾸어 왔던 선원으로서의 낭만적인 생활을 즐기게 되었다. 한편 대학교에 진학한 상현은 시설을 나오면서 받은 지원금으로 서울 변두리에 있는 옥탑방을 얻어 생활하게 되었다. 어렸을 때부터 단체생활을 했던 상현은 서울에 올라와 혼자 생활하는 것이 좋기도 했지만, 세상에 혼자뿐이라는 생각에 정신적으로 힘들었다. 상현은 우울한 생각을 떨쳐버리기 위해 강의가 없는 오후부터 밤늦게까지 아르바이트했다. 몸이 지칠 때도 있었지만 너무 피곤해서 딴생각이 나지 않는 것이 오히려 상현이 바라던 바였다.

어렸을 때부터 형제처럼 자라온 현수와 상현은 시설을 나온 후 서로 떨어져 살았지만, 일주일에 한 번꼴로 화상통화를 하면서 서로에게 버팀목이 되어 주었다. 현수는 월급을 타면 상현에게 생활비에 보태라고 약간에 돈을 송금했다. 상현은 현수에게 아르바이트하고 있어서 혼자서도 생활비를 벌 수 있다고 했지만, 현수는 회사에서 제공해준 숙소에서 생활하고 있기 때문에 돈 들어갈 일이 없다면서 송금을 멈추지 않았다. 상현은 현수가 보내준 돈으로 월세를 내고 아르바이트에서 번 돈으로 식비와 기타 경비를 충당할 수 있었다.

상현의 2학년 여름방학 때 현수는 한 달간 휴가를 받아 귀국해서 상현이 거주하는 옥탑방에 머물렀다. 평소 하얀 피부를 가졌던 현수는 어느덧 까무잡잡한 피부로 변해있었고 그로 인해 매우 건강해 보였다. 상현은 현수와 오랜만에 만나 함께 지낼 수 있어서 무척 들떠있었다. 시설에서도 현수와 상현은 같은 방을 썼다. 그래서인지 둘은 시설에서 함께 생활했던 추억을 자연스럽게 상기하게 되었다. 저녁 식사를 마치고 옥상에 놓인 평상에 앉아 캔맥주를 마시다가 현수가 먼저 말을 꺼냈다.

"상현아, 우리 부산에 가보지 않을래?"

"부산? 동산원에?"

"그래, 동생들도 보고 싶고 수녀님도 보고 싶다. 다들 잘 지내겠지?"

"그렇겠지, 뭐."

시설을 나온 후에도 상현은 계속해서 원장 수녀와 연락하고 지냈다. 연락할 때마다 원장 수녀는 상현을 따뜻하게 격려해주었고 통화를 마칠 즈음에는 잊지 않고 현수의 안부를 물었다. 상현과 현수에게 원장 수녀는 엄마와 다름없었다. 그런데도 상현은 서울에 올라온 이후로 부산에 내려간 적은 없었다. 공부와 아르바이트를 병행하느라 내려갈 시간도 없었지만 상현에게는 몹시 가고 싶은 곳이면서도 자신이 고아라는 정체성을 확인시켜주는 마음 아픈 곳이기도 하기 때문이다. 상현은 속에 있는 말들을 현수에게 털어놓았다. 그러자 현수가 상현을 다독거리며 위로해주었다.

"나도 같은 생각이야. 하지만 외국에 있다 보니 고향이 계속 생각나더라. 우리에게 고향은 동산원이잖아. 우리에게 동산원은 마음이 아픈 곳이기도 하지만 그에 못지않게 소중한 추억들도 많은 곳이잖아. 모두 마음이 허한 애들뿐이라서 너 나 할 것 없이 원장 수녀님을 잘 따랐었지."

"맞아. 원장 수녀님 아니었으면 너나 나나 고등학교 때 엇나갈 수도 있었어. 어렸을 땐 원장 수녀님을 보면 나도 모르게 '엄마'라는 말이 나왔었는데."

상현은 눈물이 핑 돌자 말을 멈추고 맥주를 한 모금 들이켠 후 하늘을 올려다보았다. 현수도 울먹거리면서 상현의 어깨를 토닥여주었다.

"……그래, 같이 가자. 원장 수녀님도 보고 애들 먹을 거라도 사 주고 오자."

잠시 말없이 맥주를 마시던 상현은 현수를 보고 말했다.

"좋아. 가자. 원장 수녀님도 우리가 가면 기뻐하실 거야."

현수가 웃으며 말했다.

다음 날 오후 현수와 상현은 KTX를 타고 부산에 도착했다. 부산역에서 택시를 타고 동산원이 있는 광안리로 향했다. 상현과 현수는 광안리 해변에서 내려 광안대교를 한동안 바라보며 서 있었다. 광안대교를 보고 있자니 진짜 고향에 와있다는 것을 실감할 수 있었다. 동산원에서 가까운 광안리 해변은 현수와 상현에게는 놀이터나 다름없었다. 한참을 해변에 서 있던 둘은 돌아서서 동산원으로 접어드는 길로 발걸음을 옮겼다. 현수와 상현은 설레는 마음으로 동산원 정문을 지나 사무실 문을 두드렸다. "들어오세요"라는 소리가 들리면서 문이 열렸다. 현수와 상현이 온다는 연락을 받은 원장 수녀가 두 사람을 기다리고 있던 것이다. 원장 수녀는 그들을 보자마자 환하게 웃으면서 둘의 손을 꼭 잡았다. 원장 수녀가 꼭 잡은 손이 너무나 따뜻해서 현수와 상현의 눈에는 약속이라도 한 것처럼 눈물이 고였다. 그들은 원장 수녀를 엄마라고 생각하고 자랐다. 하지만 그녀가 돌봐야 할 아이들이 한둘이 아니었기 때문에 자신들만 독차지할 수 없는 엄마였다. 아이들이 고등학교 3학년이 되면 원장 수녀는 아이들과 대화를 많이 하려고 했다. 그들이 곧 시설을 떠나야 하기 때문이었다. 그들이 사회에 나가서 무난하게 정착할 수 있도록 도움을 주기 위해 원장 수녀는 신경을 많이 썼다. 그런 원장 수녀는 현수와 상현에게도 세상에서 가장 고맙고 늘 그리운 사람이었다.

법원이 보이는 건너편 정류장에 멈춘 68번 버스에서 상현이 내렸다. 그리고 횡단보도를 건너 변호사 사무실이 있는 건물 쪽으로 걸어갔다. 상현은 28년 생애에 처음으로 변호사와의 만남을 목전에 두고 머리가 복잡해졌다. 사건 사고에 얽히면 필연적으로 만나게 되는 사람이 변호사이기에 살면서 그런 식으로 변호사를 만날 일이 없기를 바라는 것은 당연했다. 상현은 자신이 저지른 사건 때문은 아니지만, 그럼에도 변호사와 마주해야 한다는 것은 달갑지 않은 일이 분명했다.

현수의 사건을 수임한 변호사는 60대 중반으로 보였고 자신이 부장검사 출신이라고 소개했다. 그러니 자신을 믿고 맡기면 현수에게 유리한 판결을 얻을 수 있다는 얘기였다. 그가 말하는 유리한 판결이란 징역 기간을 줄인다는 의미였다. 어제 전화로 변호사가 말한 바로는 현수는 과실치사 사건의 피의자였다.

상현은 현수를 면회하면서 사건에 대한 자세한 내용을 묻지는 못했다. 면회 시간이 정해져 있기도 했지만 차가운 철창 너머에 죄수복을 입고 서 있는 현수의 모습을 보면서 차마 어떻게 해서 사람이 죽게 됐냐고 물을 수는 없었다. 현수는 그런 모습을 보이게 돼서 미안하다는 말과 함께 사건에 대해서 변호사가 자세하게 알려줄 거라고 했다. 그리고 현수는 상현에게 몇 가지를 메모하라고 했다. 상현은 면회실 한쪽에 놓여 있는 메모지 한 장을 뜯어 현수가 불러준 내용을 볼펜으로 받아 적었다. 변호사를 만나면 피해자 측과 합의를 어떻게 하는지, 만약 재판 전에 합의서를 제출하지 못하면 어떻게 되는지 알아보라는 것과 변호사가 보관하고 있는 자신의 지갑을 챙기라는 것이었다. 지갑에는 현금 카드가 들어 있는데 비밀번호는 동산원 전화번호 뒷자리라고 했다.

변호사가 말하는 사건의 경위는 이러했다.

현수와 동료들은 괌에서 원양어선을 타고 인근 바다로 나가 한 달 정도 참치 조업하는 도중에 현수와 피해자 간에 사소한 일로 언쟁이 있었고 서로 밀치는 과정에서 피해자가 미끄러운 갑판에서 넘어져 돌출된 기기에 머리를 부딪혀 사망한 사건이었다. 서로 치고받는 싸움이 아니라 가볍게 서로 밀치다가 일어난 불의의 사고였다. 그 사고가 일어났을 때 가장 당황한 사람이 현수였다는 동료 선원들의 증언이 있었다. 살해 의도가 없었다는 확실한 증인이 있어 피해자 측과 원만하게 합의만 하면 구치소에서 오래

살지 않고 나올 수 있을 거라고 했다.

　상현은 현수가 말한 대로 합의를 어떻게 해야 하는지와 합의를 하지 못하면 징역을 얼마 정도 예상하는지 변호사에게 물었다.

　변호사는 합의서가 들어가면 1년 6개월을 예상하고, 합의서가 들어가지 않으면 1년 정도 더 늘어난다고 했다. 그리고 자신은 재판부와 안면이 있어서 합의서만 제출하면 걱정할 것 없다고도 했다.

　상현은 합의서를 어떻게 받는지 물었다.

　"피해자 측과 피의자 측이 어느 정도 금전적 보상과 함께 원만한 합의에 도달했다는 서류에 지장을 찍어서 제출하면 됩니다."

　그러면서 자신은 부장검사 출신이기 때문에 재판부에서 자신이 제안한 내용을 거절하지 못할 테니 합의서만 받아오면 더 이상 걱정할 것 없다고 다시 말했다.

　"그럼, 현수는 친척이 아무도 없어서 제가 피해자 가족을 만나봐야 하는데 변호사님은 어떤 도움을 주실 건가요?"

　상현은 변호사에게 물었다. 그 순간 변호사의 미간이 좁아지면서 세로로 주름이 잡혔다. 변호사의 몸은 뒤로 넘어가 소파에 묻혔다. 변호사는 상현을 법이라고는 개뿔도 모르는, 그래서 매우 피곤한 녀석쯤으로 생각하고 있는 것 같았다. 변호사는 다시 몸을 앞으로 세우면서 피해자 측의 연락처라며 종이 한 장을 건넸다. 피해자의 가족이 살고 있는 주소와 전화번호가 적혀 있었다. 주소는 부산이 아니라 경남 통영이었다. 합의하든 못하든 간에 피해자 측과 만나기 위해서는 통영에 가야 했다.

상현은 변호사와 마주하고 있는 이 시간이 몹시 불쾌하게 느껴지기 시작했다. 변호사는 자신만 믿고 있으면 좋은 판결을 받을 수 있다고 했지만 정작 하는 게 뭐가 있는지 의문이 들었다. 변호사가 재판 때 참석해서 합의서를 제출하는 일 외에 하는 일이 뭐가 있을지 생각해봐도 도무지 생각나질 않았다. '아, 변호사는 구치소에 현수 면회도 갈 예정이라고 했던 것 같다.' 상현이 지금껏 드라마나 영화에서 보았던 변호사와는 딴판이었다. 말로는 자기만 믿으라고 해놓고 정작 자기가 하는 일은 한두 가지일 뿐이었다. 상현은 변호사 비용은 이름값이라는 걸 깨달았다. 재판 받으려면 변호사를 선임해야 하고 변호사는 피의자를 한두 번 만나 사건 내용을 확인하고 재판에 참석해서 두세 번의 "예"라고 대답만 하면 끝이었다.

상현은 속에 있는 말을 변호사에게 내뱉고 싶은 심정이었다. 하지만 현수의 얼굴이 떠올라 그러지 못했다. 변호사에게 앞으로 잘 부탁드린다는 말을 건넸다. 그제야 변호사는 얼굴에 웃음을 띠면서 걱정하지 말라고 했다. 그러면서 형을 1년 6개월까지 줄이면 성공보수를 챙겨줘야 한다고 했다. 그것이 관행이라고. 상현은 변호사의 웃음이 어느 사극에서 봤던 비열한 간신배처럼 느껴졌다. 상현은 그 말을 현수에게 전하겠다고 했다. 그리고 서둘러서 밖으로 나가야겠다고 생각했다. 변호사의 얼굴을 조금만 더 보고 있다가는 구토할 것 같은 기분이 들었기 때문이다. 상현은 변호사에게 자신이 피해자 측을 만나보겠다고 말하고 현수가 맡겨 놓은 지갑을 찾아서 변호사 사무실을 나왔다. 상현은 머리가 지끈거려 엘리베이터를 타지 않고 계단으로 내려왔다.

상현이 건물 밖으로 나왔을 때 헛구역질이 났고 겨울이란 사실을 잊을 정도로 몸이 화끈거렸다. 그래서 곧장 편의점에 들어가 차가운 청량음료를 사서 벌컥벌컥 들이켰다. 그때야 비로소 속이 조금 진정되는 것 같았다.

편의점에서 나왔을 때 해가 뉘엿뉘엿 지고 있었다. 시계는 5시 30분을 막 지나고 있었다. 상현은 잠시 서서 뭔가를 생각하다가 주머니에서 종이를 꺼냈다. 조금 전에 변호사가 상현에게 건네준 피해자 가족의 연락처였다. 일단 전화부터 해보자는 생각이 들었다. 핸드폰을 꺼내 전화를 걸었다. 신호 가는 소리가 멈추고 "여보세요?" 굵직한 남자 목소리가 들렸다. 상현은 자신을 피의자의 친구라고 소개하고 가족이 있으면 진즉에 찾아뵙고 고인의 명복을 빌었을 텐데 현수는 고아라서 그러지 못했다고, 자신도 이제 소식을 듣게 되어 서울에서 내려왔다고, 이제라도 찾아뵙고 친구를 대신해서 사죄드리고 싶다고 말했다. 그러자 남자는 "사람을 죽여놓고 사과가 무슨 소용이냐?"며 전화를 끊어버렸다.

상현은 이런 낯선 상황이 너무나 막막하게 느껴졌다. 그러면서도 상현은 피해자 가족의 심정을 어느 정도 이해할 수 있을 것 같았다. 그건 단지 사고였지만 피해자 가족으로서는 현수 때문에 죽었다고 생각하고 있으므로 현수를 살인자로 취급하고 있을 것이 분명했다. 상현은 이제 어떻게 해야 하는지 생각했다. 피해자 측을 만나보기라도 해야 하는데 전화를 이렇게 끊어버렸으니 만나주지도 않을 것 같다는 생각이 들었다. 상현은 이 사건으로 사람이 죽었다는 것을 상기하고 일단 통영으로 가야겠다고 마음먹었다. 상현은 이런 생각이 끝나자마자 도로변에서 손님을 기다리고 있던 택시를 타고 서부 시외버스터미널로 향했다. 일단 오늘은 통영에서 잠을 자고 내일 다시 피해자 측에 연락할 생각이었다. 정 안되면 변호사가 건네준 주소로 직접 찾아가야 할지도 모른다는 생각에 마음을 단단히 먹어야겠다고 생각했다.

상현이 통영터미널에서 내렸을 때는 밤 11시가 가까워지고 있었다. 항구 쪽으로 조금 걷다가 바다가 보이는 작은 모텔로 들어갔다. 바다가 보이는 방을 잡았지만, 창문을 열자 항구에서 밀려오는 비릿한 공기가 느껴졌을 뿐 야경을 제대로 감상하기에는 몸이 너무나 피곤한 상태였다. 상현은 간단하게 씻은 후에 내일은 꼭 피해자 가족을 만날 수 있기를 바라며 깊은 잠에 빠졌다.

다음 날 아침 상현이 힘들게 눈을 떴을 때는 8시가 막 지난 시각이었다. 상현은 침대에서 일어나 가방에서 노트북을 꺼낸 후 한동안 워드 작업을 했다. 상현은 대학원까지 졸업하고 상담심리사 자격을 취득해서 서울에서 꽤 유명한 상담센터에서 근무하고 있었다. 부산에 내려오면서

센터장에게 사정 이야기를 하고 3일간 휴가를 받았다. 갑작스럽게 명목상 휴가를 받았지만, 상현은 오늘까지 제출하기로 되어 있던 사례관리를 워드로 작업해서 메일로 보낼 생각이었다.

상현이 대학에 가야겠다고 마음먹었던 것은 자신처럼 마음이 허한 사람들에게 위로를 주고 싶다는 생각 때문이었다. 그래서 주위의 만류에도 불구하고 심리학을 전공으로 선택했다. 대학교를 졸업하고 전문적인 심리상담사가 되기 위해 대학원에서 석사학위를 받았다. 상담사가 되어 다양한 사정을 가진 내담자와 심리상담을 하면서도 가장 관심이 가는 내담자는 자신이 예전에 그랬던 것처럼 시설에서 생활하는 청소년들이었다. 누구보다도 그들의 마음을 잘 알고 있기에 조금이라도 힘이 되어 주려고 밤잠을 설쳐가며 상담 준비에 매달렸다.

작성한 문서를 센터장에게 이메일로 발송한 후에 샤워하고 숙소를 빠져나왔다. 항구 쪽으로 걷다가 먼저 밥을 먹고 움직이자는 생각에 눈에 보이는 복국이라고 쓰인 식당으로 들어갔다. 상현이 음식을 주문하고 얼마 지나지 않아 음식이 나왔다. 뽀얀 복국에 밥을 말아서 먹자 마치 며칠 전에 잔뜩 마신 술기운이 식도를 타고 창자까지 내려가는 기분이 들었다. 든든하게 배를 채운 후 가방을 챙겨 나오면서 주인에게 동호동에 가려면 어디로 가는지 물었다. 동호동은 피해자 가족이 사는 곳이었다. 곰탕집 사장은 그곳이 동피랑이라는 곳이며 언덕길로 올라가면 금방 찾을 수 있다고 했다. 동피랑, 언젠가 텔레비전에서 통영 동피랑을 소개하는 프로그램을 봤던 것이 생각났다. 동피랑이라면 피해자 가족도 그렇게 넉넉한 형편이 아닐 수도 있겠다는 생각이 들었다.

상현은 핸드폰을 꺼내 어제 전화를 끊어버렸던 피해자 가족에게 다시 전화를 걸었다. 신호 가는 소리는 들렸지만, 전화를 받지는 않았다. 또 전화했지만 역시 마찬가지였다. 그래서 상현은 지금 통영에 내려왔으니 만나 뵙고 싶다고 문자를 보냈다. 한참을 앉아 있었지만 아무런 소식이 없었다.

상현은 변호사가 알려준 집 주소를 들고 동네 주민들에게 물어가며 마침내 그 집을 찾았다. 골목 안 여느 집과 마찬가지로 그 집도 아담했다. 초록색 대문 너머로 누가 있는지 살펴봤지만, 그것만으로는 사람이 있는지를 확인할 수는 없었다. 잠시 망설이던 상현은 몇 번의 심호흡 후에 초인종을 눌렀다. 하지만 집에는 아무도 없었다.

이제 어떡해야 할지 답이 나오지 않았다. 힘없이 골목을 내려와 바닷가를 걸으며 생각했지만 역시 마땅한 답이 떠오르지 않았다. 이렇게 아무런 소득도 없이 돌아간다면 현수에게 어떠한 도움도 줄 수 없게 된다는 생각에 미안한 마음이 들었다. 현수는 상현이 대학원을 마칠 때까지 계속해서 생활비를 보내줬다. 상현은 현수가 매달 보내주는 돈 덕분에 공부할 시간을 벌었고 장학금을 탈 수 있었다. 상현이 상담심리사가 되는 데에는 현수의 도움이 컸다. 하지만 지금 상현이 현수를 돕는 일은 한없이 더디고 막막할 뿐이었다. 피해자 가족을 만나보지도 못하고 부산으로 돌아가게 생겼으니 상현의 기분은 허탈하고 발걸음은 돌덩이를 끄는 듯 무겁기만 했다.

동피랑을 내려온 상현은 담배를 피우며 이제 자신이 할 수 있는 일이 무엇인지 생각했다. 상현이 내뿜어낸 희부연 담배 연기 사이로 현수의 얼굴이 아른거렸다. 상현은 마지막으로 피해자 가족에게 문자를 남겼다. 만나서 피의자의 친구로서 사죄하고 싶었는데 그러지 못해 안타깝다고, 진심으로 고인의 명복을 빈다고. 현수도 평생 사죄하는 마음으로 살 것이라고.

상현은 고속버스터미널에서 부산행 버스를 기다리고 있었다. 이제 부산에 가서 현수에게 피해자 측을 만날 수가 없어서 합의도 하지 못했다는 말을 전해야 했다. 재판부에 합의서를 제출하지 못하면 현수의 수감생활도 늘어날 터였다. 하지만 현수가 감당해야 할 몫이었다. 어떻게 보면 현수도 피해자라는 생각이 들었다. 바닥에서 미끄러져 넘어졌는데 하필이면 쇳덩어리에 머리를 부딪혀 그런 사고가 일어나다니 아무리 생각해도 어처구니없는 일이었다. 그 허술하고 어처구니없는 일 때문에 누구는 목숨을 잃고 누구는 구치소에 수감되어 있는 것이었다. 상현이 한날한시에 부모를 교통사고로 잃은 일도 어처구니없는 일이었던 것처럼 세상에는 이렇게 황당한 일이 종종 생긴다는 것을 상현은 인정할 수밖에 없었다.

그때 전화벨이 울렸다. 피해자 가족이었다. 얼른 전화를 받았다. 전화하는 사람은 죽은 피해자의 형이라고 했다. 터미널 근처 카페에서 잠깐 만나자고 했다. 감사할 일이었다. 합의하고 못 하고를 떠나 현수를 대신해서 용서를 빌어야겠다고 생각했다. 그렇게 해야 현수의 얼굴을 제대로 볼 수 있을 것 같았다.

상현은 피해자의 형과 카페에서 마주 앉았다. 상현은 고인의 명복을 빌고 현수를 대신해 사죄드린다고 말했다. 그리고 무릎을 꿇었다. 상현의 눈에는 눈물이 흘러내렸다. 피해자의 형도 눈시울이 붉어졌다.

"어디 입장 바꿔 생각해 봐요, 사람이 죽었는데 사죄가 무슨 소용이 있는지. 다 필요 없어요. 합의 때문에 왔나 본데 합의는 절대 못 해줍니다."

상현은 무릎을 꿇은 채로 합의를 바라는 마음으로 온 건 사실이지만 합의해 달라고는 못 하겠다고 말했다. 그리고 현수는 감옥에서 나와도 고인에 대한 죄책감 때문에 평생 두 다리 뻗고 못 잘 것이다, 그게 더 큰 벌이라고 생각해 달라고 했다. 피해자의 형도 상현의 말을 듣고 눈물을 흘렸다. 그리고 말없이 자리에서 일어나 카페를 떠났다. 그가 떠난 후 상현도 바닥에서 힘겹게 일어나 의자에 앉았다. 상현의 몸은 방전된 듯 꾸부정한 자세로 겨우 앉아 있을 뿐이었다. 그렇게 한참을 앉아 있다가 상현은 손수건으로 눈물을 닦고 식어버린 커피를 한 모금 마시고는 휘청거리며 카페 밖으로 나왔다.

상현은 부산에 도착하자마자 택시를 타고 부산구치소로 향했다. 현수를 만나 통영에 다녀온 이야기를 할 참이었다. 면회 시간이 얼마 남지 않은 시간이었지만 서부터미널에서 구치소까지는 가까운 거리여서 면회 접수를 할 수 있을 것 같았다.

상현은 구치소에 도착해 면회를 신청하고 대기실 밖 흡연구역으로 걸어가 담배를 피웠다. 상현은 합의서를 받지 못했다는 말을 현수에게 어떻게 말해야 할지 막막했다. 하지만 어쩔 수 없는 일이었다. 현수도 피해자 가족이 합의해주지 않을 거라는 것을 짐작하고 있을 것 같았다.

면회실에서 현수는 상현을 보자마자 환하게 웃었다. 그럼에도 웃고 있는 얼굴에 가려진 어두운 그림자는 사라지지 않았다. 상현은 현수의 그런 모습이 더 가여웠다. 상현은 통영에 가서 피해자 형을 만난 이야기를 해줬다. 합의서를 받지 못했다는 말도. 현수가 말을 받았다.

"나도 예상했어. 그러면서도 실낱같은 기대를 했던 게 사실이야. 그런 기대를 하는 나 자신이 한없이 이기적이란 생각도 했고……."

"누구나 그런 처지에 놓이면 그렇게 생각하는 게 당연해."

상현은 조금이라도 현수를 위로하고 싶었다. 변호사에게
도 이 사실을 알려주겠다고 하고 변호사가 말한 예상 형량
에 대해서도 현수에게 알려줬다. 현수는 재판받으면서 두
달가량 지날 텐데 오히려 판결이 확정되고 나면 마음이 더
편할 것 같다고 했다. 자신에게도 너무 황당한 일이어서 밤
에 잠자면서도 사고 장면이 떠올라 잠에서 깬다고 했다.

"우리는 새파랗게 젊어. 우리 인생의 전반전이 시작한
지 채 10분도 되지 않았어. 마음 단단히 먹고 항상 네 곁에
는 내가 있다는 걸 잊지 마."

그러면서 상현은 오른손을 들어 올려 주먹을 불끈 쥐고
현수를 바라봤다. 그리고 계속해서 말을 이었다.

"내일 서울로 올라가기 전에 변호사를 만나 재판에 대
해 의논할 생각이야."

"이런 일로 너만 고생시켜서 미안하다."

"그런 걱정은 하지 말고 몸 건강하게 잘 있어. 영치금을
넣어 놨으니까 필요한 거 있으면 사고."

상현의 말을 듣고 있던 현수의 눈에는 눈물이 글썽였다.
상현도 목이 메어 다음에 또 면회 오겠다는 말을 겨우 끝
냈다.

상현은 광안리 해변에 앉아 어두워진 밤바다를 응시하고 있었다. 상현과 현수는 어렸을 때부터 해변에 앉아 파도 소리를 들으며 바다를 바라보고 있으면 마음이 포근해지는 기분이 들었다. 그래서 상현은 한없이 외롭다가도 금세 힘을 얻고 일어설 수 있었다. 동산원에 있을 때는 늘 현수와 함께였지만 지금 현수가 이곳에 올 수 없는 처지라는 것이 안타까웠다.

호텔에 들어가기 전에 술 한잔할 생각으로 포장마차에 들어갔다. 따끈한 어묵탕 한 그릇과 소주 한 병을 시켰다. 주인아주머니는 곧장 소주와 길쭉하게 자른 당근과 오이를 건네주었다. 소주 한 잔을 마시자 눈 주변이 서서히 달아오르는 기분이 들었다. 어묵탕이 나왔다. 상현은 한잔 더 마신 후에 어묵탕을 숟가락으로 서너 번 떠먹었다. 바로 그때 옆에 혼자 앉아 있던 여자 손님이 상현에게 말을 걸었다.

"괜찮으면 같이 한잔하실래요?"

상현은 알딸딸한 기분이었다.

"좋을 대로 하세요."

살짝 옆으로 옮겨 앉은 여자는 상현의 잔에 소주를 채우고 건배를 하자는 듯이 자신의 소주잔을 들어 올렸다. 상

현도 소주잔을 들어 여자의 잔과 살짝 부딪힌 다음 한 번
에 소주를 들이켰다. 여자도 소주를 원샷하고 곧장 빈 잔
에 소주를 따랐다. 상현은 여자에게 따끈한 국물을 먹으라
고 했지만, 여자는 손사래를 쳤다.

"나는 소주 마실 때는 안주를 안 먹는 버릇이 있어요. 그
래야 소주의 쓴맛이 주는 통증을 온전히 느낄 수 있거든
요."

상현은 여자의 말에서 왠지 자신과 같은 부류일 것 같다
는 생각이 들어서 여자를 쳐다봤다. 여자는 삼십 대로 보
였는데 확실히 구분할 수는 없었다. 대개 여자들은 화장하
고 있어서 겉모습으로 이십 대인지 삼십 대인지 판단하기
는 쉽지 않은 일이었다. 여자에게 나이를 물어보려다가 그
냥 관두기로 하고 소주를 한잔 더 마셨다.

"난 남자친구와 헤어지고 혼자 머리 좀 시키러 왔어요.
그런데 하필 전 남자친구와 많은 추억을 쌓았던 광안리로
와버렸어요. 그래서 쓰디쓴 소주를 마실 수밖에 없네요."

상현은 고개만 끄덕일 뿐 아무 말도 할 수가 없었다. 그
저 여자의 빈 잔에 소주를 따를 뿐이었다. 여자는 지금 속
에 있는 말을 아무에게라도 털어놓고 싶은 거라고 상현은
생각했다. 그럴 때는 말없이 들어주는 것이 가장 좋은 방

법이란 생각이 들었다.

어느새 소주가 다섯 병째였다. 상현은 여자의 이야기를 듣느라 세 번째 병부터는 술을 마시지 않았다. 여자는 이렇게라도 전 남자친구와의 추억을 잊으려고 하는 것 같았다. 어쩌면 여자는 자신이 놓쳐버린 사랑을 잊기 위해서 애도의 시간이 필요한지도 모른다고 상현은 생각했다.

여자는 술에 취해서인지 피곤해서인지 엎드려 있었다. 상현은 시계를 봤다. 열한 시가 가까워지고 있었다. 상현은 포장마차 밖으로 나가 담배를 피웠다. 바람 끝이 차가웠다. 차가운 바람 때문에 여태껏 마셨던 술기운이 바람에 다 날아가는 것 같았다. 여자는 삼십 분 정도 엎드려 있다가 고개를 들었다. 그러더니 이제 나가자고 말했다.

"걸을 수 있겠어요?"

"문제없어요. 아마도 내 몸속에 술에 강한 유전자가 있나 봐요. 술을 처음 마셨을 때부터 내가 술이 세다는 걸 직감했죠. 헤헤."

상현도 눈앞에서 여자의 주량을 목격했던 터라 그 말을 인정할 수밖에 없었다. 포장마차 밖으로 나와 잠시 휘청거리는 여자를 부축하려고 했지만, 여자는 금세 균형을 잡고 멀쩡하게 걷기 시작했다. 상현은 지금까지 만난 여자 중에서 술에 가장 센 사람을 만났다는 생각이 들었다. 그러면서 여자가 오늘 이후로 지난 과거를 털어버리고 마음이 편안해지길 바랐다.

상현은 여자를 숙소 근처까지 바래다줄 생각이었지만 여자는 난데없이 해변으로 걸어갔다. 그리고 모래사장에 털썩 주저앉더니 멀거니 바다를 바라보고 있었다. 상현도 어쩔 수 없이 그 옆에 앉았다. 바람이 차가워서인지 여자가 상현의 어깨에 머리를 기댔다. 상현은 아무 말도 하지 않고 여자에게 어깨를 내어 준 채 바다를 바라볼 뿐이었다. 십 분 정도 말없이 앉아 있던 여자가 상현의 어깨에 기댄 채 말을 꺼냈다.

그녀는 고등학생이었을 때 그녀의 부모가 사고로 죽은 이후로 늘 외로웠다. 외로움 때문에 든든해 보이는 남자친구를 만나 사귀게 되었다. 그런데 10년을 사귀던 남자친구가 결혼하자고 했는데 여자가 남자의 프러포즈를 거절했다. 그녀 자신이 결혼해서 아이를 낳으면 아이가 자신처럼 외롭게 될까 봐 겁이 났기 때문이었다. 단지 막연한 걱정일 뿐이라는 것을 알지만 하루아침에 자신이 세상에 혼자 남게 된 것처럼 그것은 아무도 모르는 일이라고 생각했다. 그래서 결국 결혼을 바라던 남자는 여자와 헤어진 후에 다른 여자와 선을 봐서 결혼하게 되었다. 상현은 여자가 소주를 안주 없이 마셨던 이유를 이제야 알 것 같았다. 역시 여자도 상현의 예감대로 같은 아픔을 갖고 있었다. 상현은 여자에게 섣부른 위로를 하기보다는 그저 옆에서 같이 있어 줘야겠다고 생각했다.

자정이 넘어서도 여자의 이야기는 계속되었다, 아주 느린 완행열차처럼. 어느덧 상현과 여자는 모래밭에 드러누워 있었다. 누워서 한참 동안 밤하늘에 떠 있는 별들을 바라보고 있던 여자는 자신이 술을 마셔서 그런지 별들이 하늘을 날고 있는 것 같다고 했다. 그러면서 오른손을 하늘로 뻗어 손가락으로 날아다니는 별들을 좇는 듯했다.

"아, 나도 별들처럼 하늘을 날고 싶다."

여자의 목소리가 왠지 쓸쓸하게 느껴졌다.

"별들도 자신이 빛나고 있다는 걸 알까요?"

상현이 여자가 가리키는 별들을 보면서 말했다.

"모를까요? 아마, 모르겠죠?"

여자가 하늘로 뻗은 손을 내리며 말했다.

"어쩌면 별들도 자신이 빛나고 있다는 걸 알아주는 사람을 보면서 똑같은 생각을 하고 있을지도 몰라요."

여자는 상현의 말을 듣고 한동안 말이 없었다.

'당신은 이미 누군가에게 별인지도 몰라요.'라고 상현은 그녀에게 말해주고 싶었다.

그러는 사이에 여자는 추웠던지 상현의 팔에 바짝 달라붙었다. 상현은 여자가 움츠리는 것을 보고 자칫 감기에 걸릴 수도 있겠다 싶어 이제 그만 숙소로 들어가자고 했다. 먼저 일어난 상현은 여자를 부축해서 일어 세운 뒤 모래사장을 빠져나갔다.

상현은 그녀에게 숙소 앞까지 데려다주겠다고 말하고 숙소의 방향을 물었다. 그런데 그녀는 숙소를 정하지 않은 상태였다. 그녀의 집이 부산이었기 때문이었다. 상현은 택시를 잡아주겠다고 했지만, 그녀는 집에 갈 기분이 아니라고 했다. 그럼 어떻게 할 거냐고 그녀에게 물었더니 그녀는 벤치에 좀 앉아 있다 가겠다고 했다.

"날도 추운데 감기라도 걸리면 어떻게 하려고 그래요?"

"난 전혀 춥지 않아요."

상현은 그냥 갈 수도 없고 같이 벤치에 앉아 있기도 뭐했다.

"괜찮다면 내 숙소에 들어가 있을래요?"

상현은 언뜻 생각해 보면 조금 이상한 그림이지만 그저 착한 사마리아인 흉내를 내는 것이라 해두고 더 이상 복잡하게 생각하지 않기로 했다. 그녀는 "그래도 괜찮을까요?"
라고 되물었다.

상현은 여자를 데리고 자신의 숙소에 들어왔다. 여자는
소파에 앉았고 상현은 냉장고에서 생수를 한 병 꺼내서 여
자에게 건넸다. 여자는 물을 한 모금 마신 후에 따뜻한 곳
에 들어와서 그런지 속이 울렁거린다며 화장실을 찾았다.

그녀가 화장실에 들어가고 얼마 지나지 않아 구역질하
는 소리가 들렸다. 상현은 화장실 문 앞에서 괜찮냐고 물
었다. 그녀는 괜찮다고 했다. 몇 번의 변기 물 내리는 소리
가 들리더니 마침내 그녀가 화장실에서 나왔다. 그녀는 지
친 모습이 역력해 보였다. 상현은 여자에게 자신이 소파에
앉아 있을 테니 힘들면 침대에 누워있으라고 말했다.

"미안해요. 어지러워서 조금만 누워있을게요."

여자는 외투를 벗어 소파에 걸쳐 두고 힘겹게 침대에 몸
을 뉘었다.

상현은 조용히 호텔 방을 나와 1층에 있는 24시간 편의
점으로 내려갔다. 그곳에서 여자에게 도움이 될 만한 숙취
해소 음료와 우유를 샀다. 상현이 호텔 방으로 들어왔을
때 그녀는 숨소리만 내면서 침대에 누워있었다. 편의점에
서 사 온 것들을 봉지째 냉장고에 넣어두고 상현은 욕실에

들어가 세수와 양치질을 하고 나와 소파에 누웠다.

상현은 소파에 누워 그녀가 했던 말들을 복기하며 떠올려 보았다. 부모를 잃은 트라우마로 인해 자신도 언젠가 그렇게 될지도 모른다는 막연한 두려움 때문에 사랑하는 사람과도 차마 결혼할 수 없었다는 그녀의 말을 어느 정도 이해할 수 있을 것 같았다. 참 가엾게 느껴졌다. 그녀가 아침에 일어나면 지난 일은 모두 털어버리고 당당하게 살아가라고 말해주고 싶었다. 일어나지도 않은 일을 걱정하느라 한 번뿐인 인생을 낭비하지 말자고도 말해주고 싶었다. 그때 상현은 그녀의 이름도 모르고 있다는 걸 알았다. 이름도 모르는 생면부지의 여자와 함께 술을 마시며 그녀의 고민을 듣고 호텔 방에 들어와 여자가 토하는 걸 지켜보고 그러다 아무 거리낌 없이 여자는 침대에, 자신은 소파에 누워있는 이야기 전개가 생각할수록 너무도 비현실적인 일처럼 느껴졌다.

상현이 잠에서 깬 것은 핸드폰에서 울리는 알람 소리 때문이었다. 7시였다. 소파에서 일어나자마자 침대 쪽을 봤다. 그런데 여자는 침대에 없었다. 상현은 욕실에 가봤지만 역시 그녀는 없었다. 여자는 먼저 간 것 같았다. 상현은 시원한 물을 마시기 위해 냉장고 문을 열려고 할 때 냉장고에 붙은 형광 포스트잇을 발견했다. '고마워요'라고 쓰여있었다. 그녀가 붙여놓은 것이었다.

냉장고 문을 열자 그녀에게 주려고 넣어두었던 검은 비닐봉지가 보였다. 상현은 우유를 꺼내 마시면서 여자의 속은 괜찮은지 궁금했다. 여자가 아침에 일어나면 해주고 싶었던 말을 할 기회가 없어져 안타까웠다. 상현은 그녀가 지난 일을 다 털어버리고 잘 지냈으면 좋겠다고 생각했다.

호텔에서 나온 상현은 변호사를 만나기 위해 택시를 탔다. 택시 안에서 아무리 변호사가 속물처럼 보일지라도 그 사람의 인생을 존중하자는 뜻에서 노골적으로 싫은 내색을 하지 말자고 마음먹었다.

반갑게 상현을 맞은 변호사는 커피 한잔을 권했다. 상현은 커피를 마시면서 어제 통영에 갔던 이야기를 했다. 이야기를 듣고 있던 변호사는 합의가 들어가야 형을 감경받을 수 있는데 곤란하게 되었다고 했다. 상현은 자신도 모르게 죄송하다고 말했다. 죄송하다는 말은 변호사에게 죄송하다는 말이 아니었다. 그것은 현수에게 도움이 되지 못한 것에 대한 자책이었다. 변호사는 상황이 이렇게 되었

으니 어쩔 수 없다면서 어쨌든 자신이 최선을 다해 노력
해 보겠다고 말했다. 상현은 변호사에게 고맙다는 말 대신
에 부탁한다고 말했다. 상현이 나오려고 일어서자 변호사
는 악수하려고 손을 내밀면서 주위에 현수처럼 곤란한 처
지에 있는 사람이 있으면 자신에게 소개해달라고 부탁했
다. 상현은 악수에 응하면서 그러겠다고 하고 변호사 사무
실을 나왔다.

한 달 후, 현수의 재판이 있기 전에 피해자의 형은 담당
판사에게 형량을 감경해달라는 짧은 탄원서를 보냈다. 그
탄원서 때문에 현수는 형량을 감경받을 수 있었다. 상현은
판사의 선고를 듣고 비로소 안도의 한숨을 내쉴 수 있었
다. 피의자석에 앉아 있던 현수는 고개를 돌려 뒤쪽에 앉
아 있는 상현을 바라보았다. 현수의 눈이 촉촉이 젖어 있
었다. 이제 현수에게 남은 일은 진심으로 고인을 애도하며
더욱 성실하게 사는 거라고 상현은 생각했다. 상현은 힘내
자는 뜻으로 현수를 보며 고개를 끄덕였다. 현수도 그러자
는 듯이 고개를 끄덕였다.

(작품 발표 : 2022년 부산가톨릭문학 겨울호)

하늘을 나는 별들처럼

이광 지음

발행처	도서출판 **청어**
발행인	이영철
영업	이동호
홍보	천성래
기획	남기환
편집	방세화
디자인	이수빈 | 김영은
제작이사	공병한
인쇄	두리터

등록   1999년 5월 3일
          (제321-3210000251001999000063호)

1판 1쇄 발행   2023년 4월 20일

주소	서울특별시 서초구 남부순환로 364길 8-15 동일빌딩 2층
대표전화	02-586-0477
팩시밀리	0303-0942-0478
홈페이지	www.chungeobook.com
E-mail	ppi20@hanmail.net
ISBN	979-11-6855-139-8 (03810)